三次别离

THREE PARTINGS

章珺 著

作家出版社

第一章

　　田霄没有想到，一次团聚带来的会是一场别离。

　　那天田霄提前两个小时离开了办公室。开车回家的路上，她绕到那家中国超市，先挑了一条活鱼，在店员开膛破肚清理活鱼时，她赶紧去各抓了把生姜小葱蒜头，还选了些新鲜的水果，再加上一瓶酒酿。不需要买蔬菜和点心了，女儿悦悦每次从纽约回来，上车前，一定会在中国城买些妈妈喜欢的不同口味的小蛋糕，蔬菜都在自家的菜园里，都是田霄亲手种出来的。悦悦早就习惯了美国口味，在中国的蔬菜里，她唯独对空心菜还保持着热情。失败了几次后，田霄终于种出了空心菜，今晚可以为女儿炒一盘清爽又够味的蒜蓉空心菜。

　　悦悦的原名叫倪馨悦，来美国以后，过了没多长时间，她主动提出改了自己的名字，变成了杰西卡（Jessica），同时她还改了她的姓，随了田霄的丈夫，也就是她的继父乔希（Josh）的姓汉森（Hansen）。外婆去世后，只有田霄还在叫她悦悦。

　　结账前，田霄收到悦悦的一条短信，说她已经坐进了大巴，十分钟后出发。田霄估算了一下时间，决定从中国超市出去后，直接开车回家。她原打算顺路再去一家美国超市。悦悦很喜欢吃意大利式的千层饼，可以在超市买一盒已经装配好的千层饼，回家用烤箱烤上几十分钟就可以吃了。悦悦小的时候，田霄一向是这样做的。自从悦悦出去上大学，等她回家的时候，田霄开始亲自动手，肉酱番茄酱等都是现做出来的，悦悦马上吃出了不同，她现在只喜欢吃妈妈做的了。虽然麻烦了许多，田霄还是乐此不疲。女儿喜欢，就能让她感受到最大的欢喜。为了保证原材料的新鲜度，她会在做之前才去超市买各种配料，她甚至不会选现成的肉末，只选上好的牛肉，回家现打成肉末。整个过程走下来要几个小时，现在悦悦坐的车马上就要开了，从纽约到奥尔巴尼也就三个多小时，估计她到家的时候，千层饼还没进烤箱呢。田霄不想搞得这么手忙脚乱，不如明天上午再来做这件事情。悦悦明早应该会睡懒觉，她可以起个大早，在悦悦睡懒觉的时候，她去超市配齐用料，回家做千层饼时，若是悦悦起床了，正好可以边做饭边跟悦悦聊聊天，这对她来说就更是一种享受了。好在今天晚上有清蒸鱼，蒜蓉空心菜，冰箱里有好朋友薛敏送来的自己包的馄饨，田霄没舍得吃，为悦悦冷冻起来，今晚可以派上用场，再去菜园里摘些黄瓜西红柿，用酒酿和几种水果做个甜羹，也算是一顿丰盛的晚餐。都是中国口味，但也都合悦悦的胃口。

　　田霄就这样一边想着一边付了账，快步走出了中国超市。今天不做千层饼，时间上并不是多宽裕。悦悦一向是周六早上过来，今天早上突然给田霄打了个电话，说她改在今天下午过来，这样可以在家多待一个晚上。能跟女儿多待一个晚上，田霄当然很高兴，心里多了一份额外的喜悦，竟然像她小时候，在物质匮乏的年代，很意外地从大人那里多拿到一块奶糖，让她喜不自胜的同时，又有些茫然无措。

田霄启动了汽车，很快拐到主路上。路上已经有了不少的车，行速明显慢了下来。田霄想想自己并没在中国超市耽误多长时间，现在还不到四点，怎么就开始堵车了。田霄马上意识到这是周五的下午，很多人都会早点下班，赶着回家，为周末做些准备。有些要出城旅行的人，周五傍晚就可以启程。自从乔希去世后，田霄在周五都会晚下班，倒不是怕在高峰期多耽搁时间，她只是害怕车流涌动中的孤寂。周五的晚上总是让她格外落寞，没有人会在家里等她，也不再有人需要她赶着回来。等待她的只是一个沉默不语的房子，就是在酷热的夏天，或者在开足了暖气的冬日，她打开房门的时候，也能感觉到凛冽的寒冷。平时还好一些，第二天总要出门上班，各种琐事可以占据她的心思。周五的傍晚，一切都安静下来，当周围的人们都在热闹地忙碌的时候，似乎把安静都留给了田霄。

可是在很多年里，至少，在跟乔希生活在一起的十多年里，田霄向往着一份安静。悦悦还在家的时候，田霄的周五的晚上也是嘈杂的。可能会有悦悦想去的兴趣班，等悦悦长大一些，要送她去参加一些活动。悦悦也在周五的晚上打过工，虽然乔希和悦悦都劝阻过她，她还是忍不住要接送悦悦。悦悦工作的时候，她就在附近转悠。直到悦悦离家去上大学了，田霄的周五的晚上才空闲下来。也需要出去买东西，或去会会朋友，但可以把所有的事情留到周六周日去做。周五的晚上，卸下了工作上的负担，她更愿意一个人静一静，缩蜷在沙发里，看一些从国内带来或从图书馆借来的中文书。也会听一些中文歌曲，那段时间里，几乎每个周五的晚上，她会躲在楼上的房间里，随着那些文字和歌曲，回到很久以前，回到故土，回到她的少女时代和青春年华。乔希在楼下看电视或影碟，声音会传到楼上，她却可以屏蔽掉所有用英文进行的对话。英文早就成了她日常生活中最主要的语言，奇怪的是，只要她不竖起耳朵去听，她依旧可以游离在外。不像自己的母语，即使她不去听，所有的话语还是可以一字不漏地涌进她的耳朵。大概对乔希也是如此，楼上用中文传送出的各种声音，并不会打扰楼下的乔希，两个人就这样相安无事地做着各自的事情。

如果乔希没有离去，也许在很长很长的时间里，他们都会这样安宁地度过每个周五的晚上。悦悦上大学后极少在周五的晚上回家，田霄和乔希倒是在周五开车去过纽约，晚上住进酒店，周六一早就可以去看悦悦。乔希并不喜欢这样的出行，他这样做更多的是为了田霄。去看悦悦前，田霄会做各种准备，吃的用的东西会弄出一大堆，她不可能带着这么多的东西去坐车。田霄说她可以自己开车过去，但她是个路盲，让她把车开进纽约，乔希很难放下心来，只能每次都陪她去。乔希去世后，田霄自己开车去过纽约，但只有一次。她是可以把车开进纽约并且在纽约市区开车的，当她不再有人可以依靠，她也可以做到这些她原来以为做不到的事情。开这样的路途她并没有觉得恐惧，太多的悲伤让她忘掉了害怕。她不是在开车，她好像飘荡沉浮在一条无边无际的悲伤的河流中，即将见到悦悦的喜悦都没有冲淡那稠厚的悲伤。她停在以前跟乔希每次都会停下的休息站喘口气，离开时，她四处张望，怎么也找不到乔希，当她意识到她再也不可能在这里见到乔希的时候，眼泪也如河流般流泻出来。悦悦见到她，感觉她整个人都是湿漉漉的。悦悦开始想尽办法阻止妈妈一个人开车过来。离开悦悦一个人开回奥尔巴尼，田霄的心里更加难过，有好几次，田霄动过那样的念头：加足马力，撞向旁边的桥墩或护栏，汽车可以飞起来，然后翻滚下去，所有的悲伤也就可以烟消云散了。她一次次地压抑住了这样的念头，是因为悦悦，也是怕祸及无辜。一次次的挣扎让她精疲力尽，也让她彻底放弃了自己开车去纽约的念头。

乔希在她眼前一点点地死去的那十多天，正是她最爱他的时候。也许在他们一起生活过的十多年里，只有在这十多天里，她是真正爱他的。十多年前，她答应了乔希的求婚，有种种原因让她做出了这个决定，唯独跟爱情无关。她也喜欢跟乔希在一起，但肯定没有爱上他。那个时候的她不可能爱上任何人，她跟悦悦的亲生父亲倪晖的恋爱和短暂的婚姻，似乎消耗掉了她一生的爱情。如果乔希不是在不该离去的年龄离开了她，并且只用十多天就完成了这场告别，她也许终其一生都不会再爱上另外一个男人。生离死别激发出了田霄对乔希的爱情，来日无多的时候，她疯狂地爱上了乔希，在她最爱他的时候，他却离开了她，并且是永远地离开了她。

一个红灯拦下了田霄的汽车，也让她的思绪有了一个停顿。这一次她并没有哭泣，她试着让自己从那些悲伤中慢慢走了出来。在外人眼里，她似乎已经走了出来，甚至已经有单身或丧偶的男人试图接近她。已过五十岁的田霄依然保持着自己的魅力，身体没有发福，还是苗条轻盈的；笑起来时眼角有了皱纹，但皮肤和五官都没有松懈下来，依然是精致的；她的眼睛特别明亮，在这个年龄段很难有人有这么明亮的眼睛，也许是她流了太多的眼泪，洗净了眼里所有的污浊，她的眼睛像是受了洗礼，清澈如水。很难有人看出她的真实年龄，又是生活在一个不是特别计较女人年龄的环境里，心理年龄可能比实际年龄重要得多。田霄真正老去的，恰恰是她的心理年龄，她知道她已经失去了再去爱一个男人的能力。所有向她示爱的男人，在她眼里其实都是一个样子的。她宁愿在一个冰冷的房子里无助地哭泣，也不愿意去赴一个男人的约会。只有悦悦，她的女儿，还能让她感受到那种温暖的人间烟火。也许是因为悦悦很快要回来了，这一次，当悲伤向她袭来的时候，没有泛滥成灾。

红灯转成绿灯后，田霄继续往前开。前面的一个十字路口，往左拐是去那家美国超市，可以去买做千层饼的各种配料，往右拐是回家的路，田霄稍微犹豫了一下，还是决定先回家。匆忙中必有疏漏，这种状态下做出的千层饼就会有不尽如人意的地方。乔希去世以后，田霄在为悦悦做千层饼时，更加一丝不苟。其实千层饼只是一个千层饼，出自妈妈之手的千层饼，悦悦吃到嘴里都是差不多的。那些细微的差别，只有田霄一个人能感觉到，也只有她一个人会去计较。悦悦确实很喜欢吃妈妈亲手做的千层饼，她也知道她的喜欢能回馈给妈妈多大的喜悦，她在吃妈妈做的千层饼时，就表现出了格外欢喜，有时候掺杂进来一些表演的成分。为了演得更真实一些，她时不时还挑出点小小的不足。田霄每次都很当真，下次再做的时候，在这个环节上就会格外小心。这样的过程对田霄来说是一种实实在在的幸福，每次做千层饼，一层层放进去的，是她对女儿千丝万缕的爱。悦悦这么喜欢她做的千层饼，说明她完全接受了妈妈对她的全部的爱，做千层饼和吃千层饼都成了一种情感的表达。田霄已经把为悦悦做千层饼当成了一种仪式，这也许就是她的幸福吧。

很快到了家门口，田霄把车停到房子边，拎着刚买的几袋东西进了家门。这是一栋老式的房子，没有车库，这是田霄觉得不方便的地方，特别是在冬天下大雪的时候。奥尔巴尼的冬天特别长，雪又特别多，这种不方便也就成了一个问题，可她已经在这里住了十多年。这栋房子是为悦悦买下的，这里的学区很好，田霄当然想在一个好的学区买一栋带车库的新房子，可当时的田霄和乔希买不起那样的房子。买这栋房子的压力已经很大，为这件事两个人还有过很大的争吵，最终乔希妥协下来。内心有些愧疚的田霄又在外面找了份兼职，多挣点钱，减少一些她和乔希在经济上的压力。那段时间里田霄过得很辛苦，只是为了悦悦，她觉得所有的付出都是值得的。乔希虽然很抗拒买这栋他们负担不起的房子，搬进来后，他还是在这栋房子上花了很多心血。开始的时候，他们没有闲钱去做任何的更新，乔希就去买了些最便宜的材料，亲自动手更换了一些最老旧的部分。他还把房子重新刷了一遍，外墙也是他刷的。等他们在财务上的压力缓和下来，他们每年会把多出来的那些钱放到房子上，屋顶、地板、厨房、洗手间……乔希每年会更换一个地方。像屋顶这样的地方必须请人来做，其他大部分的地方是乔希亲手改建的，这样可以省不少钱，乔希也乐在其中。十几年下来，这栋房子几乎焕然一新。乔希还打算为田霄搭建一个车库，这是他在他们这个房子上的最后一个愿望，也是他永远实现不了的愿望。

田霄走过客厅时，习惯性地往那条长沙发上看了一眼。

长沙发还是原来的样子，只是乔希再也不会坐在那里看电视了。田霄今天没有像往常那样走到沙发边，在那上边呆呆地坐上一会儿，她快速地进了厨房，放下手上的东西，稍微做了下分类和处理，然后上了二楼，进了悦悦的房间。田霄每天都会来这个房间停一下，每个星期都会做些清扫。这里一尘不染，用不着再做额外的准备了。悦悦十一岁时他们买了这栋房子，悦悦从十一岁到十八岁一直住在这个房间里。上大学后，每次从纽约回来，她还是住在这里。家具的位置一直保持着原样，只是墙上的挂件和案头的摆设更换了很多次，这些都是悦悦自己选的。随着她一年年长大，她喜欢的东西在不断发生着变化，田霄有时候就从悦悦新换上的挂件或摆设上猜测下悦悦的心思，确定无疑的是，悦悦已经从一个女孩长大成人。已经二十五岁的悦悦，举手投足间都是一个成熟女人的韵味，律师事务所的工作也更多地磨蚀掉了曾经的稚嫩，可田霄还是能在这个小小的房间里找回悦悦年少时的光景和美好。悦悦淘汰掉的东西田霄也都保存了下来，存在地下室里。也许是因为这里有太多的记忆，田霄一直没舍得卖掉这栋房子。有几次她动过换房子的念头，特别是在乔希去世以后，但她还是留了下来，对她来说，她留住的不仅仅是一栋房子。

田霄又回到厨房，把那条鱼洗干净，放在一边控下水。田霄很喜欢吃清蒸鱼，乔希还在的时候，她很少做这道菜。美国人一般只吃剔除了一切的整块的鱼肉，很少有人愿意碰这种有头有尾的整条鱼，田霄顾及到乔希的感受，以前只是偶尔做下这道菜。若不是悦悦也喜欢吃清蒸鱼，田霄可能会彻底抛弃这道菜。这是少数的几个悦悦一直喜欢吃的中国菜之一。去纽约后悦悦倒没少吃中国菜，不过大多数都是美式中国菜。

把厨房里该洗的东西洗好后，田霄去了外面的菜园，挑剪下晚饭要用的空心菜和黄瓜。黄瓜是用中国的菜种种出来的，苗条而清脆。美国的黄瓜太粗壮了，皮也比中国的厚，生吃的话，口感不好，还很难吃出黄瓜味。悦悦也喜欢中国黄瓜，洗干净后，拿在手里就直接吃了，原汁原味。既然悦悦喜欢这种吃法，田霄也就不去做鸡蛋皮凉拌黄瓜或大蒜拍黄瓜。田霄又查看了一下那几株西红柿，有几个熟得恰到好处，明天做千层饼之前可以用这几个做最新鲜的番茄酱。

这里曾经是一个花园。这栋房子不算大，却带了个很大的后院，乔希把这院子打造成一个漂亮闲适的花园。跟很多美国人一样，乔希喜欢在院子里劳作，种了各种各样的花草。乔希开着他的小型卡车，像燕子衔泥一样，跑了无数趟Home Depot，运回来各种种子和用作园艺的材料。不买现成的东西，只买花种和原材料的话，花不了太多的钱。他们搬进来两三年，房子里大部分东西还未更换的时候，花园倒已初具规模。钱花得少，人力就要多出不少，好在乔希喜欢做这些事情，也喜欢看着田霄在花园里悠闲地转悠，充分享受着他的劳动成果。乔希在这个花园里花了太多的心血，他和这个花园已经密不可分。乔希死后，好长时间里田霄都不敢踏足这个花园，美好的东西越多，失去后就越不敢回来。通往花园的那扇小门关闭了好几个月，等到田霄再回到那里时，几乎所有繁茂无比的花草都枯萎了，如同鲜活的乔希，还有乔希跟她在一起的日子，也都枯萎了。

那时候的田霄患上了抑郁症，怕她的病情加重，她的好友薛敏说服她，在这片废墟上开辟出一个菜园子。这里有不少中国人在自家的后院种起了各种蔬菜，院子大的还可以栽上几棵果树，这样既能吃上自产的新鲜果蔬，还能自得其乐。对于薛敏的建议，悦悦也表现出了十二分的热情，说她以后回家，就想吃妈妈亲手种出来的蔬菜。为了督促妈妈帮她实现这个愿望，她为田霄买来了各种小型农具。薛敏为她配备了各种菜籽，在她还没说行的时候，薛敏已经为她做好了规划图，一旦开始动工，薛敏的老公可以来帮着锄地、搭架子。田霄自然明白朋友和女儿的心思，生活总是要继续下去，为了女儿她也要振作起来。她不能让自己的心境也完全荒废了，种些瓜果蔬菜总会有些收获。若是让她选择，其实她更愿意种花种草，耳濡目染之下，她已经很知道如何侍弄那些花草。但她也知道那些她太熟悉的东西，恰恰是她不能再去触碰的禁区。如果她还想从抑郁中走出来，她必须开辟出一片新的天地。

　　田霄的菜园有模有样后，有的时候，田霄会自欺欺人地安慰自己，这里一直就是这个样子，从未有过一个花园，只有这个菜园。悦悦每次回家，或者薛敏一家来她这里吃饭，他们总是会对那些自产的蔬菜赞不绝口，这也就让田霄更加相信这里一直只有一个菜园。

　　田霄把东西准备得差不多后，又开车出门，去灰狗车站接悦悦。悦悦每次都告诉妈妈她快到的时候会打电话，那时候田霄再出门，就不用在车站等太长时间。田霄每次都装作比悦悦只早到了一点点，其实她在那已经等了不短的时间。她接到悦悦的电话时，常常已经在车站了。田霄喜欢在那等上一段时间，她喜欢在那无所事事地溜达，慢慢等待那份即将到来的喜悦。

　　从纽约中国城开来的大灰狗在一阵热闹的轰鸣声中停在

了田霄的面前。悦悦又是第一个钻出来的，她知道妈妈在等她。那声甜糯的"妈妈"刚进田霄的耳朵，一个大大的拥抱又覆盖住了她。比悦悦矮小的田霄很幸福地缩蜷在女儿的拥抱中。悦悦长大以后，特别是这两年，母女重逢时，田霄倒更像是个孩子。

悦悦递给田霄一大盒点心。每次上灰狗前，她会在中国城挑些新鲜的小点心小蛋糕。

悦悦说："今天正好有刚出炉的榴莲酥，薛敏阿姨也喜欢，我多买了些，明天给她送去。"

田霄的闺蜜薛敏是悦悦的干妈，悦悦是个很懂事的孩子，跟亲妈很贴心，也不会遗落了干妈。

田霄赞许地看了眼女儿，接过点心盒，正准备跟悦悦离开，悦悦叫住她，说还有一件行李。

司机已经下了车，打开了右侧的储备箱，有大件行李的人排着队领取自己的行李。田霄看到悦悦取来了那个最大的旅行箱，这个旅行箱还是悦悦上大学时她给悦悦买的。

悦悦解释道："有些用不着的东西，我就带回来了。"

田霄还是有些疑惑，但也没说什么。

回家的路上，母女俩都有些沉默。悦悦的手机响了几次，进来了几个微信。悦悦上次去上海公干，回来后用起了中国人喜欢用的微信，还把田霄和薛敏加了进来。田霄估计悦悦的微信群里没几个人，大家都用中文，悦悦根本看不懂。悦悦七岁来美国后，很刻意地屏蔽了中文，现在的她已无法用中文阅读。能用微信跟她交流的大概只有那个美国女孩凯茜（Kathy），当然她们用的是英文。凯茜跟悦悦曾经是室友，中文相当不错。田霄在纽约曾见到过凯茜，跟她可以用中文交流。凯茜特别喜欢跟田霄用中文聊天，正好练习一下口语，但这样做就没有顾及悦悦根本听不懂她们在说什么。田霄也愿意跟凯茜说中文，她这样做多少是做给悦悦看的，想刺激一下悦悦，她一直不明白悦悦为什么这么抗拒说中文。悦悦来美国后，用了一年的时间补上了英语，在学校里或平时跟人用英语交流基本过关后，她再也不想说中文了。开始的时候田霄怕悦悦听不懂英文，无法跟周围的人正常地交流，还尽可能跟悦悦多说英文，加上乔希不会中文，在家里他们基本上只说英文。悦悦特别努力地学习英文，她的英文在短时间里突飞猛进。等到她的英文不再是问题时，田霄倒希望她不要把中文丢了。可仅仅一年的时间，田霄发现悦悦对中文已经非常生疏了，她不仅关上了那扇大门，不再让中文进入她的世界，还把原来储存在她脑海中的中文一点点地倾倒出来。只有在跟外婆通电话时，她迫不得已说点中文。外婆去世后，她再也不用强迫自己说中文了，外婆带走了悦悦跟中文的最后的牵系。

　　悦悦五岁的时候，离了婚的田霄把她留给外婆，只身来了美国，悦悦七岁来的美国，田霄猜测在悦悦五岁到七岁这两年间发生了什么，或者悦悦来美国后发生了什么，让一个年少的孩子有这么强烈的意愿和这么坚决的行动放弃了自己的母语。田霄几次试图跟悦悦探讨下这件事情，每次都被悦悦搪塞过去。她说她没有语言天赋，能说好一种语言就不错了，在美国只能选择英文。田霄知道这只是一个借口，悦悦恰恰很有语言天赋，要不她不会只用一年的时间就赶上了同龄的美国孩子的英文水平。后来她在学校里选了法语课，一样有很优异的表现。田霄固执地认为悦悦的心里藏了些事情，悦悦却总能轻描淡写地躲开妈妈的询问，固执地坚守着那些秘密。那些秘密和伤痛让她早早地成熟起来。早熟对于一个孩子来说其实是一种悲哀，也是一种折磨。更大的悲哀是，为了抗拒那些折磨，她早早地封闭了自己的世界，即使对她最应该亲近的妈妈。她可以微笑着面对所有的疑问，并且让外人相信她的内心世界也跟她的微笑一样单纯温暖。田霄只能感觉出一些异样，却无法勘破悦悦的心思。田霄只好找出各种理由说服自己不要去乱想，或许她对悦悦的那些担忧只是自己太多虑了。不管怎么说，悦悦一直是一个懂事的孩子，没怎么让她操心过。在美国文化中长大的孩子又非常独立，田霄总是适可而止，悦悦不主动谈及的事情，她绝对不会刨根问底。她的这种态度和做法让她跟悦悦一直保持着融洽的关系，就是在最让父母头疼的青春期，悦悦跟她也相安无事。但田霄的心里始终有着难言的遗憾，悦悦是她在这个世界上最爱的那个人，跟悦悦最亲近的时候，她也会有那种疏离的感觉，近在眼前远在天边的感觉。

上次悦悦因为律师事务所的案子去了趟上海，这是她在离开上海十多年后重新回到自己的出生地，并且在那里见到了自己的亲生父亲倪晖。田霄对此一无所知，她想知道的是悦悦回到那里的感受，在那次旅行中都发生了哪些事情。每次她拐弯抹角地拐到这个话题上，悦悦总是很简单地回应几句：都很好，都很顺利，也没什么特别的事情……

手机响过几声后，悦悦掏出了手机。都是凯茜发来的照片，还有一句话：很高兴你做出了这个决定，看来我们很快要见面了。

凯茜去年去了中国，现在人在四川。

悦悦又习惯性地进到她的朋友圈，那个小到不能再小的朋友圈，一共只有四个人。妈妈和薛敏阿姨很少在那里发东西，凯茜新贴出来的是几张同样的照片，只是前面的那段话是用中文写的，她发给悦悦的微信用的是英文。悦悦笑了一下，难得凯茜这么有心。悦悦很快又看到了另外一个人的，是几张照片，他并不在里面，也没有文字说明，悦悦还是一眼就分辨出了这个地方。这是上海的和平饭店，他带她去过那里，去听世界上最老的爵士乐队的演奏。就在那个晚上，他帮她设置了微信，他是她在微信里的第一个朋友。那天她才知道，他叫林英杰，以前她都叫他赞恩（Zane）。互相加了微信后，他们并没有任何直接的交流。他只是偶尔在微信里转发一些文章，基本上是中文的，她基本上看不懂。她曾借助于字典试图看明白其中的一篇文章，费了不少时间和工夫，还是只明白个大概。这次好像是赞恩第一次发些自己拍的照片。他应该又去了那里，那天他们一起去那里的时候，她不记得他在那儿拍过这些照片。在她做了那个重要的决定，并且告诉了赞恩之后，他又去了那个地方。悦悦揣测着这两者间有着怎样的关联，她的心跳明显加快了。

为了掩饰自己的窘态，悦悦扭头朝妈妈一笑，说："凯茜又去了一个新的地方，她和同伴现在在杭州，她们去参观大运河博物馆，正好赶上博物馆外面的公园里在举行婚礼，有一百对新郎新娘一起办婚礼，凯茜从来没见过这么大的婚礼。"

田霄边开车边回应道："一定很热闹。凯茜快把中国游遍了。"

"杭州在浙江吧？这是凯茜到过的中国的第十六个省。"悦悦说，在律师事务所工作，悦悦已经习惯于记住一些确切的信息。

"这就是说凯茜游了半个中国了，我都没去过这么多的地方。"田霄说道。

"看来她比你还了解中国了。"悦悦说。

"她很可能比我更了解当今的中国。"田霄建议道,"下次你去中国,应该让凯茜带你多去几个地方,她会是一个很好的导游。"

"这是一个好主意。"悦悦赞同道,"凯茜说过,她在中国有很多想去的地方,我可以跟她一起去。"

田霄淡淡地一笑,没再继续这个话题。她知道女儿并不是那么渴望去中国,以前攒下假期,如果是去美国以外的地方,她一般会去欧洲或近处的加拿大。她和悦悦倒是商量过一起回趟中国,但因悦悦临时被派去中国公干,母女俩的中国之行便被搁置下来。

到家以后,田霄想帮悦悦一起把那个大旅行箱搬进屋去,悦悦说着自己就可以,随手就把那个看起来很重的箱子拎了起来,进了房子后,又一口气拎到楼上自己的房间。田霄看了眼女儿的背影,将近一米七的身高,很苗条,但并不瘦弱,常去健身房健身,呈现出很优美的线条,最重要的是,可以爆发出很强大的力量。田霄在心里很欣慰地感叹道,悦悦真的完全长大了。

悦悦进了自己的房间后,没有马上下楼来。田霄在楼下喊了声二十分钟后就可以吃饭了,然后去了厨房。四个炉灶几乎同时开火,一个蒸鱼,一个做甜羹,一个下馄饨,还有一个炒空心菜。田霄很熟练地掌控着时间差,同一个时间里把这四样东西都搞定了。

二十分钟后悦悦出现在厨房里,田霄正在把一盘盘饭菜放到餐桌上。面对丰盛的晚餐,悦悦很陶醉地吸了口气,甜甜地说:"我中午都没敢吃饭,就等着这顿妈妈做的饭了,谢谢妈妈！"

田霄幸福地看了眼女儿，说："快吃吧，明天做你最爱吃的千层饼。"

悦悦坐下吃饭前，递给田霄一个精致的礼物袋，田霄这才注意到从楼上下来的悦悦手上拿着东西。

悦悦说："妈妈，我有个礼物给你。"

田霄很快看到了蒂凡尼（Tiffany）的标志性的蓝色，她的手抖动了一下，有些颤抖地打开了礼袋，拿出一个精致的蓝色的首饰盒，轻轻打开，一条精致的白金项链安静地躺卧在里面，项链坠是一个小巧的大象，一个华贵的品牌就有了些可爱的味道。

"我知道你喜欢蒂凡尼，你想要一条蒂凡尼的项链。我去了几次，给你买了这个。"悦悦有些紧张地看着田霄，她不确定妈妈是否喜欢她挑的这条项链。

田霄的手又抖动了一下，遥远记忆中的那抹亮色在黯淡了许多年后，突然就在她的眼前和手中这么耀眼地璀璨起来。悦悦怎么会知道她想拥有一条蒂凡尼的项链呢？她是带悦悦去过纽约第五大道的蒂凡尼，不能说去过，她们只是路过那儿，只在门口有过不到一分钟的停留，她甚至没敢带悦悦走进去，就很迅速地离开了。她们很快走到离蒂凡尼已经很近了的中央公园，那次她是要带悦悦去中央公园的，她没有想到会经过蒂凡尼。那时候悦悦还不到十岁，她不可能告诉悦悦那个秘密，就是悦悦长大以后，她也不可能向悦悦抖开那个早已尘封了的包袱。这个世界上只有一个人还知道她的这个向往，这个人恰恰早就不在乎她的任何情感了。可悦悦似乎很确定地知道了她的这个秘密，难道是……

田霄的沉默让悦悦更加紧张了，她有些担心妈妈并不喜欢她左挑右选的礼物。

"妈妈，你要是不喜欢，我可以去换一条。"悦悦说。

"我很喜欢。"田霄说着把项链取了出来，捧在手心里，"好精致好漂亮，这只小象还能给我带来好运呢。"

悦悦开心地笑了。

田霄又说："怎么去那里给我买东西，太贵了。"

"不好意思，我给你买了个便宜的，"悦悦笑道，"还有更漂亮的，可我买不起。"

"蒂凡尼就没有便宜的东西。"

"这个真的不贵，"悦悦说，"我还从来没给你买过像样的礼物呢。"

"我真的很喜欢，那我就收下了。"

"你现在就戴上吧。"

"还是等一等，等一个特殊点的日子。我的生日快到了，这就算是你送给我的生日礼物吧。"

"好呀。"

田霄小心地把项链放回首饰盒，递给悦悦："那你先收着，我过生日的时候再给我。"

悦悦没有接，犹豫着说："我那天可能不在这里。"

田霄说："我可以去纽约。"

"我也不在纽约。"悦悦轻咬了下嘴唇，尽可能轻描淡写地说，"我决定去中国了，在那里待上一两年，然后再决定以后做什么。"

"去中国？一两年？"田霄吃惊地看着悦悦，"是律师事务所派你去那里吗？"

"不是，是我自己的决定。我辞掉了律所的工作，今天是最后一天在那里上班。"

田霄半张着嘴，呆呆地看着女儿。她这才明白悦悦怎么会带回来一大旅行箱的东西，悦悦也许真的会跟凯茜一起在中国旅行，再往下想，全都是空白。田霄很难弄明白悦悦怎么会做出这样的决定，这个消息已完全超出了她能想象到的地方，她甚至都不知道她该从何处开始去想这件事情。悦悦确实做出过一些让她很意外的决定，但都还在常理之中，她很快就能明白悦悦为什么会做那样的决定。如果从悦悦的成长经历中揣测她会做哪些决定，田霄最能确定的就是悦悦不会做出回中国的决定，除非是迫不得已，来自外部的原因迫使她做出这个决定，可是悦悦说，这是她自己做出的决定。

田霄呆愣在那儿，不知道该说点什么。

悦悦也呆呆地看着妈妈，她有些后悔刚到家就说出了这个决定，或许应该等到明天再说，至少等到跟妈妈好好地吃过晚饭后再说。妈妈精心准备了这顿晚饭，妈妈盼望看到的是她心满意足地吃好这顿晚饭。悦悦的心里酸涩起来，赶紧把话题岔到这一桌丰盛的食物上。

"妈妈，我们快吃饭吧。"悦悦说，"这么多好吃的，我更觉得饿了。"

第
二
章

　　晚饭时母女俩都没再提及悦悦要去中国的事情。一切都
跟往常一样，悦悦只是用周末的时间回趟家，吃着妈妈做的
饭菜，吃的人和看的人都喜笑颜开，那个尖锐的话题被浓郁
的饭香完全遮盖住，似乎已了无痕迹。

　　直到晚上，田霄完全躺到床上，她想躲避掉的悦悦的那
个决定才清晰无比地摆在她的面前。她不知道悦悦从什么时
候开始有了这个想法，是什么原因让悦悦做出了这个决定。
田霄明确的是悦悦已经做出了这个决定，悦悦一旦做出决
定，就不会改变了。在这点上，母女俩倒是非常的相像。

　　这么说，女儿又要跟自己离别了。

　　想到离别，田霄眼前不断晃动着那张挤得走形了的小
脸。国际航班入口处，五岁的悦悦拼命攥住田霄的衣襟，哭
得撕心裂肺。田霄的妈妈，悦悦的外婆只好强行掰开了那双
小手，用力拉住悦悦，催促泪流满面的田霄快点进去。

　　田霄进去后，扭头去看悦悦。悦悦正攥住那道阻隔了她

和妈妈的铁栅栏，一遍遍地试图从那里钻进来。哭泣和挤压让那张涨得通红的小脸完全变了形。田霄掉转了行李推车，忍不住要往回走。外婆不断朝田霄摆着手，田霄明白母亲的意思，扭过头去，用最快的速度越过身边的人群，迅速逃出了母亲和女儿的视线。

　　田霄确定母亲和女儿已经完全看不到自己的时候，她停了下来，大口地喘着气，又一口口吞咽下不断涌出的泪水。她努力让自己平静下来，去办登机手续和托运行李。两件要托运的行李在家里称过，有一件超重了，称的时候就知道，她当时报了侥幸心理，办事的人还是没手下留情，要么交上一百多美元或同等人民币的罚款，要么拿出来一些东西。田霄犹豫了一下，她手上只有少量的以备急用的人民币，全部拿出来也不够，一百多美元够得上她在美国的一个月的饭钱了，再节省一下，还会有剩余。她到了以后，肯定有不少要花钱的地方，她是个穷学生，一百多美元对她来说是个不小的数目。

　　田霄很快做出选择，还是从箱子里取出些东西。她打开了那个超重的箱子。有些生活日用品，美国都能买到，但都要花钱，如果能带出去，可以省掉这笔开销。田霄跳过这些日用品，很快翻到包裹在一起的几种做菜用的调料，这是她妈妈塞进来的。从小到大，妈妈做菜时一直会用这些调料，她早已习惯于这些口味，这也是家的味道。田霄的鼻子抽了一下，还是决定拿出这包分量不轻的调料。未来的日子，只要能有油盐就可以打发了。田霄很快又看到了几本书，几本自己很喜欢的诗集和散文集，心绪不宁时，阅读总是可以让她安静下来。可是当生存成了问题的时候，精神上的需求是她消受不起的奢侈品。接下来的生活也会是忙乱不堪的，她不敢再指望繁乱的生活中还能有那些闲情逸致。田霄把几本书都取了出来。书的旁边是两本厚厚的日记本，还有厚厚一沓悦悦的涂鸦。在别人眼里那就是一堆废纸，对田霄来说，这就是她的精神寄托。这可是女儿一笔一画亲手画出来的呀，还夹杂着几个女儿刚刚学会写的汉字。也许悦悦并不想表达什么意思，可田霄总是能在这些随意的涂抹中看到一个个美丽的景象。她可以舍弃自己从少女时代就开始喜欢的文字，却一定要带上女儿的这些稚拙的作品。

那两本厚重的日记本都是布面的，典雅而古朴。有一本是爱情日记，甜蜜又详尽地记录下了她跟倪晖的初次相遇，他们坠入爱河，他们决定结婚，还有很多新婚后的柔情蜜意……田霄略微有些诧异，她一直还保留着这本日记，竟然还准备把它带到美国。难道她还没忘记那个男人，还在留恋着那段让她心碎的爱情吗？另外一本日记的主角是悦悦，细细密密地留下了从怀孕到悦悦快四岁时所有的惊喜和感动。倪晖有时出现在里面，他毕竟是悦悦的爸爸，很多美丽的日子是同时属于他们三个人的。这本日记没有写满，还有一些空白页。所有的幸福在悦悦不到四岁时戛然而止，田霄再也没有心情去书写更多的文字。两个日记本都不轻，田霄轻轻抚摸了一下那本爱情日记，还是把它归到那堆要舍弃的东西中。

田霄打开那个随身携带的小拉杆箱，先把一件有可能在飞机上穿的厚一点的衣服拿了出来，可以随手拿着，腾出些地方后，把另外一本日记和悦悦的涂鸦塞了进去。这样可以减轻大旅行箱的重量，更重要的是，这些东西随身带着就放心了。田霄惊了一下，她怎么会把这么重要的东西放到要托运的箱子里呢？万一出个差错丢了箱子，她的这些宝贝不就永远地离她而去了吗？田霄后怕起来，倒有些庆幸刚才的一番折腾了。

田霄把收拾好的旅行箱重新放到传送带的前面，看到箱子的重量比规定的上限少了半斤，她掂量了下手中的那本爱情日记，再放回去的话，应该正好。她张了下嘴，又把那句到了嘴边的话咽了回去。

田霄到得很早，办完手续后，离飞机起飞还有将近两个小时。她从背包里找出一个备用的塑料袋，把刚才拿出来的东西都放了进去。她拎着这些东西，拖着拉杆箱，沿着过来的路返回，往进口处走去。快到的时候，她开始借助于一些物体遮挡下自己。她走到一个柱子后，站在这里，可以清晰地看到入口处来来往往的人流。她又看到了那道铁栅栏，还有被铁栅栏阻隔了的母亲和女儿，她们还站在那儿。悦悦不再大声哭喊着妈妈，只是时不时地抽泣一下；她也不再试图挤进那道铁栅栏，只把那张小脸紧紧地贴在铁栅栏上，一双哭肿了的眼睛在栅栏的空隙中转动着，她一直在涌动的人群中搜寻着妈妈的身影。外婆试了几次，想拉悦悦离开，那个小小的女孩甩开外婆的手，还是固执地站在那儿。外婆很无奈地看一眼悦悦，又看一眼栅栏里的人群。田霄的小半个身子已经挪出了那个用于藏身的柱子，她要回到母亲和女儿的身边，她想看到悦悦破涕为笑，跟她们多待几分钟也是一大把的幸福。

在田霄就要走出来的时候，理智还是拦阻了她的脚步。她走回去，最多能跟女儿和母亲再多待一点时间，她终究还是要离开。她的再次离开，会更加地刺激悦悦，只会让悦悦更加难过。她知道悦悦不仅仅是想多看她几眼，在她怀里多待一会儿，悦悦根本就不想让妈妈离开。想到女儿的愿望她无法满足，田霄的心绞痛起来。她退回到柱子后，背转身去，让眼泪和自己的难过无遮无拦地倾泻下来。过往的人都会瞄她一眼，有个中年女人忍不住走过来，问她怎么了，她说只是在想女儿，比她年长的那个女人很理解地点了点头，没多说什么，悄然地离开。田霄不知道自己这样哭了多久，等她再转回头去，想再看一眼悦悦的时候，发现悦悦和母亲都不在栅栏边了。田霄的目光划过远远近近所有的地方，都没找到她们的踪影。田霄离开了藏身的柱子，一直走到栅栏边，沿着栅栏一路走下去，她突然很强烈地想再看一眼女儿和母亲，可她们好像根本没在这里出现过。那一刻，田霄确切地感受到，她真的要离开上海离开中国了。

田霄孤独地朝安检口走去。快到那里时，她看见一个大垃圾桶，她把那一袋从行李箱里拿出来的东西一股脑地扔了进去。离别的时候，不能再有留恋。豆蔻年华时的情思，甜蜜的爱情，家的味道，她本来以为可以陪伴她一生的最珍贵的东西，她知道她已经留不住，也带不走。

那些东西落进垃圾桶时，发出"砰"的声响，有些像关门的声音。那是她跟倪晖的最后一次见面，他离开的时候，用力带上门，也发出了"砰"的声响。那个让她怦然心动的男人，离开她时，只留给她一声沉闷的声响。

倪晖第一次出现在田霄面前时，田霄开始相信一见钟情。
那是二十世纪九十年代初的一天，田霄研究生毕业还没多久。作为英语专业的尖子生，她留在那所大学当了英文老师。倪晖在法律系，比田霄早两年毕业，同样是留在母校当老师。他主攻国际法，有些英文方面的资料，他想请田霄帮忙看一下。田霄读书时就知道了倪晖。一表人才英气逼人的倪晖是校园里的风云人物，田霄身边的女同学常常会念叨这个名字。对于这个很多女孩子倾慕的白马王子，田霄反倒很淡漠，她不是一个喜欢凑热闹的人。她从来没见过倪晖，她不会对一个从未有过接触的人产生感觉。她也不乏追求者，从少女时代开始，她就习惯于男追女的恋爱模式。而且，她正跟她的师兄谈着一场不咸不淡的恋爱。田霄并没有爱上师兄，但不讨厌跟他待在一起。她明确了跟师兄的恋爱，便有了一个最好的理由，可以名正言顺地拒绝其他的追求者。更让她感到放松的是，师兄并不是要死要活地爱着她，他正全力以赴地追求着他的美国梦。他要到美国去，最终也实现了这个愿望。师兄当然想同时拥有美国和田霄，可是要让他在两者之间做出选择的话，他只能选择美国。田霄的爸爸那时得了重病，医生和家人都已放弃了希望，还未确定的只是他还能坚持多久。田霄不愿意在这个时候离开父亲，她更倾向于留在上海。她从系里得到比较明确的信息，让她留校的可能性很大。田霄几乎没怎么犹豫，就拒绝了师兄提出的跟他结婚然后一同去美国的请求。

田霄在跟倪晖见面之前，她跟师兄的感情就已了无痕迹。没有深深地爱过，就无需太多的时间和努力从那里走出来。她期待着一份真正属于她的爱情，但她绝对没有想过会跟倪晖纠缠到一起。跟倪晖见面是倪晖主动找上门的，他托了两个人都认识的一个朋友，田霄算是帮倪晖的忙。

两个人约了在学校的图书馆碰面。田霄提前到的，她正好要在图书馆借几本书。借好书后，时间还没到，她就走到约好要碰面的地方，一个人静静地坐在那儿看刚借来的书。

倪晖赶到的时候，她正在看美国作家杜鲁门·卡波特的原版小说《冷血》。田霄完全沉浸在书里，倪晖走近她时，她浑然不觉。

"请问是田霄吗？"倪晖开口问道。

田霄听到自己的名字，惊了一下，抬起头来，看到眼前站着一个帅气的男人。

"我是田霄。"田霄机械地回应道，有些没有反应过来，这个陌生的男人怎么会知道她的名字。

"你好，我是倪晖。"倪晖微笑着说道，还向田霄伸出手来。

田霄从书中走了出来，这才想起自己为什么会到这里来。她大方地跟倪晖握了下手，又有些尴尬地说："不好意思，刚才掉进书里了。"

"在看什么书？应该很精彩。"倪晖说。

田霄把封面翻过来，让倪晖看到书名。

倪晖有些惊讶："是卡波特的《冷血》？你喜欢这本书？"

"刚刚开始看，还不知道会不会很喜欢，开头部分确实已经吸引了我。"田霄说。

"这本书还是值得看的，"倪晖停顿了一下，又说，"我很喜欢，从开始到结束，都觉得不错。"

"你看过这本书？"这次是田霄有些惊讶地看着倪晖，她没想到倪晖对文学类的东西也感兴趣。

倪晖解释道："这是非虚构小说的开山之作呀，可以帮我很好地了解罪犯的作案动机和心理变化。虽然不能完全达到学法律的人所要求的严谨，但从一个作家手里出来的东西，比冰冷的法律案宗生动多了。"

倪晖说话的时候，田霄一直专注地看着他。她尽量控制住自己的表情，心里却已是一片汪洋。几分钟之前，倪晖还是别的女人们喜欢的男人，跟她无关，就在这么短的时间里，她就跟她们一样了。她终于明白了那些女孩子为何痴缠，她甚至比她们更加强烈地喜欢上了面前的这个男人。倪晖高大帅气英气逼人，但他没有拒人千里的孤傲，他的潇洒是温和的，他说话的声音和脸上的微笑里，始终散发着一种磁性的温暖，很容易让人走进去，又很快深陷其中。当这样的男人又具备了渊博的知识优雅的谈吐，很少有女人能抵挡住这样的魅力。

田霄不敢再顺着刚才的那个话题走下去，她怕倪晖再给她更多的惊喜，太多的惊喜会让她招架不住的，她赶紧转到今天见面的正事上："你说你有些资料要我帮着核对一下，不知道我能不能帮上忙。"

倪晖从背包里取出一沓材料，递给田霄，说："我试着翻译了一下，有些地方不太有把握，想请你这个专家帮我修正一下。"

田霄翻看了一下。都是些跟法律相关的东西，有二三十页，每一页都一目了然。左边是中文的出处，右边是相应的英文的解释，他把不确定的地方也标注了出来，田霄能看出做这件事的人一如律师般精细周密。

田霄说："我可不是专家，我会好好看看，或许能帮你确定些东西，能不能给我三五天的时间？"

"当然。"倪晖马上说，"不急，只是不好意思要麻烦你。"

"不麻烦。"田霄说着把材料收拾好，放进自己的包里。

"我有一些科研经费，这些东西都在这个科研项目中，我不想让你免费做这些事，希望你别介意钱不是太多。"提到钱，倪晖说得非常婉转。

"别这么麻烦了，我从这里能学到不少东西呢，你需要我付学费吗？"田霄淡淡地一笑。

倪晖没想到田霄这么巧妙地接住了这个球，又让两个人都不觉得尴尬。他越来越感觉到田霄身上有很多很特别的地方。她是个婉约的江南女子，精致的面容上透出的却是一份大气，又是英语专业出来的，受了西方文化的影响，举手投足间多了份淡定和自信。他见到她的时候，她正在看《冷血》这样的冷峻凛冽的作品，跟她外在的温婉并不相配，反倒更让她多出了一些可以让人寻寻觅觅的韵味。

"那我们谁都不付给谁钱了。"倪晖说，"不过你一定不要拒绝我请你吃顿饭。"

"好呀。"田霄大方地答应下来。答应的时候，她的心里充满了喜悦。

田霄和倪晖很快又见了一面。倪晖找了一家颇有档次又很舒适幽雅的饭馆请田霄吃饭，他还给田霄带了礼物，一本杜鲁门·卡波特的小说《草竖琴》；一张影碟，是卡波特的小说改编的电影《蒂凡尼的早餐》；一个素雅的笔记本；一支很特别的笔，一头可以写字，另一头可以把五彩的映像投射出来。笔上有几个按钮，按不同的按钮，会投出不同的光影。这些礼物并没有被特别地包装，倪晖把它们放进一个牛皮纸袋中，田霄接过纸袋时，没有任何的压力。英语专业出身的田霄已经有了些西方人的习惯，接过礼物后，就当着倪晖的面把礼物拿了出来。

倪晖在一边解释道："那天你在看卡波特的小说，我猜女孩子会喜欢他的《蒂凡尼的早餐》。《草竖琴》是他早期的作品，你可能已经读过了。还有，喜欢阅读的人大概也喜欢写点什么，这支笔有点重，不过呢……"

倪晖说着站起来，拉着田霄来到旁边一个没有人的包间里。里面的灯没开，黑咕隆咚中，倪晖对着天花板按动了那支笔的不同的按钮。一束束光环投射到天花板上，田霄看到了灿烂的星河；树影婆娑中的一轮弯月；火树银花衬托出的良宵美景……

"希望你能喜欢。"倪晖扭头跟田霄说。两个人挨得很近，田霄靠着倪晖那面的面颊上飘过一缕温热的气息。

"这些礼物我都很喜欢。"田霄说。她还想说声谢谢，又觉得分量太轻了。这几样礼物，并不贵重，却都是沉甸甸的。送的人很用心，收的人就很走心。田霄还从未被这样打动过，偏偏送这些礼物的人，是那个已经让她一见钟情的男人。田霄有些难以自持，幸亏他们是站在一个没有亮灯的房间里，给了田霄喘息的时间，让脸上的潮红适时地褪去。

当他们重新回到饭桌边，田霄基本平静下来。她并没有刻意遮掩什么，之所以能这么快平静下来，只是因为她对倪晖没抱任何的念想。一个如此优秀的男人，她能跟他有过交集，有过这么近距离的接触，还能拥有他为她准备的这么细致周到的礼物，她对他不可能有更多的奢求。这顿饭后，哪怕这辈子不再相见，她也心满意足了。幸福已经满溢，无需再往里面加更多的甜蜜了。

田霄的恬淡反倒更吸引了倪晖，她可以就此止步的时候，他期许着跟她继续走下去。今晚是个起点，不该是个终点。究竟能一起走多远，他没有任何的计划，他只想跟她待在一起，多享受下跟她在一起的美好。跟田霄在一起的时候，倪晖觉得自己也美好起来。他开始顾及另外一个人的喜好和感受，点菜时，他不再考虑自己，只想着田霄会不会喜欢。

其实田霄并不在意吃什么，她说她喜欢清淡简单的，只是不想让倪晖太破费。倪晖却当真了，很费心思地挑了些既清淡又别有风味的菜。点好菜后，正好有个空当，田霄把倪晖的那沓资料交还给他，她已经很认真地整理补充过了。

倪晖接过来，也是一目了然，比他自己做的更清晰更丰富。除了他标注出来的有疑问的地方，田霄在他本来已很有把握的几个地方提出了她的理解，供他参考。田霄的注解无一例外地更加准确合适，让倪晖很是佩服。

倪晖感激又赞赏地看着田霄，说："太棒了，我想好好请教下你，有没有可能我们找个时间，一起过一遍这些资料？"田霄的注解已经很清楚了，倪晖又不笨，完全可以明白田霄的意思，他只是想借着这个理由，跟田霄多些相处的时间。

田霄没有拒绝，她说："可以呀，有些地方我们可以一起讨论下，没准会有更好的想法。"

"你什么时候方便？我今晚没安排别的事情，你方便吗？"

"那就今晚吧，晚饭后我们就可以做这件事。"

"如果我们还能有时间，或许我们可以一起看下《蒂凡尼的早餐》？"倪晖说完这话，心里有些紧张，怕自己提的要求太多，让田霄心存芥蒂。

田霄犹豫了一下，还是答应下来，她用让人很放松的语气说："这么经典的电影，我当然想看，奥黛丽·赫本是我最喜欢的女演员。"田霄没有告诉倪晖，她在读大学时就看过这部电影，倪晖也看过，两个人都心照不宣地忽略掉对方是否已看过这部电影。

倪晖和田霄很容易地达成了一致。倪晖提出来就去他那里一起看资料和影碟，田霄也没有反对。田霄并没有过多地去想她一个人去一个刚认识的男人的住处是否合适，或者她这样做会给对方留下什么样的印象。她并不是一个随便的人，如果换作另外一个男人，她很有可能会拒绝，可是面对倪晖时，她的很多思维都停止了，她总是很直接很简单地答应着他。既然她愿意为他做任何事情，她就不用多想不用去提防他了。

晚饭后倪晖开车带着田霄去了他家。他们先一起讨论了那些资料，在这件事上没花太多的时间，本来这就只是一个借口。然后他们一起看影碟，两个人都不是第一次看，却感觉到了之前没有过的新鲜和韵味。当男女主人公的爱情燃烧到最高点的时候，倪晖和田霄都沉浸其中，又都保持着矜持。倪晖始终是个谦谦君子，对田霄很照顾，但都适可而止，没有什么让田霄觉得不舒服的举动。看过电影，他们又聊了一会儿。田霄意识到太晚了，起身告辞，倪晖没有留她，只是执意要开车送她回去。在车上他们又热烈地聊了起来，聊刚才一起看过的电影，还聊了各自的生活，田霄好久没这么意犹未尽了。

车到了田霄住的楼下，倪晖问田霄住在几层几号，田霄惘然看了眼倪晖，倪晖说："你进门后把灯开开，我知道你安全到家了再走。"

田霄回到家里后先开了灯。她走到后窗户边，这里可以看到楼下停着的汽车。她离开的时候还是白天，窗帘没拉上，倪晖看到了出现在窗户边的田霄。他们彼此对望了一眼，倪晖启动汽车，在田霄默默的注视下渐渐远去。

田霄拉上窗帘，在窗帘后呆立了许久。她怀疑自己是在做梦，只有在梦里，一个男人才可以这样完美。

倪晖和田霄很快又见了几面，想见面的话，总能找到理由。他们没把这些见面定义为男女间的约会，但他们很快有了肌肤之亲。田霄跟师兄谈了一两年的恋爱都没做的事情，跟倪晖相识还不到一个月就做了。田霄不是一个特别传统的人，跟师兄谈恋爱时，田霄并没想着守身如玉，只是他们总差了那么一点点火候，最后一步始终没迈出去。田霄也并不特别开放，在男人那里她是矜持的，可当一切水到渠成时，她也不会抗拒或躲避。跟倪晖坠入情网后，她忘掉了所有的清规戒律。幸福来得太快太猛，让田霄的心思意念和整个身体飞了起来，没有了任何的顾忌。当倪晖把她揽入怀里时，她自然而然地抱住了他。有了这样的接受和鼓励，倪晖开始热烈地亲吻她，她也是热烈地回应着他。两个燃烧起来的身体很快痴缠到一起，两团火焰融成一朵熊熊的火花。火光冲天后，抖落下一地如水的温柔。

也许是为了纪念那一天的美好，倪晖留下了一个念想。他对拥在怀中的田霄说："有一天，我想带你去纽约，在第五大道的蒂凡尼那儿买一件你喜欢的首饰。无论多少钱，我都会买给你，只要你喜欢。"

田霄说："有你就足够了，我不是霍莉，并不向往蒂凡尼。"

"这个愿望跟金钱无关，就是想去蒂凡尼给你买样东西，纪念我们的相遇。"倪晖说着亲吻了一下田霄光滑的前额。

田霄幸福地缩蜷在倪晖的怀里，为什么不让他怀抱这个愿望并且最终实现它呢？就是拜金女霍莉，最终选择的不也是保罗和爱情吗？因为这部电影，人们想到蒂凡尼时，最先想到的是爱情。

"那你说话要算数呀。"田霄说，"我想要一条蒂凡尼的项链，不要太贵的，但一定得是从第五大道的店里买的。"那时候第五大道离田霄还很远，她以为第五大道上簇拥着大把的浪漫，而且，所有的浪漫都可以天长地久。

"我一定会在第五大道的蒂凡尼给你买一条你喜欢的项链。"倪晖许诺道。他温柔地搂住田霄，两个已经松懈下来的肉体又紧致起来，水火相容时，如水的平静中又迅速燃烧起躁动的火焰。

意惹情牵的云水之欢一经开始，就一发不可收拾。田霄的身体在多年的沉睡后完全苏醒过来，风起潮涌，漫无边际，柔情蜜意也可以像火山喷发那样热烈狂放。倪晖又是无所不容，山崩钟应。两个人如胶似漆，忽略了所有的规范和流言，这个世界上，只剩下他们两个人了。

直到有一天，田霄发现了她身体上的异样。

田霄怀上了倪晖的孩子，两个人这才想起了他们应该有的顾忌。两个大学老师，在约束学生的时候，不可能让自己无所顾忌。他们想到打掉这个孩子，田霄舍不得，她喜欢小孩子，这又是倪晖的孩子，让她在倪晖和孩子之间做选择，她会选择孩子。

倪晖说："我们结婚吧。"

倪晖说这话时，有些底气不足，他还没有准备好。对田霄来说，这个问题不是一个问题，她不需要任何的准备。

倪晖和田霄很快结婚了。结婚的意义就是可以名正言顺地住到一起，名正言顺地生下他们的孩子。他们没有举办婚礼，只是跟一些很亲近的朋友和同事吃了顿饭，又一起去了双方的老家，拜见了双方的父母，几乎没搞任何的仪式，但倪晖和田霄结婚这件事还是在学校里闹出了不小的动静，有人羡慕，有人惋惜，还有人预言，他们不会长久的。

这些流言和猜测并没打搅到倪晖和田霄，热闹是别人的，他们自己倒平静下来，结婚后他们都做回了原来的自己。倪晖的重点又回到他的事业上，他辞掉了学校的工作，准备开办自己的律师事务所。在跨世纪的中国，这是不少学法律的人崇尚的一条路子，要不是前段时间沉迷于男欢女爱中，倪晖会更早地走出这一步。既然比别人晚了一步，倪晖急于赶上落后的那一步，还要尽早在同行业的竞争中脱颖而出。倪晖每天忙得昏天黑地，好在田霄把家里的事情打理得很好，倪晖可以心无旁骛。田霄不是那种缠人的小女人，她很独立，无论在生活上还是在情感上，她很少去打扰自己的丈夫。如果倪晖需要她的帮助，她会全力相助。如果倪晖不需要她的介入，她可以很安静地去做她自己的事情。她要教书，要做研究，要完成一些翻译方面的任务，还要准备孩子的到来，这些事情已经够她忙的了。田霄喜欢这样的相安无事，夫妻两个住在一个屋檐下，却可以打拼不同的天地，家是共同的，在各自的工作和事业上又是自由的。

倪晖的女儿和律师事务所几乎是同时出生的。女儿出生在傍晚，天空中刚刚升起了一轮新月。倪晖就取了新月的谐音，给女儿取名为"倪馨悦"，小名"悦悦"。这轮新月代表着满心的欢喜愉悦。倪晖本来正为即将开张的律师事务所的命名头疼，想了几个名字，都不是十分满意。女儿的名字出来后，律师事务所的名字也随之而出。他马上想到了"悦晖"这个名字，从女儿和他自己的名字中各取一个字，有好几层寓意，又朗朗上口。

那是田霄一生中最幸福的一段时光。她嫁了个如意郎君，英俊潇洒，又细致体贴，人还很聪明很有能力，事业已开始蒸蒸日上。他们有一个漂亮可爱的女儿，这个美好的小人儿是爱情的结晶，又给她的父母带来了更多的甜蜜和祝福。这些很多人终其一生都得不到的幸福，田霄在她二十多岁最好的年华时就同时拥有了，幸福还是接踵而至。一年多以前她还觉得幸福遥遥无期，现在她已是在爱人的怀抱中，抱着他们共同心爱的孩子。她还有份不错的工作，在大学里教书，做着自己喜欢做的事情，又没有繁重的压力。唯一让她感到遗憾的是，她父亲在悦悦出生前三个多月的时候去世了，没有见到自己的外孙女。

父亲去世后，田霄把母亲接来了上海，想让母亲散散心，早点从悲哀中走出来，这样也便于她照顾母亲。田霄的故乡离上海并不远，但毕竟不如在一个城市里方便。倪晖没有反对，他们的孩子快出生了，多一个人帮忙总是件好事。田霄的母亲开始时有些犹豫。田霄的弟弟大学毕业后去了深圳，她多少有些重男轻女，更想跟儿子一起住。无奈儿子还在打拼阶段，居无定所，无法让母亲过来，加上上海还是让她更容易亲近起来，都是江南文化，在饮食、气候和生活习惯上都是一致的。

田霄并不想让母亲太辛苦，只是过来帮她带孩子。她也想给母亲一个独立的空间，好在她原来住的那套小房子还空着，离他们又不远。田霄单身时在学校分到一个一居室的福利房，面积很小，但什么都有，住着很方便。结婚后她搬到了倪晖买下的那套宽敞明亮的三居室的房子里，原来打算把那套小房子租出去，迟迟没找出时间去做这件事，现在她很是庆幸，这套小房子还在自己手上。

田霄的母亲在这套小房子里安顿下来，并且按照自己的喜好把房子重新规整了一下。悦悦出生后，田霄的母亲搬到了女儿这边，帮着照看悦悦，做做家务。她想她不该只来上海享福，她不能让女儿在女婿那里少了面子和底气。

其实对倪晖来说，田霄的母亲是否跟他们住在一起，是否能照看悦悦，已经不是很重要的事情了。他的事业一经开始就处于井喷状态，让他无暇顾及那些他本来就不太感兴趣的家庭琐事。倪晖几乎每天都是早出晚归，有时候无暇回家，一个人住在另外一套房子里，那里离他的办公地点更近一些。倪晖把挣到的钱很快变成了房产，是一个很好的投资，也让他很自由地过着狡兔三窟的生活。田霄的母亲不无担心地提醒过女儿，让她多留意下倪晖。田霄对倪晖却从未起过疑心，还是百分之百地相信他，倪晖对她也是一如既往地温柔体贴。

这样的美满一直持续到悦悦将近四岁的时候。那天田霄的母亲去幼儿园接孩子时，倪晖给在家里准备晚饭的田霄打了手机，说他想去田霄原来的那套小房子里跟田霄见上一面。

田霄随口问了句："什么事呀？"

倪晖说："你来了就知道了，我已经在这里了。"倪晖说完就挂了电话。

那时候田霄的母亲大部分时间都跟他们住在一起，方便照顾悦悦，那套一居室的小房子就空在那儿。田霄和倪晖偶尔会去那里亲热一番，那里倒成了夫妻两人约会的地方，可以避开老人和孩子。

田霄这才想起她跟倪晖又是好长时间没亲热了。倪晖最近常常忙得回不了家，就是能回家，也是很晚才回来，田霄一般搂着孩子睡下了。悦悦出生后，她的生物钟迅速调整到女儿的作息时间上。她还要有好的精神状态，应付学校里和家里的各种事情，她得睡够觉。

趁着母亲和悦悦还没回来，田霄赶紧梳洗打扮了一番，换上了闺蜜前段时间去美国时给她买的"维密"的内衣。田霄只穿着胸罩和内裤，在镜子前妖娆地摆了几个姿势。到底是知根知底的闺蜜，尺寸拿捏得很准，还帮她恰到好处地勾勒出她的身材。这身内衣是纯正的黑色，收到礼物时田霄还怪闺蜜没挑另外一种颜色，"维密"有那么多的颜色可以挑选。穿到身上后，田霄才觉出还是这样的黑色最性感。内衣能穿出的最好的效果，不就是性感吗？衬在她白皙光洁的皮肤上，这黑色幽幽地闪着冷艳的光芒，是那种很高贵的性感。田霄的嘴角浮现出羞涩的笑意，她想倪晖会喜欢这样的性感。

田霄赶到那套小房子，钥匙插进锁孔时，她有意停顿了一下。倪晖应该听到了她开门的声音，但他没像往常那样来给她开门。

田霄自己开了门，进来后，她看见倪晖坐在厅里，他没有急不可耐地走向她，也没有说什么，当他们的眼神遇到一起时，倪晖有些局促地回避了一下。

田霄的心里有种很不好的感觉。当一个婚姻中的男人出轨时，最后知道的那个人常常是他的妻子。他的妻子是那个最迟钝的人，也有可能是那个最敏感的人。丈夫的一个眼神一个动作，就能让她敏感而准确地意识到发生了什么。

田霄的心脏猛烈地跳动起来，她机械地走向倪晖，从他的面前走过，在他的对面坐了下来。

他们面对面地坐着，田霄直视着倪晖，倪晖始终回避着田霄的目光。

倪晖低下头来，说："田霄，有件事我想告诉你……"

"我有了另外一个女人，我们在一起有段时间了，她想跟我结婚。"

"我答应了她，我也爱上了她，我想跟她在一起，对不起……"

田霄一直没有反应，倪晖也就把那些难以启齿的话一口气说了出来。

"她是谁？我认识她吗？"田霄很冷静地问道，她的平静让她自己都觉得惊讶。

倪晖看了眼田霄，说："是我的合作伙伴应影，你跟她见过几面。"

田霄又陷入了沉默。应影跟她年龄相当，是倪晖招募的第一批人马中的一个，她们确实见过几面。应影相貌平平，不温不火，田霄对她也就没有特别的感觉，人们总是对看起来并不出众的女人少了戒心。田霄从倪晖那里偶尔听到他对应影的赞赏，听起来应影很强势，也很会行事，她的雷厉风行推动了倪晖律师事务所的发展，助了倪晖一臂之力，在这场谈话之前，田霄对应影一直心存感激。

倪晖看田霄又不说话了，只好抛出新的问题："应影想知道，你对离婚有什么要求？"倪晖问完这话就后悔了，他知道这话会刺激到田霄，作为当律师的人，他怎么会问出这么弱智的问题？

田霄果然被激怒了，她愤怒地看了眼倪晖，说："我还没同意离婚呢，就是离婚，也是你和我的事情，用不着她来指手画脚。"

作为当事人，而不是一个律师，倪晖一时乱了方寸。田霄却是无比的清醒，她意识到倪晖的心已属于另外一个女人，这场离婚她是躲不掉的。她不想去探究倪晖和应影是怎么走到一起的，事情已经到了这一步，她只能去争取一个相对伤害小一些的了结。当倪晖以为今天的谈话不会有任何结果的时候，田霄很平静地谈到了具体的离婚细节，她坚决地说："我要悦悦的全部抚养权，我绝不同意让悦悦跟应影这样的女人生活在一起。"

倪晖陷入了两难的境地，他舍不得放弃悦悦，可应影也并不想给悦悦当后妈。

"悦悦也是我的女儿，我不能失去她，在孩子这件事上，我希望能有一个好的解决办法。"倪晖这话是对着田霄说的，更是说给自己听的。

"那你想怎么做呢？"田霄反问道。

"悦悦可以放在你这儿。"倪晖支吾道，"我也可以付抚养费，但跟悦悦有关的一些事情，我们两个共同拥有决定权。"

"你是想说你需要见她的时候我就应该把她送到你那儿，你和应影不想被打扰的话，你就可以对她不管不顾吗？"

"我不是这个意思，我只是不想缺席了悦悦的成长。悦悦也需要我，就是我们闹到法庭上，法官也不会把悦悦只判给你一个人。我若争夺的话，输掉的很可能是你。"倪晖开始转守为攻，恢复了他做律师的犀利和冷漠。

田霄的心抽痛了一下，她好像听到了法官的判决，把悦悦判给了倪晖。她知道这是有可能发生的事情，倪晖是个律师，绝对比她更知道如何得到他想要的结果。加上悦悦对爸爸还是很有感情的，如果倪晖能很好地利用这张感情牌，他的胜算会更大。可是直觉告诉田霄，倪晖在悦悦这里进退两难，悦悦是倪晖的一个软肋，应影并不想要这个孩子，他们最在乎的是财产的分割。悦悦在他们那里，特别是在应影的手上只是一个筹码。想到可怜的悦悦即将面对一个破碎的家庭，还有可能卷入许多丑恶的纷争中，田霄心痛难忍，她要尽她所能保护好悦悦，她可以放弃一切，唯独不能失去女儿。

"如果你真想打官司，我奉陪到底。我们要争的不光是悦悦，还有全部的财产。"田霄冷冷地看着倪晖，眼睛里闪过一道将要鱼死网破的寒光。她的决绝惊到了倪晖，从谈恋爱到现在也有好几年了，倪晖从未在田霄这里看到这么凛冽的锋芒。

"我的大部分资产是律师事务所的所得，很大一部分还是应影挣来的，你没有资格分割。"倪晖的声音里并没有底气。

田霄不慌不忙地提醒道："我现在还是你合法的妻子，这些话你留到法庭上跟法官去说吧。"

"你究竟想怎么样？"倪晖问道。

"我刚才已经说了，我要悦悦的抚养权，我一个人拥有全部的抚养权。"田霄一字一顿地说。

倪晖原来并不是特别要去争悦悦的抚养权，可是田霄在这件事上的态度，让他马上想到他若是放弃了法律上的保障，他可能永远地失去了女儿。但他反其道而行的话，田霄一定会在财产分割上提出更多的要求。倪晖迅速权衡着，抛开感情的因素，他要在更多的回合后再做出判断和决定。

"还有呢？"倪晖似乎在等着田霄狮子大开口。

"没有了，离婚后我和悦悦，还有我妈妈搬回这里。"田霄说着看了眼自己的小屋，"我也不需要你给悦悦抚养费，我能养活她，只是希望你不要再来打扰我们。"

"你是说你只要悦悦，如果我能把悦悦留给你，你不再要求财产分割吗？"倪晖不敢相信，不得不再确定一下，这个不就是应影最想达到的、连他自己都不好意思提出的离婚协议吗？

"是的，你放弃悦悦，我放弃财产。"田霄说，"如果你觉得没有问题，你，或者你和应影，你们两个律师可以一起起草这份离婚协议书了。"

倪晖一时无语，这个结果太出乎他的意料，是他当了几年律师没有遇到过的案例。如果他是他自己的律师，他是不是可以好好庆贺一番了？可是作为当事人，他却陷入了难言的悲哀中。

"你如果自己决定不了，你可以去跟应影商量一下。"田霄说，她可以百分之百地相信，应影会欣喜万分地接受这样的条件，并且劝说倪晖接受这一切。

倪晖还是回不过神来，他突然留恋起他现在拥有的一切，可这些曾经的拥有刚刚被他亲手打碎了。如果田霄还是他原来那个温柔顺从的妻子，他还有可能挽回这一切。可是如果田霄哭求他留下来，他还会有这样的犹豫吗？

田霄冷漠地看着倪晖，她能感觉到倪晖内心的挣扎和煎熬，可这已经不能在她心里激起其他的情感了。这个她曾经深爱的男人，就是现在她还爱着的男人，只用了不到一个小时的时间，就毁掉了她心中所有的美好。她开始恨他，她不是恨他的移情别恋，不是恨他在处理这件事情时的冷漠自私，她恨他毁掉了她对他的最美好的感情，毁掉了她对爱情的向往、对一个男人的深深的迷恋。她再也不想见到他了，她现在比他更急于离婚，他早一点淡出她的生活，对她造成的伤害可能还能少一些，可能还能给她留下些念想，让她在回忆里留住些永远逝去了的美好。她也不想让倪晖看到她的崩溃，她的身体开始颤抖起来，她不知道她还能坚持多久。

田霄对倪晖说："你可以走了。"

倪晖没有反应过来，呆呆地看着田霄。

田霄加重了语气，说："请你从我的家里滚出去。"

倪晖站了起来，走到门口时，扭头看了眼田霄，眼睛里甚至有了乞求，他们两个的角色完全反转过来。

田霄看都没看倪晖，倪晖拉开房门，田霄听到一声重重的关门声。

田霄确定倪晖已经离开后，整个身体瘫软下来，眼泪倾泻而出，很快就淹没了她。泪水洗尽了她刚才装出来的坚强，她比原来的那个田霄更加柔弱纤细，更需要一个坚实的依靠。母亲打了两次田霄的手机，田霄没敢接，她不知道该怎样跟母亲说这件事。还有悦悦，她也不知道该如何面对。从此以后她倾尽全力倾其所有，也不能给悦悦一个完整的世界了。

母亲的电话第三次响起的时候，田霄还是没接，但她从哭泣和软弱无力中站了起来。她要尽快回到母亲和女儿的身边，为了她们，她必须强大起来，必须坦然地面对即将接踵而至的所有的艰难。她急着见到她们，她要把悦悦紧紧地抱在怀里，她要给女儿一个最温暖最坚实的拥抱，她要让女儿在这样的拥抱中长大成人。

对于田霄的条件，应影在兴奋的同时，还是有些疑虑。她不相信田霄会愿意放弃所有可以得到的在物质上的补偿，她担心田霄早晚会用悦悦做筹码，要不在情感上让倪晖回心转意，要不在钱财上提出各种过分的要求。经过应影缜密的分析，倪晖也开始相信田霄另有企图，本来他就已经移情别恋，现在就更不用心有愧疚被感情羁绊了。应影趁热打铁，帮着倪晖起草了离婚协议书，把悦悦完全归田霄，除了田霄原有的那套小房子，其他财产完全归倪晖写进了这份具有法律保障的文件中。应影安慰倪晖，这样做就杜绝了田霄的任何可乘之机，倪晖也不会失去女儿，他毕竟是悦悦的亲生父亲，将来会有很多的交集，不可能从此就各奔东西，血缘关系是断不了的。

倪晖觉得应影说得有道理，更重要的是，他认为田霄不会接受这样的离婚协议书。倪晖开始把田霄想象成一个心机很重的女人，一定会出尔反尔，他们会在很多的争执后才能达成最后的离婚协议，也有可能打到法庭上。作为律师，他肯定要把这第一份的门槛抬得很高。

倪晖没再多想，就把自己已经签好字的离婚协议书转给了田霄。他等着田霄来找他，跟他讨价还价。

可是田霄很快就在协议书上签了字，一式两份，她留下一份，还给倪晖一份已经有了两个签名的离婚协议书。

倪晖和田霄很快离了婚。倪晖在离婚时的表现没有激起田霄更大的愤恨，反倒让她放下了对倪晖的感情。一个人做得太绝的时候，毁掉的恰恰是自己的尊严。田霄对倪晖不再有任何的留恋和指望，跟倪晖有关的事情，就是尽可能地去除倪晖在她过往的生活中留下的痕迹，努力开始没有倪晖的生活。

离婚以后，田霄收到了无数的同情和对倪晖的指责。田霄这才知道，有这么多的人在关注着她和倪晖的婚姻，而且这些人好像都比田霄更早地知道了倪晖的出轨，他们提到的还不止应影这一个女人。田霄不胜烦扰，如果还生活在这里，她和悦悦可能永远都摆脱不掉倪晖的阴影。恰巧学校那时出台了新的政策，田霄这些没有博士学位的教师有了很大的压力，如果她想在学校里有好的发展，她必须考虑读博了。田霄想，反正也是读书，那就争取去国外读吧，可以带着悦悦离开这个伤心之地，母亲也可以去深圳跟儿子住在一起。田霄的弟弟在深圳已混得风生水起，工作完全稳定下来，买了房子，还娶了太太，两个人正计划着生孩子的事情。

在跟倪晖离婚两年后，田霄即将去美国纽约州的州府奥尔巴尼开始新的生活。田霄并不向往即将开始的远行，她走这一步，只是迫不得已。

那些东西落进垃圾桶后，发出"砰"的声响，像是那声关门声，也像是那些沉甸甸的美好的记忆，在消失前留下的最后的动静。这"砰"的一声惊醒了田霄，她顾不上哀伤了，只能坚强地往前走。她难以忍受跟悦悦的离别，要想跟女儿早日团聚，她必须积聚起所有的勇气和气力去面对前面的一切，必须在异国他乡打拼下一片新的天地。

第
三
章

　　那一个晚上，当田霄沉浸在跟悦悦的第一次别离时，悦
悦的思绪也停留在同一个时刻。

　　悦悦的记忆是从机场跟妈妈的分离开始的，一经开始就
刻骨铭心。之前的记忆是模糊不清的，影影绰绰中，唯一清
晰的是爸爸和妈妈带她出去玩耍。爸爸并不像妈妈那样天天
陪伴着她，她之所以还能记住爸爸，是因为爸爸每次出现时
都会带给她惊喜，带给她一个新奇的玩具，或者带她去一个
很有意思的地方。出去玩的时候，爸爸常常抱着她，或者让
她骑在他宽阔的肩膀上。爸爸会有意颠动着肩膀上的女儿，
引得女儿开心大笑，咯咯地笑个不停。

　　后来爸爸就从她的生活中消失了。当她意识到这一点
的时候，她问过妈妈，爸爸去哪儿了？妈妈好像也不知道爸
爸去哪儿了。每次她这样问妈妈，妈妈总是把她紧紧抱在怀
里，一遍遍地说："妈妈会永远爱你，永远陪着你，永远不离
开你。"她不再追究爸爸去了哪里，妈妈给她的大把的爱填

满了她的生活，让她感觉不到父爱的缺失。

太多的负担，让田霄几乎每天都疲惫不堪，可是在悦悦面前，她始终面带微笑，始终温和轻松。她也从不克扣陪伴女儿的时间，即使有很多的事情还没做完，她还是会带悦悦出去玩，会在悦悦晚上睡觉前给她讲故事，等到悦悦睡着了，她再熬夜做完所有的事情。悦悦并不知道妈妈的辛苦和压力，那是段美好快乐的时光，悦悦愿意这样一直开心地过下去。

可是妈妈也离开了她。

妈妈离开之前，悦悦的生活开始有了变化。妈妈尽可能抽出时间教她英文，还告诉她，她们可能会离开上海，会去美国生活。她有些舍不得离开自己的小伙伴，但也不排斥去美国。能跟妈妈在一起，去哪里并不是一个很大的问题。一个五岁多的小女孩还不知道为明天忧虑，也就忽略掉了家里的那些变化。那段时间里，外婆常常黑着脸，唉声叹气。她晚上睡眼蒙眬地睁开眼时，常常可以看到妈妈红肿着眼睛看着她。妈妈开始往旅行箱里放东西，都是妈妈自己的东西。可是小女孩最多稍稍感觉到一点异样，很快又睡了过去，或者跑开去做令自己开心的事情了。

去机场的路上，妈妈始终拉着她的手，轻轻嘱咐她，要听外婆的话，妈妈很快就接她去美国。

她这才觉出哪里不对，她问妈妈："你为什么不带我一起走？你说你不会离开我的。"

妈妈哽咽起来："妈妈要先找到一个住的地方，很快就来接你。"

她天真地问道："很快有多快呢？是明天吗？"

"是明天……"妈妈扭过头去，看着窗外。她看不到妈妈的脸，只感觉到妈妈把她的小手攥得更紧了。

到了机场，妈妈推着行李走在前面，她和外婆紧随其后。在国际航班的入口处，妈妈蹲下身，紧紧地抱住她。妈妈松开她站起来时，她看见妈妈的脸上淌满了泪水，她突然意识到妈妈会去很远的地方，会去很长的时间，妈妈甚至会像爸爸那样再也不会回来了。她拉住妈妈的衣襟，紧紧地攥住，大哭起来。"妈妈你是不是不要我了？你不要走，你带上我……"她一遍遍地哀求着妈妈，哭得上气不接下气。

妈妈还是在她的号啕大哭中离开了她，并且渐行渐远，很快消失在人群中。

她在那里站了很久，外婆一次次地拉她离开，她使出浑身的力气拼命拉住铁栅栏，死守在那里，等着妈妈回来。她相信妈妈能看到她，妈妈会回心转意，会回到她的身边。

田霄后来非常后悔，一次次地埋怨自己，她不该让悦悦去机场。她只是想跟女儿多待些时间，没有想到会让悦悦这么难过。那样的苦痛，不该让一个五岁的孩子去承受。

那两年对田霄和悦悦来说都是一种煎熬。田霄每次打电话回来，母女俩常常在电话里哭上半天。田霄在那头饮泣，悦悦在这头哭得一塌糊涂。外婆在旁边不断地说着，悦悦你别哭了，你快说话呀，电话费很贵，你妈妈挣钱不容易……悦悦还是在不断地抹着眼泪。外婆又对着电话那头的女儿说，田霄你还好吗？你跟悦悦好好说说话呀……唠叨了一会儿后，外婆终于放弃了，躲到一边去唉声叹气。这样过了大半年后，田霄和悦悦不再在电话上没完没了地哭了，但她们还是很少说话。开始时悦悦还问妈妈什么时候回来接她，后来她就不问了。这个问题每天都盘旋在田霄的心里，她拼命地学习、打工，拼命地去实现那个目标，可是无论她多么的努力，她向悦悦许诺的明天还是遥遥无期。她可以现在就把悦悦接来，可现在的她整日奔波在学校和打工的地方，房子是几个人合租的，她住在一个上百年的老房子里的一间小卧室里，厨房和洗手间都是共用的，这样的漂泊不是她要给悦悦的"明天"。

悦悦不再问妈妈什么时候回来接她，可她每天都在盼着妈妈说的"明天"真的就在明天，她早上睁开眼时就可以看到妈妈已经坐在她的身边，微笑着看着她。她不在乎妈妈是不是能带她去美国，若是妈妈回来了，再也不走了，她们还像原先那样过下去，她一样会很开心。悦悦不知道她和妈妈的分离会是这么的漫长，机场的撕心裂肺的离别只是一个开始。

外婆越来越失去了等下去的耐心。她的儿子儿媳已生了孩子，是个满脸喜相的大胖小子。她天天盼着去抱孙子，无奈悦悦还需要她的照顾，她分身无术，就少不了唠叨和抱怨。

"你妈妈当年不听我的，你爸爸这样的男人，怎么会跟一个女人踏踏实实地过日子呢。"

"你妈妈就是不自量力，还以为你爸真的看上她了。要不是因为怀上了你，你妈也不一定非得跟你爸结婚。她找另外一个男人，怎么也比跟你爸过得好，你看看她现在过的什么日子，老大不小了还没个归宿，还拖了个酱油瓶子，更难找个好人家了。"

"现在他俩都跑掉了，连你妈都不管你了，把你扔给我，我什么时候才能去深圳抱孙子呀。"

外婆的这些话并不是特别要说给悦悦听的，很多时候她只是在自言自语，唠叨完了，她的心情会好一些。可这些话说多了，就在悦悦的心里扎下根来。悦悦明白了，如果没有她，妈妈就不会跟爸爸结婚，妈妈就会有好的生活。她不光拖累了妈妈，还拖累了外婆，要不外婆早就去了深圳，可以天天欢天喜地地抱着那个人见人爱的胖弟弟。

田霄答应了乔希的求婚，就是为了早日结束这种煎熬。

乔希在一家车行工作，这里卖二手汽车，也修车，乔希是个汽车修理工。

田霄以前的一个室友离开奥尔巴尼时，田霄花四千美元买下了室友的丰田花冠。这栋房子里住着的几个中国留学生对这辆花冠都颇有感情。室友是个热心人，每次出去买菜都会带上田霄或其他的人，接机送机也靠这辆车，室友还用这辆车教会田霄和另外一个室友开车。车的性能也很好，几乎没出过什么状况。室友一说要卖车，很快就有几个人表示出了兴趣。室友先考虑了住在这个房子里的人，首选了田霄。

田霄是为悦悦买下这辆车的。奥尔巴尼的冬天太漫长，没有地铁，公共汽车的间隔都在半个小时以上，自己没有汽车，孩子出门就得多受罪，出去买东西或办事也不方便，没车真跟没腿走路一样。有辆汽车，方便之外，活动范围也会大出来许多，可以带着悦悦去奥尔巴尼周遭游玩。

不知道这辆花冠是不是认生，田霄开了没多久，就发现哪里不对头。就是在很平坦的路上开车时也会有大的颠簸，这两天汽车还开始漏油，田霄赶紧开车去了离家最近的那家车行。快到下班时间了，好在车行还没关门。

田霄等了一小会儿，负责她这辆车的乔希找到她，从她手里拿过车钥匙。乔希可以让田霄留下汽车，他明早上班后再去检查汽车。看到田霄一脸的焦急，乔希没说出这句话，径直找到田霄的汽车。

问题很快就找到了，乔希回来后，跟田霄说："是减震器的问题，得换一个了，特别是前面的那个，后面的那个最好一起换。"

"大概多少钱？"田霄问道。

乔希说："如果两个都换的话，至少要一千吧。具体数目我不知道，他们已经下班了，你可能还要再来一趟。"

田霄怔愣了一下，她知道在美国修车不便宜，她也打算花些钱把车修好，一千美元还是远远超过了她的预算。她来读书拿的是半奖，学校免掉了她的大部分学费，但她要自己负责剩余的学杂费和全部的生活开支。她去中国餐馆打工也挣不到多少钱，每月的开销都很紧张，几乎没有什么节余。买车时她动用了从国内带来的那些美元，这是她多年的积蓄，不到万不得已的时候，她不敢再碰这笔钱。她已决定把正在读的这个教育学的学位尽快读完，然后去读一个计算机的学位。她是学英语的，来了美国就不是一个真正的专业了，她必须得有一技之长，这样才能生存下去。她选定了电脑应用，就业市场不错，毕业后找到工作的可能性会大很多。有份工作，她和悦悦的生活才能有保障。可是要实现这个目标着实不易，对一个文科生来说，学业上的压力会很大，随之而来的还有经济上的压力。

田霄喘了口气，问道："我不换减震器的话，汽车还能开吗？"

田霄信任地看着乔希。

乔希为难起来，不知道该怎么回答田霄，他的脸涨红了。

看到乔希这么尴尬，田霄赶紧说："还是让我自己先想想吧，若是要换减震器，我再来这里找你。对了，你叫什么名字？"

"乔希。"乔希说着用手指了下胸前别着的自己的名牌。

"你好，乔希，谢谢你。"田霄说。

"你叫什么名字？"乔希问道，脸涨得更红了。

"我叫田霄。"田霄朝乔希微微一笑，转身离去。

田霄是那天的最后一个顾客，乔希很快下班了。他开着自己的车绕出车行的大停车场，正要上主路时，看到一辆面熟的汽车停在那里，那辆蓝色的丰田花冠他刚刚检查过。乔希很快又看到田霄趴在汽车的旁边，望着车底，大概汽车又漏油了，或者刚又有一个大的颠簸。

乔希把车停下来，下了车，走向田霄。田霄看见了乔希，赶紧站起来，田霄的慌乱和无助让乔希很快做出了一个决定。

乔希先开口说："我知道一个卖汽车旧零件的地方，应该能找到一个合适的减震器，不是新的，但质量不会有问题，我可以帮你换上，这样能省些人工费。"

田霄开始时没有反应过来，茫然地看着乔希。刚才她的注意力都在汽车上，她几乎没认真地看一眼乔希。乔希大概三十多岁，有了岁月的痕迹，但还健壮挺拔，头发正从浅黄色变成棕色。很多美国人在孩童时代顶着一头金发，随着年龄的增长，头发的颜色会越来越深。眼睛还是纯净的蓝色，没有什么杂质，可以一眼从这里望到他的心底。

田霄的戒心很快就被乔希眼睛里的善良消除掉了，她明白了乔希的好意，这样她的车就能被修好，费用还能大打折扣。旧零件要比新零件便宜许多，又省去了人工费，谁都知道这里的人工费很贵。田霄迟疑起来，她跟乔希并不熟悉，都不能算互相认识，这么大的一个帮助，受之不妥。

乔希也不是没有犹豫，如果他总是这样去帮顾客的忙，车行的修理部就要关门了。乔希只能在心里劝说自己，现在已是下班时间，他从来没做过这样的事情，以后也不会做这样的事情了。

乔希又说道："快要开始下雪了，铲雪车开过后，路上就会坑洼不平，你这车的问题可能会更严重，也会影响到其他的部件。反正换个汽车零件对我来说也不难，我这个周六有空，不去做这件事，也就是在家里看看电视。"

那个周六，乔希先开着自己的车带田霄去那家旧零件商店，买了前后两个减震器。他带来了换零件要用的工具，开回田霄的住处后，他马上动手工作。换好之后，他让田霄开上一段路试试车，他坐在副驾驶座上。

这辆花冠又恢复了原来的安静。田霄选了段不太平坦的路，汽车始终是安静的，没有了颠簸和躁动。车停下来后，田霄扭头看了看刚刚开过来的路，路面是干净清爽的，没有汽车漏下来的油渍。

田霄很感激乔希的帮助，她执意要给乔希一百美元，乔希执意不要。两个人争扯了一番后，乔希说："你要是过意不去，就请我吃顿饭吧。"

那时候已快到下午两点了，乔希还没顾上吃午饭呢。田霄本来也打算请乔希吃顿饭的，她报了两三家饭馆的名字，都是上档次的饭馆，她自己从来没敢进去过。乔希说："还是去吃自助餐吧，要不你请我吃顿中国的自助餐？"

田霄只好带着乔希去了家中式的自助餐馆，这是这一带最好的自助餐了。但自助餐的价格都偏低，他们到的时候刚过两点，三点前都按午餐来收费，一个人才收六块多钱。田霄总觉得过意不去，好在乔希吃掉了四大盘子，吃得津津有味，田霄心里多少有了些安慰。

两个人吃饭的时候泛泛地聊着天，因为随意和坦诚，两个人竟然无话不说。乔希知道了田霄一个人来美国读书，离了婚，女儿还在中国。田霄知道了乔希就是纽约州人，也有过一次婚姻，前妻是他的街坊邻居，俩人从小一起长大，他们在二十出头的时候就结了婚。乔希今年三十五岁，比田霄就年长几岁，但儿子已经快十四了。几年前，他的前妻在这里待烦了，天天想着去看看外面的世界。她的决心很大，跟乔希离了婚，带着儿子去了加州。

"他们现在在加州吗？"田霄问。

"在科罗拉多州，她又结婚了，跟着那个男人去了丹佛，儿子也在那里。"

"你多长时间能见到他呢？我是说你的儿子。"

"他走了以后我就没再见过他，只是每月给他们打过去一些生活费。"乔希说到这里有些淡淡的哀伤。

乔希的哀伤传染给了田霄，她的情绪也低落下来，她想起了远在上海的悦悦。

乔希马上说："儿子大概觉得这样挺好，到了他这个年龄，就是还在我身边，他也不会愿意跟我这个爸爸腻在一起了。不过我们正在计划着一场父子团聚，他想回东海岸看看，我正在攒钱，明年会带他去纽约市好好玩上几天。"

"那太好了。"田霄由衷地说。

乔希问起了悦悦的情况，中国离他太遥远了，他只是想跟田霄多聊一聊。他们两个感兴趣的事情南辕北辙，聊起各自的孩子时还能有些共同的话题。

田霄倒也愿意跟乔希聊，好长时间没这么放松了。乔希修好了她的汽车，帮她卸下了一个重担，而且乔希是一个可以让人放松下来的人。他相貌平平，是一个很普通的人，也就没有了咄咄逼人的锋芒，脸上总是洋溢着简单的快乐，还很风趣，田霄一次次地被他逗笑了，她好久没这样笑过了。

那次道别后，过了两个星期，乔希给田霄打了一个电话，邀请她去一个电影Party。不是什么明星要来，就是一些人约了一起去看电影。

乔希说："你也可以约上你的同学或朋友，我的哥们儿是那家电影院的经理，可以给所有的人打半折。"

田霄不太好意思拒绝乔希，想想这只是一个Party，不是约会，就答应下来。

田霄问了几个同学和朋友，快到期末了，大家都忙，没有人有闲情去看电影，又不是什么非看不可的电影，田霄只好一个人去了。

到了那里，乔希在那里等她，已经买好了她的票，又是执意不收田霄的钱。田霄很快见到了乔希的几个朋友，几个人嘻嘻哈哈地坐进了电影院。说是来看电影，其实更像是来参加Party。乔希那个当经理的朋友也跑来跟田霄打了个照面，乔希中间出去过两次，给田霄买来了爆米花、饮料和一些小零食，这些东西在电影院里买要比外面贵了不少，田霄并不喜欢吃，可是乔希已经买来了，她不好当着他的朋友的面拒绝他，田霄接过这些东西时，乔希又是一脸的灿烂。

电影散场后，几个人一起走出去。道别时，他们互相礼节性地拥抱了一下。田霄能感觉到，乔希拥抱她的时候，羞涩、笨拙，拥抱的时间更长一些。

乔希很快又打来电话，谢谢田霄来参加那个电影Party。

田霄说她要谢谢乔希邀请她，那个夜晚很美好，电影也很好看。

乔希突然说："我的朋友们都很喜欢你，他们跟我说，你的女朋友很漂亮很可爱。"

田霄有些尴尬，不知道说什么好。她能感觉到乔希的心思，可她并不想做他的女朋友，她不想做任何男人的女朋友。离婚后，特别是来美国后，她遇到过一些喜欢她的男人，她没给任何人继续往下走的机会。她不再相信爱情，她失去的不是爱人的能力，而是被爱的能力。悦悦是她唯一的情感寄托，她可以把她所有的爱都留给悦悦。

乔希看田霄没有反应，赶紧岔开了话题。乔希说："最近忙了起来，天气不好，汽车就会多出状况，来修车的人就多了。"

田霄说："我最近也是忙得晕头转向，几篇期末论文都要交了，还没写好。"田霄说的是实话，但她话里有话，是在暗示乔希。

乔希知趣地说："那我就不打扰你了，希望你一切都好。"

乔希真的没再跟田霄联系，大概就这样过去了一个月，乔希好像完全消失了。田霄有时会想起他，想起乔希时田霄总觉得有些过意不去，可她又不知道该怎样回报乔希。她往前挪一小步，乔希就会迈出一大步，她还是不想做乔希的女朋友。

就这样又过去了一个月，对大部分美国人来说这是一年中最热闹的一个月。快到圣诞节了，人们在忙着买圣诞礼物，装点家里，准备回家或者等待亲人回家。大大小小的商店里和公共场所都在回荡着欢快的圣诞歌曲，在一片欢腾中，田霄更加孤独寂寞，更加想念悦悦。她一遍遍地想象着悦悦来到了这里，她带着悦悦去看圣诞彩灯，去跟圣诞老人照相……这样的美梦支撑着她的日子，让她感受到些许的节日的快乐。有一次她把美梦当真了，她开车去了最大的那家Mall，径直去了圣诞老人"住"的地方。外面排了很长的队，人们在耐心地等着去见圣诞老人。她顺着滑梯上到高一层的地方，站在一个拐角处，正好可以很清楚地看到圣诞老人坐在那里。不断有人走进来，都是一家子人，父母带着孩子，或者祖孙三代，跟圣诞老人聊几句后再合影留念。如果孩子还小，圣诞老人就会逗下孩子，引得孩子开心地大笑，也有孩子认生，哇哇大哭起来。这些孩子大概都不知道这个圣诞老人是扮演的，他们都相信这就是那个圣诞老人，会在平安夜里驾着鹿车来给他们送圣诞礼物。

"悦悦，你知道这就是圣诞老人吗？你想让他送你份什么样的圣诞礼物呢？"田霄站在那里，微笑着问悦悦。

悦悦没有回应。

田霄环顾四周，没有看到悦悦，她惊醒过来，知道悦悦并不在这里。田霄凄苦地站在那儿，独自哭泣，她的泪水流淌在别人的欢笑中。

冥冥之中似乎有个人知道田霄的孤独，在圣诞前两天的时候，乔希又出现了。他打来电话，问田霄平安夜有没有安排，他说田霄请他吃饭，他得回请一次，如果平安夜没有时间，就等田霄方便的时候。

田霄说："那就平安夜吧。"

"太好了！"乔希很是兴奋，他马上报了几家饭馆的名字，问田霄想去哪一家。

田霄在电话这头笑了。这几家饭馆正好是上次她问过乔希的，乔希大概以为这是她喜欢的餐馆。

"要不我们还是去那家中式自助餐馆吧。"田霄也想着给乔希省钱，她还有个很好的理由，"美国餐馆在平安夜那天会不会打烊？中国人开的饭馆一定会开门的。"

平安夜那晚，乔希接上田霄，两人又去了那家自助餐馆。同样的饭菜，熟悉的味道，两个人比上一次一起在这里吃饭时熟络了许多。

吃过饭后，乔希送田霄回去。汽车的收音机里传出的还是一首接一首的圣诞歌曲，田霄也能感觉到圣诞的快乐了，还不是那么浓烈，琐碎细小的快乐，却是实实在在的。

《平安夜》响起的时候，乔希一边开车一边跟着唱了起来："平安夜，圣善夜，真安宁，真光明……"

乔希平时很少唱歌，那一刻，他不知怎么就唱了起来。倾情而唱时，没有什么技巧和雕琢，也能感染了别人。在乔希的歌声中，田霄静静地望着车窗外的景致。很多人家的门前亮着圣诞彩灯，辉映着灿烂的星空，乔希的歌声流过这辽阔的静谧，让田霄感到格外安宁。此情此景此时此刻，都在天赐的平安中。

到了田霄的住处，道别时，两个人自然而然地拥抱了一下。

田霄开了车门，正要下车时，乔希鼓起勇气，问道："明天我去我父母那里过圣诞节，你愿意跟我一起去吗？可以看看当地人怎么过圣诞节的。其实没什么……有些无聊……你或许想感受一下……"乔希语无伦次起来。

田霄踌躇了一下。圣诞节这样的节日，带回父母家的，不是配偶和孩子，也一定是很亲近的人了。她答应的话，多少确定了他们已是恋人关系。

乔希紧张而热切地望着田霄。

田霄说："我明天有空，我跟你去你的父母家。"

"真的吗？真的吗？"乔希快活得手舞足蹈起来。

来年春天的时候，乔希向田霄求婚，田霄答应了乔希。

认识田霄的人多半认为田霄另有所图。在田霄的同胞的眼里，田霄和在车行当修理工的乔希分属两个阶层，他们之间不该有爱情，没有爱情的婚姻一定是为了功利的目的，田霄图的是乔希能给她的那张美国绿卡。连田霄自己也不得不考虑身份的问题，她很难在拿到正在读的这个教育学的学位后找到工作，拿到电脑硕士的学位，至少要两年的时间，就算能幸运地找到工作办好身份，又是一个漫长的时间。她不能让女儿和母亲再等这么长的时间了。她母亲天天盼着去深圳跟儿子一家团聚，她天天盼着把日思夜想的悦悦接到身边来，面对这些最现实的问题，她已经迫不及待。她确实没有爱上乔希，可是乔希除了能给她一张婚姻绿卡，还能让她踏实下来，给她一个停靠的港湾。她漂泊得太久了，她想有个家，和一副能让她靠一下的肩膀。乔希跟倪晖太不相同，他不像倪晖那样出类拔萃，他在任何外在的方面都比不过倪晖，可他是个靠得住的男人，可以给她实实在在的快乐和安宁。她没有爱上乔希，可她答应嫁给乔希并不只是为了那个美国身份，那是她解释不清的，她就不去跟任何人解释了，包括她自己。

悦悦即将离开上海，去美国跟妈妈和继父团聚。爸爸和妈妈相继缺席了她的成长，她比同龄的孩子早熟了许多。她明确地知道，她离开以后，很长时间都不会回来了，她想了却她的一个愿望，跟爸爸见上一面。虽然在外婆嘴里爸爸是个很不好的人，悦悦还是想见到爸爸。爸爸就在上海，他们见上一面应该并不难，可是爸爸始终没有出现。

或许爸爸来看过她。有好几次，有个高大的男人出现在她去的幼儿园和小学，站在远处的栅栏外，似乎在远远地望着她。她不能清楚地看到那个人的脸，也从未跑到那个人的身边，她不能确定什么，可是每次那个人出现的时候，在很远的地方，她就能感觉到那个人的存在。她停下来，扭过头去，四处张望，真的能在某个地方找到那个人的身影。

悦悦想知道，那个站在远处望着她的高大的男人，是不是她的爸爸。临走前，悦悦向外婆提出跟爸爸见上一面。

外婆说："他不会来见你，他早就不要你了。"

悦悦哭了起来："他会来看我的，你跟他说，我就要走了，以后就见不到了。"

"你以为他在乎这个吗？他巴不得你走得远远的。"

"他会来见我的，你只要告诉他，我就要走了。"

"你让我到哪儿去找他呢？他在过他的好日子，根本就不想见你，他想见你他早就来看你了。"

"可能他已经来看过我……"

"你怎么这么傻呢？你跟你妈一样傻，你还相信那个男人会来看你，他早就不要你了，他把这正儿八经地写进了他跟你妈妈的离婚协议书里。"

"他不会这样做的……"

"你怎么就不相信外婆说的话呢？"外婆说着掏出了钥匙，打开了桌子的中间抽屉，家里重要的东西都锁在这个抽屉里。外婆翻出倪晖和田霄的离婚协议书，放在悦悦的面前，"你不信我说的，白纸黑字，你自己看看吧。"

悦悦似懂非懂地看完了父母的离婚协议书，泪如泉涌。爸爸不仅不要妈妈了，也不要她了。爸爸确实不要她了，那个站在远处望着她的男人，并不是她的爸爸。

悦悦没有像妈妈走的时候那样号啕大哭，这一次的哭泣几乎是没有声音的，却如山洪暴发一样倾泻而下，撼天倒地。泪水很快冲垮了她，她蹲了下来，瘦小的身体扭成一团，被悲伤捆绑着，抽搐不已。一个七八岁的孩子可以哭得这么伤心欲绝，外婆的心也抽搐起来，泪水止不住地流淌下来。她想紧紧地抱住这个可怜的孩子，终于还是下了狠心，站在原地没动，撕心裂肺地看着悦悦绝望地哭泣。泪水流尽了，悦悦才能接受这个事实，不再抱任何的期望，既然要远走他乡，那就在故乡埋葬掉所有的留恋吧。

第
四
章

田霄没能回上海接悦悦。

田霄的一个朋友找到一份看孩子的工作,去一个美国人家里照看两个孩子,一个将近两岁,一个三岁半,从早晨七点到下午五点。她一个人做不了十个小时,问田霄愿不愿意跟她搭帮,一人做半天。田霄打过几份工,从没当过保姆,她有些犹豫。但那家人给的薪水不错,一个月一千二百块钱。听说田霄有个教育学的学位,如果她能来,他们还多给二百块钱,田霄和她的朋友各拿七百。田霄的朋友极力怂恿田霄接受下来。田霄正在为钱发愁,她还没凑够读电脑硕士的学费,悦悦马上要来了,她还想换一个大一点的公寓,让悦悦住得舒服一些。去做保姆跟她去上课在时间上也没冲突,研究生的课,一般在晚上,她可以去上上午班,中午就回来了。

田霄权衡了一番,答应下来。悦悦准备来美国的时候,她才做了一个月的保姆,不好意思请假,加上回国的机票也是一笔钱。田霄安慰自己，悦悦很快就要来了，以后母女俩会天天在一起，不一定非要亲自去接她，能在经济上更充裕一些，给悦悦一份好一些的生活是更重要的。幸运的是田霄找到一家人，是朋友的朋友，从上海到纽约，答应把悦悦带过来，田霄只要去纽约接悦悦就可以了。

悦悦到的那一天，乔希和田霄从奥尔巴尼开车去的纽约。田霄过于激动，也过于紧张，总怕晚了，催着乔希早早地出了门。他们提前三个多小时到了肯尼迪机场，自然要多花一些停车费，还得多等这么长的时间，乔希抱怨了几句，田霄没回嘴，心里觉得还是这样更踏实。

悦悦乘坐的航班终于抵达。田霄的心跳越来越快，她斜靠在乔希的身上，这样才能站稳。不断有人走了出来，她的眼睛睁得大大的，紧盯着出来的每一个人，可是当悦悦走出来时，田霄并不是第一眼就认出了她。悦悦长高了许多，也长大了许多，有了些少女的味道，那是田霄在一张张照片上未曾看出的变化。田霄猛然意识到，她和女儿已经分离了太长的时间。

把悦悦带来美国的那家人跟田霄和乔希寒暄几句后很快就离开了，田霄和悦悦都不知所措起来，稍稍有些冷场。

田霄叫了声"悦悦"，笨拙地把悦悦揽进了怀里。

悦悦在妈妈的怀里叫了声"妈妈"。

田霄把悦悦越搂越紧，悦悦也紧紧地抱着妈妈，母女俩就这样紧紧地抱在一起，不敢再分开，一行泪水从田霄的眼角滑落下来。

乔希拍了拍田霄的肩膀，说："嘿，别忘了我呀，你还没把我介绍给悦悦呢。"

田霄松开了手，看着乔希，跟悦悦说："这是……"

田霄迟疑起来。

悦悦朝乔希笑了一下，怯怯地叫了声"Dad"。

田霄愣了下，她没想到悦悦会这么懂事地叫乔希"Dad"，这个跟爸爸一样的称呼。她并没有教悦悦这样做，她自己都不知道该让悦悦叫乔希什么，刚才来的路上还在为这事头疼。乔希倒不在乎，说叫他"乔希"就好了。田霄觉得有些不妥，说那就叫他"乔希先生"，小孩子对大人怎么也得有个尊称吧。可是以后三个人就是一家人了，让悦悦天天叫乔希"Mr.Josh"还是有些不大对劲儿。

乔希并不在乎悦悦叫他什么，不过当悦悦叫他"Dad"的时候，他还是十分惊喜。他朝田霄得意地眨了下眼睛，一把抱起悦悦，把悦悦举过头顶，朝悦悦开心地笑着。

乔希的激动和热情多多少少吓着了悦悦。这个蓝眼睛的壮实的美国男人，用他的方式向悦悦张开了一个父亲的怀抱，悦悦似乎也把他当作了父亲。可对悦悦来说，"Dad"和"爸爸"是有区别的，她可以叫乔希"Dad"，但永远不会叫他"爸爸"，她只有一个爸爸。现在她的唯一的亲爱的爸爸抛弃了她，而面前的这个 Dad 接纳了她，给她和她的妈妈一个家，和她们未来的生活。

悦悦朝乔希再次笑了笑，努力回应着乔希的兴奋。一个年少的孩子，已经懂得了感激，也初识妥协和无奈的滋味。

田霄看着父女俩的互动，她该为这样的开始欣喜，不知怎么回事，她心里涌动着的，还有难言的辛酸。

悦悦来到了她在美国的家。

田霄和乔希还没有自己的房子，为了悦悦，他们换了一套大一些的公寓。还是两室一厅，但客厅很大，特别敞亮。

靠近厨房的那边被用作吃饭的地方，有足够的空间，一厅两用。相对来说两间卧室小了许多，悦悦的那间小到放不下一张大床，只有一张小床、一张书桌、一个小书架、一个床头柜。悦悦正在想着她的衣服和箱子该放在哪儿，田霄拉开了墙上的漆成白色的门，原来里面是个贮藏间，可以把衣服都挂在里面，也可以把大箱子放进去，人都可以钻进去，拉上这道门，卧室里就显得很整洁。床上的用具都是成套的，跟窗帘也是配套的，混杂了小女孩喜欢的粉色和悦悦特别喜欢的紫色。悦悦马上喜欢上了这里，更让她开心的是这套公寓有两个卫生间，悦悦有自己专用的卫生间。田霄说洗手间的墙面的颜色最好深一些，他们就为悦悦选了玫瑰红色。悦悦这才想起卧室的墙面也不是白色的，是很温馨的粉紫色，跟卧室里的摆设很搭调。田霄告诉悦悦，卧室和洗手间的墙都是 Dad 专门为你刷的。乔希正好从门口经过，探进头来，笑眯眯地问悦悦："怎么样悦悦？喜欢吗？"

"喜欢，谢谢 Dad。"悦悦说的是实话，她真的喜欢上了这里。

田霄陪悦悦睡了第一个晚上，她怕悦悦不适应这个新的地方，还有，她想跟女儿腻在一起。来美国之前，每天晚上都是她搂着悦悦睡觉，悦悦睡着后她再起来做其他的事情。两年多的时间里，不知有多少个夜晚，她会在半夜半梦半醒，发现身边是空的，她会完全惊醒过来，喊着悦悦的名字，不知道悦悦去了哪里。现在悦悦就在她的身边，她可以感觉到悦悦的体温，甚至可以听到悦悦的呼吸和心跳，这失而复得的幸福，失去过，就更加弥足珍贵。

田霄搂住悦悦，说："妈妈再也不会离开你了，再也不会了。"

悦悦没说什么，只是朝妈妈挪了挪身子，她的整个身体几乎都在田霄的怀里了。

这个晚上母女俩并没有说多少话，她们都疏于表达了。以前悦悦是很喜欢在田霄这里撒娇的，田霄也很会宠女儿，她们曾经有过很甜腻的相处之道。现在她们久别重逢，在这种最亲密的关系中，她们都有些局促笨拙。她们相依为命，却已经不知道该如何亲近了。

田霄早上五点就起了床，她要给乔希和悦悦准备好早餐午餐，七点前一定要赶到当保姆的那家人那里。悦悦没有明显的时差，田霄睁开眼时，悦悦还在睡梦中。田霄轻手轻脚，悦悦还是感觉到了，她睁开眼睛，一骨碌爬了起来。

田霄说："你多睡睡，今天就在家休息，中午我回来后带你在四周转转，明天再去上学。"

悦悦说："我睡好了，我可以起床了。"

田霄看悦悦已无睡意，只好由着她了。

乔希还在呼呼大睡，悦悦跟着田霄去了厨房，看着妈妈准备她们的早餐。田霄已经好久不好好吃早餐了，悦悦的早餐她得认真对待。她想悦悦应该还是喜欢中式早餐，好在这里的中国超市物品丰富，能买到各种原料，做些中式早餐并不难。田霄蒸了些奶油小馒头和烧卖，热了豆浆，馄饨是她昨天就包好的，还切了盘咸鸭蛋。

悦悦好奇地问道："他也吃这样的早餐吗？"

田霄知道悦悦说的"他"是乔希。"你 Dad 的早餐不用准备，每天早上都是用冰牛奶泡些麦片吃，很简单。"

悦悦马上说："我也可以吃这样的早餐，你就不用这么早起来给我做饭了。"

田霄伸出手，爱恋地将了将悦悦的头发，说："Dad从小就喝冰的东西，习惯了，你从小喝的是热牛奶，麦片用热牛奶冲的话，很快就成面糊了。不过有些西式早餐不是凉的，你可以每样都试试，看看哪些合你的口味。"

母女俩一起吃早饭的时候，田霄简单地交代了一些在家里要注意的事情。田霄没有说太多，她发现悦悦比她想的成熟了许多，很多事情，她不说悦悦也会自己明白的。她说多了，反倒给悦悦增添了压力。

乔希在田霄走了以后才起的床。悦悦还不到法定的独自在家的年龄，田霄只好让乔希请了半天的假，在家待着，她中午回来后跟他交接。

悦悦在乔希起床前已经躲进了自己的小屋，关上了房门。妈妈不在家，她有些害怕跟乔希单独相处，乔希不会中文，她只会一点点英文，简单的对话都有些应付不了，再加上她也不知道该跟乔希说些什么，不如躲着他。乔希没听见悦悦的动静，以为她还在睡觉，他在外面蹑手蹑脚，怕吵醒了悦悦。

悦悦特别急着去上学，她想去了学校就会自在许多。

悦悦第一天上学，田霄请她的搭档帮她顶班，她好陪着悦悦去学校。去公立学校的话，这里都是就近上学，学校离家不远，还有一个能走到的校车点。悦悦初来乍到，第一天不敢让她独自去坐校车，田霄开车带她去的学校。她们到的时候，学校的校车都还没涌进来，只有几个住在学校旁边的孩子步行走来学校，学校还是安静的。田霄之前来过，已经办好了简单便捷的入校手续。田霄带着悦悦进了前面的办公室，上次接待过田霄的那位女士告诉她们，悦悦的班级已经安排好了，她在二年级丽贝卡·史密森（Rebecca Smithson）老师的班里，教室的号码是206。田霄和悦悦出了办公室，准备去找悦悦的教室。只有几分钟的工夫，学校从安静中彻底苏醒过来，一辆辆大校车陆陆续续地进了学校。田霄赶紧拉着悦悦拐了个弯，回到校门口，去找悦悦要坐的校车。那辆校车正好刚到，二十多个有大有小的孩子正井然有序地下了校车，又说笑着进了校门。悦悦感觉到这个学校跟她在上海去的小学是不一样的，没有正式的校门，就是一个能走进建筑物的不大不小的门。建筑物只有两层高，好像占地面积很大，妈妈说几十间教室、图书馆、运动馆、吃饭的餐厅等都串联到了一起，外表上看并不起眼，悦悦还是喜欢上了这里的随意和自在。田霄告诉悦悦，明早Dad会送她到校车点，她就像这些孩子一样坐着校车来上学，下午放学后，妈妈会在校车点等她回家，悦悦边走边点了点头。

田霄和悦悦随着那帮孩子来到教室区，很快找到了悦悦的教室。丽贝卡老师很年轻，看上去也就二十多岁。她热情地招呼着悦悦，还请悦悦多重复两遍自己的名字，她想要准确地说出悦悦的名字。美国人习惯于把名放在前面，悦悦就成了馨悦·倪。老师很费劲也很认真地念了好几遍悦悦的名字，可没有一次的发音是准确的。田霄意识到美国人是很难发好这些音的，很难清晰地叫出悦悦的名字。

田霄说："我们可以给她起个英文名字。"

老师马上说："不用不用，她从小就叫这个名字，这个名字是从她的祖国带来的，我知道这一定是一个很美的名字，我会多练习一下，馨悦，你会帮我练习的，对吗？"

悦悦似懂非懂地看着朝她微笑的老师，下意识地点了下头。

"倪馨悦"这个悦悦亲近了许多年的名字开始困扰起悦悦。悦悦在幼儿园和小学里一向表现优秀，她本来以为她很容易就能适应这边的学校，但她很快发现，在一个老师连她的名字都说不清的地方，会有很多的不适应在等着她。

丽贝卡老师每天早上都会点名，她总是很漂亮地叫出除悦悦之外的其他孩子的名字，那些孩子也总是轻松自然地回应着老师，悦悦是唯一的例外。丽贝卡老师第一次在班上点到她的名字，她不知道老师是在叫她，当其他孩子把目光投向她的时候，她才意识到老师刚才叫的是她的名字。她的脸涨得通红，丽贝卡老师也有些尴尬，知道自己的发音还是不对。以后的每一天里老师越是想把悦悦的名字叫得准确，从老师嘴里出来的悦悦的名字就越发怪异，太用力反而弄巧成拙。悦悦知道那个最奇怪的名字就是她的名字，倒是不会错过老师的点名了。每次老师点到悦悦的名字时，总会有几个小学生忍不住发出了笑声。悦悦并不怪他们，如果老师叫的是另外一个孩子的名字，这怪异的发音也会让她笑出声来。

名字的问题只是一个开始，悦悦不光有一个跟别人不一样的名字，跟她相关的所有的一切好像跟其他人都是不一样的。没有人欺负她，也没有人故意跟她作对，她还是跟其他的孩子格格不入，好像总是站在他们的对立面上。班上有几个亚裔孩子，他们生于此长于此，也就少了许多隔阂，英语还是他们的母语，在交流上不会有任何问题，至少老师和同学们说的话都能听懂。悦悦在幼儿园时就开始认真学英语，掉进一个只有英语完全没有中文的环境中，她还是乱了阵脚。她常常茫然地看着那个跟她说话的人，听不明白又说不出话来，也就很难跟人交朋友了，悦悦从来没有这么孤独过。她并不是一个内向的孩子，她在上海有不少的玩伴，可在这里，她只能独来独往。加上悦悦是半路插班进来的，就是土生土长的美国孩子也会有融入的问题。这里的大部分孩子从学前班开始就在这所小学上学，很多孩子都有了固定而熟悉的玩伴，言语还不通的悦悦自然要花更多的时间和努力才能脱离孤单。老师上课或组织活动时说的很多话，悦悦也听不懂，她只能规规矩矩地坐在那儿，或者顺从地跟在其他同学的后面。她常常微笑一下，装作什么都明白了，在外人眼里她好像已经属于这里，只有她自己知道，她和他们之间还有多远的距离，也只有她自己知道，她是多么的孤独无助。

一个七八岁的孩子想不出更好的办法面对这一系列的问题，她能想到的就是她的名字，所有的混乱好像是从她的名字开始的，由此引出了其他的麻烦。悦悦想，如果她有一个周围的人都能很容易叫出的名字，她也就可以很容易地融入这个新的学校。同学们能叫出和记住她的名字，自然也就会接纳她了。

那天吃晚饭的时候，悦悦跟妈妈和继父说："我想要一个英文名字，我想改名字。"

乔希马上热烈地回应道："这是个好主意，你喜欢哪个名字？"

乔希开始时还跟着田霄叫倪馨悦"悦悦"，但这个发音对他来说就跟绕口令似的，他就改叫悦悦"Honey"了。很多父母这样叫自己的女儿，这样称呼悦悦更亲近一些，也可以让他绕开那个让他头疼的发音。如果悦悦能有个叫着顺口的英文名字，他当然欢喜了。

悦悦跟乔希说："我喜欢杰西卡（Jessica）这个名字。"悦悦在这次谈话之前已经为自己选好了名字。

"那你就改成杰西卡吧，"乔希说，"太好了，我也喜欢这个名字，以后我就叫你杰西卡。"

悦悦把脑袋转向妈妈，妈妈还没有表态。田霄还记得悦悦去学校时老师很费劲地念悦悦名字时的尴尬，她那会儿就想过是不是给女儿起个英文名字，只是她有些舍不得丢掉女儿原来的名字。

田霄说："我也赞同你加个英文名字，馨悦可以用作你中间的名字，反正平时人家也不会叫你的中间名，你的全名是杰西卡·馨悦·倪。"

悦悦想了下，说："这个名字太长了，还是不好念，我想叫杰西卡·汉森（Jessica Hansen），跟妈妈和 Dad 用同一个姓。"

悦悦的这个主意让田霄和乔希面面相觑。田霄跟乔希结婚后，遵从这里的习惯改随了丈夫乔希的姓，名字还是用原来的霄，原来的姓变成了她的中间名。她从未想过让悦悦也随乔希的姓，即使在法律上悦悦现在是乔希的女儿，随父亲的姓无可厚非。她跟倪晖已经离婚，女儿都不在乎的话，她也没必要非得为女儿保留亲生父亲的姓。但她还是转不过这个弯来，好像把女儿丢在了哪里，她要找回来的是倪馨悦，并不是杰西卡·汉森。

乔希并不在乎悦悦姓什么，既然悦悦自己想改姓，他觉得没什么不好的。乔希笑着对田霄说："我早就说过汉森是最好的姓，你嫁给我的时候还不想随我的姓呢，你看杰西卡喜欢，杰西卡·汉森，嗯，是个很不错的名字。"

悦悦点了点头，看样子她也喜欢上这个名字。田霄心里还有抵触，却不好再说什么。

倪馨悦从此便成了杰西卡·汉森。

丽贝卡老师心里也有些抵触悦悦的这个新名字，虽然她叫悦悦的名字时舌头再也不会打结了。

当丽贝卡老师流畅清晰地点到杰西卡·汉森这个名字时，悦悦很爽脆地回应了一声"我在这儿"。教室里所有的同学都把惊讶的目光投向悦悦，他们已经习惯于那个他们谁也叫不好的名字，反倒不适应这个谁都能轻易喊出的名字。不是不适应这个名字，是不适应悦悦变成了杰西卡·汉森，悦悦明明不是杰西卡·汉森，他们狐疑不解地看着悦悦。

悦悦的脸又一次涨得通红，她垂下头来，局促不安地坐在那儿。丽贝卡老师赶紧叫了下一个同学的名字，想尽快把学生们的注意力从悦悦身上转移开来。

悦悦没敢把改名字后遇到的尴尬告诉妈妈，她没提在学校里发生的事情，田霄也没问她。转学电脑对田霄来说是个沉重的挑战，加上做保姆和照顾家庭，疲于奔命的田霄已经无力顾及悦悦心里想些什么，悦悦不说出口，田霄是感觉不到的。她不再是那个细腻敏感的田霄，她必须全力以赴去做她必须做的事情，她必须读下这个电脑学位，也必须找到一份正式的工作，这样她才能给悦悦一份更有保障的生活。

那个晚上，悦悦躺在床上，在黑暗中大睁着双眼，一遍遍地想着自己的名字。她不知道她究竟是倪馨悦还是杰西卡·汉森，或许她谁都不是。她越想越害怕，越想越觉得孤苦无依。最亲爱的妈妈就在离她一步之遥的另外一个房间里，可她还是无以依靠。从学校回来到晚上睡觉前，有好几次她想向妈妈开口求助。她一直追随着妈妈的身影，如果妈妈的目光能跟她的目光相交，如果妈妈在望着她的时候能有些许的疑虑和关心，她就会跟妈妈好好说说话，让妈妈知道她心里都在想些什么，告诉妈妈她的恐惧和无助。如果她能把这一切说出来，她相信妈妈一定会有解决的办法。可是妈妈的目光始终没有真正地投向她，妈妈就是望向她的时候，似乎也在想着其他的事情，憔悴忙碌的妈妈似乎比她更无助。晚上上床前跟妈妈道晚安时，悦悦听到妈妈轻嘘了口气，好像在庆幸这一天总算平安地过完了。田霄确实轻嘘了口气，悦悦去上了学，平安地回到了家里，没生病没出什么意外，这就可以让她完全放下心来。她都忘了悦悦已经是杰西卡了，更无暇顾及女儿改名字后的感受。

来美国后悦悦第一次想回上海了。她想念着外婆和跟外婆在一起时琐碎的快乐的日子，那时候她天天盼着跟妈妈团圆，忽略掉了许多就在身边的幸福。她想念着她的小伙伴们，想听到他们叫她"倪馨悦"，她想念着"倪馨悦"和倪馨悦的世界，她想回到那里，却找不到回去的路，只有倪馨悦才能回到那里，她自己把名字改成了"杰西卡·汉森"，她不再是倪馨悦，也回不去上海了。爸爸抛弃了她，外婆去了深圳，她在上海已经没有家了。现在她只有一个家，就在这里，这里的人们以后只会叫她"杰西卡"。悦悦想不明白，她怎么会狠心丢弃了"倪馨悦"，她从来没像现在这样这么喜爱这个名字，她含着泪水，一遍遍地叫着"倪馨悦"，这是悦悦跟"倪馨悦"最亲密的接触，她们找到了彼此，紧紧地抱在一起，完全融为一体，好像她们是一个人。

她们本来就是一个人。

最亲密的接触后，她们无可奈何地道别。

悦悦还在叫着"倪馨悦"这个名字，声音越来越微弱，她叫着"倪馨悦"的名字睡了过去。

悦悦的老师和同学们并不会纠结悦悦到底该叫什么名

字，他们很快就忘了"倪馨悦"，或许从开始的时候他们就没记住这个名字。那个晚上，跟"倪馨悦"告别以后，悦悦努力朝着"杰西卡"走去。

悦悦慢慢地习惯于人们叫她"杰西卡"，也努力适应学校的生活。学校给所有从国外来的孩子安排了英文辅导课，帮助他们提高英语和融入美国的能力，悦悦在这个班上是进步最快的那个孩子。悦悦在家里也只说英文，只有跟外婆通电话时还说中文，她跟妈妈大部分时间也是用英文交流。田霄并没有特别在意悦悦越来越少地说中文，她想悦悦已经有了很好的中文基础，她并不担心悦悦的中文，首先要考虑的是过英语关。

小孩子的适应能力和语言能力本来就强，悦悦又很聪明刻苦，加上田霄为她营造了一个很好的英语环境，悦悦只用了一年的时间就跟土生土长的美国孩子说一样的英文了。

那一天老师告诉悦悦，以后就不用上英语辅导课了，她的英文已达到了母语的水平。老师说悦悦是她教过的最优秀的学生，一般学生要用两年时间才能过了这个英语关，就是过了英语关，也很难达到悦悦这样的水平。

老师的夸奖还在悦悦的耳边萦绕着，悦悦又收获了另外一份惊喜，她的同班同学艾丽斯（Alice）邀请悦悦参加她下个周六的生日 Party，还很正式地给了悦悦一张邀请卡。

"我……我会去的。"悦悦过于激动，语无伦次起来。

这可是艾丽斯的邀请呀，艾丽斯是这所学校最闪亮的星星，不仅长得漂亮，方方面面都出类拔萃。比她大的孩子喜爱她，比她小的孩子追随着她，跟她同龄的孩子，因为艾丽斯多出一份骄傲，只有他们才有可能跟艾丽斯分进同一个班，天天跟艾丽斯在一个班里上课。

悦悦不敢相信艾丽斯会邀请她，趁人不注意，她把那张邀请卡打开了好几次，一遍遍偷看着，每次心里都笑开了花。

放学后，一见到田霄，悦悦迫不及待地向妈妈道出了这两个好消息。田霄也跟着激动了一把，特别是为悦悦顺利地过了语言关。悦悦更为艾丽斯的邀请兴奋，跟妈妈说到艾丽斯和艾丽斯的邀请时，她的声音都是颤抖的，被喜悦搅得七零八碎。田霄也为这件事高兴，这说明悦悦已经被其他的孩子接纳了。悦悦说她想用她攒下的零花钱给艾丽斯买个很好的生日礼物，田霄马上表示赞同。

乔希回来后，悦悦很主动地把这两件事告诉了乔希，乔希也很为悦悦高兴，还许诺带悦悦出去给艾丽斯买礼物，还可以接送悦悦去参加 Party。乔希走到冰箱上挂着的小日历边，要把悦悦去参加 Party 的时间记到日历上，找到那天时才发现那一天已经有了安排。

乔希扭头跟悦悦说："杰西卡，你那天可能去不了艾丽斯的生日 Party 了，我们说好那天要去你奶奶那儿，给我妈妈庆祝生日。这么巧，她们都在那一天庆祝生日，在同一个时间。"

悦悦愣在那儿，呆呆地看着乔希，半晌才回过神来："可是，我已经答应了艾丽斯。"

"我们也答应了你的奶奶，而且是先答应的她，我问过你的，你忘了吗？"乔希说，"不过我们还是可以去给艾丽斯买份生日礼物，你去学校的时候带给她。"

"我不能把礼物带去学校，其他同学会看到的。艾丽斯说，她只邀请了二十个同学，不是所有的人。"悦悦这样说，是想告诉乔希，她是那二十个人之一，她觉得非常荣幸。

乔希却说："那这次就不送礼物了，以后还会有机会。"

"以后？以后还要等多久呢？这是我第一次收到同学的邀请，还是艾丽斯的邀请，我想做她的朋友。"

悦悦说完把头转向田霄，可怜巴巴地看着妈妈，田霄看到了女儿眼睛里的泪光。

田霄问乔希："有没有可能你自己去你妈妈那儿，我带杰西卡去艾丽斯的 Party？"

"这怎么行呢？"乔希马上就否定了田霄的想法，"这次不光是去庆祝我妈妈的生日，还要欢迎杰西卡成为我们的家庭成员。我姐姐一家会从宾州过来，她还没见过杰西卡呢，她想见到杰西卡。"

乔希又跟悦悦说："你在那里会很开心的，我姐姐，你的姑姑有两个孩子，比你大不了多少，你可以跟他们一起玩。他们都是很有趣的孩子，我都想跟他们好好玩呢，我会加入你们的游戏。我很想他们，还有我姐姐，她会很喜欢你的。"乔希越说越兴奋，满脸的向往。

田霄知道乔希跟他的姐姐很亲，小时候他的父母都要上班，姐姐跟他在一起的时间比父母还要多，要不是因为艾丽斯的邀请，田霄也很期待乔希家的团聚，她很感激乔希的家人能接纳悦悦。可她也很理解女儿更想去参加艾丽斯的 Party，这对悦悦来说不仅仅是一个生日 Party，同学们的认可和接纳比乔希家人的认可和接纳还要重要。

田霄思忖了片刻，还是决定带悦悦去乔希的妈妈家。如果乔希是悦悦的亲生父亲，她就是跟他大吵一架，她也要满足女儿的愿望，当然，如果乔希是悦悦的亲生父亲，他们可能根本不需要做这个选择。现在，她不得不做选择的时候，跟乔希的家人团聚，把悦悦带进这个家庭或许是更好的事情。

田霄走到悦悦跟前，用手轻抚了下女儿的头发，温柔但又是很坚决地说："我们还是去你奶奶家，那里也有小朋友跟你玩，他们还是你的家人。"

悦悦定定地看了眼妈妈，泪水就要滑落出来的时候，她低下了头，快步走进自己的卧室，还带上门。

田霄要跟进去，乔希拦住了她，小声说："小孩子闹情绪，不管她反而更好。放心吧，她一会儿就好了。"

悦悦之后没再提起艾丽斯的 Party，乔希很快就把这事给忘了，但田霄能感觉到，悦悦郁郁寡欢了很长一段时间。田霄眼前时不时晃动下悦悦那天定定地望着她的眼睛，她后来才意识到，那里面溢满了令人心碎的失望和无助，像一只断了线的风筝，不知道会飘向何处。后来悦悦没有任何的抱怨，甚至没再说起这事，这让田霄的心里更加酸涩，她这才发现悦悦来美国后的一年多的时间里，她完全忽略了女儿的情感和诉求，她都没有好好地陪女儿玩过，也不知道女儿都在想些什么。田霄对悦悦满怀歉疚，她决定放下所有的事情，带女儿出去玩一次。好在她手上有了点余钱，能带悦悦出去玩一次了。田霄已经走过了刚转向电脑专业最艰难的前一两个学期，还在一家小电脑公司找到一份实习的工作，比当保姆挣得多一些，这样的实习经验对今后找工作也有帮助，田霄就辞掉了保姆的工作，完全转到电脑领域。她的生活渐渐步入正轨，这样她的压力小了许多，也就有了些时间和精力去关心悦悦的成长。

田霄把她打算的旅行计划告诉了悦悦，她还让悦悦挑一个最想去的地方，她说这次她会让悦悦做这个决定。

悦悦又一次定定地望着妈妈，这一次她的眼里满是惊喜，还有一些疑惑，她不敢相信妈妈刚才说过的话。妈妈又说了一遍后，悦悦伸出双手，兴奋地搂住妈妈的脖子。悦悦小的时候，每次遇到让她高兴的事情，她就会这样搂住妈妈的脖子，在田霄的怀里撒娇。自从田霄离开上海后，她再也没有看见女儿撒娇了，她有些生涩又很激动地抱住悦悦。悦悦已经高及她的胸口，不再是那个小女孩，她已经抱不起来悦悦了。

悦悦松开了手，羞涩地朝妈妈笑了下。

"你最想去哪里呢？"田霄问道。

"去奥兰多的迪士尼。"悦悦脱口而出，"我班上的同学都去过那里，都喜欢那里，我也想去那里。"

田霄猜悦悦早就有这个盼望，她说："那我们就去奥兰多的迪士尼。"

"还是不去那里了。"悦悦马上改了主意，"他们说迪士尼的门票很贵，要花很多钱。"

田霄有些心酸，平时总是省吃俭用，悦悦还不到十岁，已经学会省钱了。她想这次就是透支信用卡，也要带悦悦去迪士尼。

田霄说："妈妈买得起门票，多贵都不要紧。"

"我还是不想去迪士尼了，要不我们去纽约吧，我从那里进的美国，还没在那里玩过，我想去看自由女神。"

田霄有些犹豫，她不确定悦悦是真的想去纽约，还是为了省钱。

"妈妈你说这次让我做决定，我想去纽约。"悦悦坚持道。

"那我们今年先去纽约。"田霄说，"明年我们去奥兰多，妈妈希望以后每年都能带你去一个地方。"

悦悦开心地笑了，整个脸都舒展开来，如同一朵含苞待放的花儿，在一刹那间完全盛开了。

田霄跟乔希说了带悦悦去纽约的打算，乔希也很赞同，他说他带儿子去过那里，这次他就不去了。田霄觉得这样也不错，悦悦来美国后，还没跟妈妈单独相处过，这次只有她们母女俩，是一个难得的跟女儿好好亲近一下的机会。听说只有妈妈带她去，悦悦就更加开心了。

田霄订了曼哈顿的一家酒店。住在纽约的其他几个区会便宜很多，田霄身边的中国朋友几乎都是这样做的，田霄还是咬咬牙选了曼哈顿，她想给悦悦一个最好的旅行。田霄最后挑中的这家酒店离第五大道只有一个街区，处在一个很繁华的地段，可以走到时代广场、帝国大厦等很多著名的景点。这里一个晚上要二百多美元，加上其他的费用，要超过三百美元了，远远超出了田霄的预算。

悦悦住进酒店后不断表现出的兴奋劲儿，让田霄觉得这个钱花得还是值得的。这里可以走到这么多好玩的地方，悦悦迫不及待地想去挨个看看。母女俩决定先顺着第五大道走到中央公园。

第五大道上的高档店铺鳞次栉比，田霄和悦悦只是在它们的门前匆匆走过。过了第56街，马上就要到中央公园的时候，一个熟悉的场景突然跳进田霄的眼睛，她惊了一下，呼吸也急促起来。这是《蒂凡尼的早餐》里的情景，吃着早餐的随意又刻意的霍莉（Holly），就是走到了这个橱窗前。曾经太过熟悉，被遗忘了许多年后，一经出现，还是这么清晰无比。田霄看到了蒂凡尼，蒂凡尼竟然就在她的面前，她怎么忘了蒂凡尼的旗舰店就在纽约的第五大道上呢。只是蒂凡尼的门脸比她想象的朴素，也许经典的东西，不再需要奢华的装饰。蒂凡尼看着这么的普通，可她还是不敢走进去，她没有底气在这里消费，更没有勇气走回那个已经毁灭掉的童话世界。可蒂凡尼就在她的面前，她的脚步还是不自觉地慢了下来。她匆匆地多看了一眼就在身边的蒂凡尼，又匆匆地离开，随着悦悦朝中央公园走去。

悦悦很快看见了中央公园，她扭头招呼了一下妈妈，快乐地朝前奔去。田霄看着女儿的背影，惊觉悦悦已经长这么大了。

第
五
章

　　悦悦快十二岁的时候，田霄决定给悦悦好好过个生日。
不经意间那个小女孩就一轮大了，自从田霄跟倪晖离婚后，
她还没正儿八经地给悦悦庆祝过生日，这一直让田霄觉得遗
憾。现在她有了工作，他们还刚刚买了房子，田霄想了却多
年的遗憾了。田霄攻下电脑学位后，在离家不远的那所大学
的图书馆找到一份正式的工作。田霄对这份工作相当满意，
挣得不算多，但学校的工作相对稳定，也没有太大的压力。
田霄搞电脑是半路出家，她知道自己在这方面能力有限，去
一些好的收入高的电脑公司，真刀真枪的话她招架不住。学
校图书馆的电脑工作，她只要认真努力，应该能胜任。她还
是学校的正式职工，悦悦上大学时如果读这所大学，还可以
作为教职工的子女免去学费。风华正茂的时候，田霄也有过
许多的梦想，出类拔萃的她也很有可能实现很多的梦想。磕
磕碰碰一路艰辛地走过了许多年后，她不再做梦了，能有一
个家，有一份稳定的工作，能看着悦悦平安顺利地长大成

人，这比任何曾经的梦想都更美丽绚烂。她不再期望实现梦想的志得意满，她已经心满意足了。前些年走得太辛苦，现在能够拥有的平淡安稳，就是弥足珍贵的了。图书馆的工作还有一点吸引了田霄，这里有这么多的书，近水楼台，以后她可以在书海里尽情畅游，或许哪天还能遇到些让她怦然心动的作品，她还能做些文学翻译。这是唯一跟她的青春美梦有关联的东西，也是她仅存的一份跟自己有关的私心。

田霄一时没找到给悦悦庆祝生日的地方。十二岁是个有些尴尬的年龄，不再是小孩子了。前两年田霄陪悦悦去过几次小朋友的生日 Party，有一些很热闹的为十岁以下的孩子过生日的地方，十二岁的孩子去那些地方稍微大了些，可又不敢为他们选那些太有挑战性的游乐项目，就怕万一哪个被邀请来的小客人有个闪失，有些挑战至少十四五岁以后才能自己应付。十二岁的孩子说小不小，说大又不大，考虑到安全第一，加上他们正好有了自己的房子，田霄想到就在自己的家里为悦悦庆祝生日。她可以准备些精致的食物，中西美食都有，这是外面任何一家开生日 Party 的场所都无法做到的。她还可以跟悦悦一起为所有来参加生日 Party 的小客人准备一份独特的伴手礼。这里办生日 Party，除了准备食物和游乐活动，还要为被邀请来的人准备一份伴手礼，一般都是几样很便宜的小东西。田霄想在这上面多花些钱多花些心思，或许可以是两样小礼物，一份中式的一份西式的，也是中西合璧。现在唯一欠缺的是在家里能搞的活动少了些。田霄想到离他们家很近的地方有个小公园，几步就能走到。那里有个小足球场，还有片人造小沙滩，可以在上面玩沙滩排球。田霄把她的这些想法讲给悦悦听，这是要给悦悦过生日，还得让她自己做决定。悦悦对妈妈的这些安排非常满意，这么细致周到，又跟她见识过的生日Party都不一样，悦悦全盘接受，没有任何异议。她自告奋勇做这些计划的落实者，跟妈妈一起准备食物饮料和伴手礼，还要买足球排球等体育用品。田霄让悦悦先列个名单，看看她想邀请哪些朋友。悦悦一口气列了个二三十人的名单，田霄接过来时皱下眉头。

悦悦说："要不我划掉几个。"悦悦心里并不想划掉任何人，她从来没有过生日Party，这些都是她特别想邀请来的同学加朋友。

田霄说："算了，还是都邀请吧，人多也热闹。"

悦悦感激地看了眼田霄，说："谢谢妈妈。"

悦悦的生日前田霄很是忙活了一段时间，还提心吊胆地天天查天气预报，如果那天下雨，室外的活动就泡汤了。好在那天风和日丽，又不冷不热，好像悦悦的生日已经得到上天的祝福。来自地上的祝福也陆陆续续到了，不断有家长把悦悦邀请的小客人送到他们家。悦悦邀请的人差不多都来了，包括悦悦最心仪的艾丽斯。

小客人们在田霄家简单地吃了点零食，就蜂拥到那个小公园去，玩对他们还是最重要的。有几个孩子还带来了飞盘、飞机模型等玩具，玩的花样更多了些。乔希玩兴大发，带着这帮孩子玩得不亦乐乎，也算是很好地尽到了地主之谊。

既然天气这么好，大家又这么喜欢待在外面，田霄临时改了主意，决定就在外面吃饭吃蛋糕。正好树丛边有几条长桌长椅，田霄就一趟趟地把吃的喝的东西从家里运到了长桌上，大家玩的时候也可以走过来喝点吃点东西。

最后一样是那个大大的生日蛋糕，田霄往这边运的时候，听见这边的动静更大了，还伴着一阵阵的惊呼声。原来是一只排球被打到了旁边的树枝上，卡在上面下不来了。乔希这个孩子王正把另外一只排球抛向那个坐在树枝上的排球，想把那只排球砸下来。所有的孩子停下来其他的玩乐，都聚拢过来凑热闹。乔希一次次地把手里的排球扔向那只树杈上的排球，有几次就差了一点点，就是没哪次完全砸中目标。看热闹的孩子们并不觉得失望，热情反倒越来越高涨，宁愿那只坐在树杈上的排球在那多坐会儿，他们也可以跟着多疯闹一会儿。这欢声鼎沸也让田霄喜笑颜开，融化在一张张热气腾腾的笑脸中。

这里怎么没有悦悦呢？田霄很快发现悦悦并不在这堆欢笑的人群中，她心里一惊，赶紧数了下人头，少了个孩子，少的那个孩子就是悦悦。田霄四处张望，没看到悦悦。田霄看到远处有个公用厕所，难道悦悦去那里了？田霄一路小跑冲进了那个女厕所，里面空无一人。田霄还是叫了几声"悦悦"，没有人回应。

出了公用厕所，田霄把不大的小公园很快转了个遍，还是没看到悦悦。她跑回那群欢天喜地的孩子中，挨个笑脸上搜寻了一遍，又很不甘心地数了遍人数，还是少了一个。

田霄惊慌起来，她不得不走到乔希的身旁，低声问道："你看到悦悦了吗？"

"谁？"乔希的心思全在那只排球上。

田霄提高了声量："你看到杰西卡了吗？"

"她不在这里吗？"乔希头也没回，眼睛盯着树杈上的排球，用力把手里的排球抛了出去。

欢呼声中，从乔希手里出来的排球飞向树杈上的排球，又是差了一点点，没有砸中那只排球，自己倒是稳稳地坐在了另外一个树杈上。

看热闹的孩子一片惊呼，乔希沮丧地拍了下自己的脑袋，马上想起另外一只排球，他们一共准备了三只排球。

乔希嚷嚷道："还有一只排球呢？快把那只排球找来。"

几个孩子去找排球时，乔希看到了身边站着的田霄，这才想起了杰西卡。他在人群中张望了一下，确实没有杰西卡。

"不用担心，她肯定就在附近。"乔希说，"她是不是回家了？"正说着有个孩子把刚找到的第三只排球递到了乔希的手上，乔希马上忘掉了杰西卡，心思又在落在高处的排球上了。

田霄生气地瞪了眼乔希，扭头朝家里奔去。在没看到悦悦之前，她是从家里过来的，从家里到小公园只有一条小路，她没遇到悦悦呀。或许悦悦去了趟家里的洗手间，她没注意到，可这已经过了好一段时间，悦悦就是回了趟家，这会儿也该回来了。

田霄这样想着已到了家门口，她进了家门，一边大声喊着悦悦的名字，一边楼上楼下挨个房间找了一遍。房子里很安静，只能听见田霄的脚步声和越来越重的喘气声。田霄又冲到了后院，还是空无人影。这里过于安静了，站在后院的门口，田霄甚至可以听到从小公园传来的乔希和那帮孩子的欢笑声，他们的注意力显然还在那个排球上，谁都没有注意到悦悦不在那里。田霄倒不怪那些孩子，他们来参加生日Party就是来玩的，玩得越尽兴越好。可乔希不该这样对悦悦不管不顾。他是要照顾好这帮孩子，带着他们好好玩，悦悦也是这些孩子中的一个，还是他的女儿，他怎么就没注意到悦悦不见了呢？在他知道了悦悦不见了的时候，他还能有这么好的心情跟那只排球没完没了。

"到底不是自己的亲生女儿。"田霄在心里感叹了一句。

父母对自己的孩子会有一种天生的敏感，心里会有一种自然而然的牵挂，眼光也就会时不时地扫到孩子的身上。如果乔希是悦悦的亲生父亲，守着这帮孩子的他应该比田霄更早地发现悦悦不在那里了，至少，当田霄告诉他找不到悦悦的时候，他会马上停下手上的事情，跟田霄一起去找悦悦。悦悦确实不是乔希的亲生女儿，可是悦悦的亲生父亲倪晖又做得怎样呢？

因为难过和着急，田霄哭了起来。泪水刚刚涌出来，就被她很迅速地抹掉了，她没时间在这里感伤，也顾不上生乔希的气，她要赶紧去找悦悦。所有跟悦悦有关的担忧，她总是控制不住地往最坏的方面去想，也许所有在乎孩子的父母都会这么不争气吧。田霄本来不想惊动那帮孩子，也由着乔希继续在那里热闹，现在不得不发动大家去找悦悦了。

田霄从家里往小公园走的时候，两条腿抖得迈不开步子。悦悦出了什么事呢？田霄越想越害怕，腿更不听使唤了，气也上不来。她停在路上，让自己喘出那口气。就在那一刻，她瞥见小路边的那片草坪上有团红色。这片草坪连着一个小小的池塘，几只加拿大天鹅有时会光顾这里，栖息在水面上，或者在池塘边的草坪上散步。池塘边竖了个牌子，建议大家不要随便喂食这些天鹅。悦悦有时候还是会从家里带出来一些面包，偷偷来这里喂它们。

田霄朝着那团红色走去，很快看到了穿着红色衣服的悦悦的背影。悦悦一个人坐在草坪上，看着几只天鹅在水中游荡。刚才田霄是跑着回家的，没有注意到路边的这片草坪和坐在草坪上的悦悦。田霄的眼泪又一次流了出来，这次是欢喜的泪水，她长长地舒了口气。

田霄悄悄抹干脸上的泪水，走近悦悦，轻轻叫了声：

"悦悦。"

悦悦扭过头来，看到妈妈站在自己的身后，有些意外。她没有站起来，只是甜甜地叫了声"妈妈"。悦悦一直叫田霄"妈妈"，没有随身边的那些孩子叫他们的妈妈"妈咪（Mummy）"或"妈姆（Mum）"。田霄也喜欢悦悦还叫她"妈妈"，她也一直没改口，还是叫女儿"悦悦"，而不是"杰西卡"。

田霄没有责怪女儿，她都没提她刚才是怎样去找女儿的。她走到女儿的身边，也坐了下来，跟女儿并排坐在一起，望着安宁的池塘和池塘中那些珠圆玉润的天鹅，它们正悠闲地享受着这温暖和煦的良辰美景。

妈妈什么也没问，悦悦还是解释道："我看见你在运东西，就想帮下忙，回到家先去了下洗手间，出来后你已经走了，台子上也没剩下的东西了。我往回走时，想起了这些天鹅，就过来跟它们打声招呼，也想一个人坐一会儿。"

悦悦只说了前半部分。当她往回走，朝着热闹的人群走过去时，有种莫名的情绪从她的心头掠过，又在她的心里弥漫开来。她停下了脚步，站在那儿，怅然若失。在她最应该感到快乐的时候，她感觉到一种挥之不去的跟快乐无关的心绪。几年以后，她更大一些，她才知道那种情绪叫忧伤。那是她人生中的第一缕忧伤，在她十二岁的生日那天，像一朵浮云飘进了她的心里。她无所适从不知所措，不知道该如何应付这个不速之客的到访，只知道不能把这种情绪带回那个沸沸扬扬的人群，在语笑喧哗中，这是一种多么不合时宜的声息。这种情绪也让她感觉到些许的亲切，她并不愿意去跟别人分享，她想一个人去亲近它。她身不由己地拐了个弯，拐向这片静谧的池塘，茫然地坐在那儿，让那种情绪完全淹没了自己，又悄无声息地慢慢散去。

妈妈出现的时候，那种莫名的忧伤已经离开了她。好在妈妈什么也没问，那种情绪她是说不清楚的。也许那种情绪是与生俱来的，只是长到一定的年龄她才能感觉到。也许这种情绪跟她的生活有关，从小她就知道，她是一个跟人家不一样的孩子，她的生活跟人家的是不一样的。她的生活中少了甜蜜，有更多的苦涩，她也过着衣食无忧的生活，可是那些苦涩一直伴随着她，别人看不到，只有她自己能感觉到，只是在她还小的时候，她在用另外一种更简单更直白的心情去体验那些苦涩。

田霄看出女儿有过心事，现在已风轻云淡。悦悦不愿意说，她就不好多问。有过那两年多的割裂，田霄和悦悦再也恢复不到原来的亲昵。田霄有时候会想，是不是女儿长大了，跟妈妈自然有了疏离。她小心拿捏着跟女儿的相处，怕跟女儿刻意地亲近，反倒弄巧成拙。

悦悦看了眼田霄，轻声问道："妈妈，我是不是已经长大了？"

田霄不能确定女儿算不算长大了，只好说："在妈妈这里，你永远都是个孩子。"

"我盼着长大，又害怕长大。"悦悦说。

"我也是，有时候盼着你长大，有时候又害怕你长大。"田霄说。

"有一天，我得离开你吗？我不想再跟你分开，妈妈，我想永远留在你身边。"悦悦说到这里，轻轻叹了口气。

这是田霄第一次听到女儿叹气，她不知道说什么好，她何尝不希望把女儿永远留在身边呢。在那两年多的分离中她肝肠寸断，一想到跟女儿的别离，她就心惊胆战，所以她总是避免去想这件事情。可是有一天，等悦悦完全长大了，她终究是要离开的。

好像分离就在眼前，不知道是曾经有过的分离，还是终究会到来的分离。田霄和悦悦都不自觉地朝对方挪了下身子，母女俩紧紧地靠在了一起。这是田霄怜惜疼爱女儿的方式，也是悦悦跟妈妈亲昵的方式。

似乎就在转眼间，悦悦完全长成了一个大姑娘，只是跟田霄相处的方式一直没有改变。她没有很明显的青春期，跟父母很亲近的孩子才敢反叛父母。悦悦几乎没有顶撞过妈妈，更不会去顶撞乔希，可是她一旦做了什么决定，妈妈和乔希都不可能再改变什么。

悦悦要准备申请大学了，她跟田霄说，她想申请外地的大学。悦悦说过她想永远留在妈妈的身边，在她能做决定的时候，她决定离开家，离开奥尔巴尼，一个人出去闯荡。

田霄一直希望悦悦能留在奥尔巴尼上大学，就在她任职的那所大学读，这样可以免去所有的学费，要不她不知道怎样帮悦悦解决学费的问题。大部分华裔父母会为孩子出大学学费，其实有不少经济状况良好的美国父母也会为孩子出学费，她和乔希不是多有钱，还是能拿出些钱，起码能出得起一部分学费，只是乔希坚持让孩子自己解决这个问题。足够优秀的话自然能申请到奖学金，不行的话就去贷款，乔希的儿子是去参加了海军，服役四年后政府会为他出大学学费。田霄可不想让悦悦去参军，也不想让她申请贷款，大学还没读下来已经欠了一大笔债。悦的成绩和各方面的表现是很不错，但能不能申请到奖学金是个很大的未知数，对两个孩子又得一视同仁，田霄很难要求只为悦悦一个人付学费，这样看来，让悦悦去自己工作的大学读书是最稳妥的办法，悦悦还可以留在奥尔巴尼。她不是一个非要把孩子拴在身边的妈妈，她也明白离开家是成长的一部分，她只是舍不得悦悦离开。

可是悦悦没有申请妈妈所在的大学，她让妈妈不要担心，她会争取到奖学金和助学金。悦悦还说这些年她靠打工攒下了些钱，可以用作她的学费和生活费，上大学后她会接着打工挣钱养活自己。虽然悦悦攒下的那些钱杯水车薪，但这表明了悦悦的一个态度，坚决而鲜明。这么说，悦悦为离开家早就开始做准备了，田霄心里五味杂陈。

悦悦在她可以打工的第一时间就在商场里的饮食区找了份工作，收银、打包饭菜、清理打扫等都要兼顾。后来悦悦又在不同的地方做了各种工，田霄没有阻拦她，这里有不少孩子从中学开始打工，悦悦能加入他们是件好事，同时还积累了工作经验和社会经验。只是悦悦打的工多了些，几乎是她这个年龄段打工最多的那个孩子。田霄不想让她这么辛苦，悦悦自然没听妈妈的话，她的学业并没受到影响，田霄也就不好多说什么。田霄从没想到悦悦打工跟她要离家上大学有关，她不知道悦悦什么时候有了这个打算，并且能一点点持之以恒地去实现这个计划。

田霄回过头去思忖自己这些年里的行为，是不是做了不该做的事情，说了不该说的话，伤害到了悦悦的感情，让她盼望着离开这个家。还有一种很大的可能，悦悦想离开家跟乔希有关。乔希到底不是悦悦的亲生父亲，这个家对悦悦来说从来不是一个完整的家，只是半个家。可是悦悦几乎没抱怨过什么，没有什么明显的委屈和愤怒，田霄也就想不出个所以然来。就是想出个所以然来，在这件事上，她也是无能为力的。

悦悦在等待结果的那段时间里倒是露出了明显的忐忑不安。悦悦没有完全如愿以偿，她很想去加州上大学，加州那所她心仪的大学也录取了她，但没有奖学金。悦悦最后选择了在纽约读大学，最主要的原因是纽约的这所大学免掉了她四年的大学学费，而且有她心仪的学院和专业项目。去不成自己最想去的大学，悦悦还是挺遗憾的。田霄倒是很高兴，纽约市离奥尔巴尼不远，跟加州相比，纽约就算是在家门口了，她可以时不时去纽约看看女儿，悦悦也更有可能多回几趟家。这样的结果冲淡了即将到来的离愁别绪，田霄可以用比较正常的心态去面对悦悦的离开了。十八岁的时候她也离开了自己的父母，这是许许多多的人都要走出的一步，也是许许多多的家庭都要经历的别离。

乔希提出给悦悦一万美元做奖励，变相地资助悦悦读大学。悦悦开始时不想要，田霄劝说了一番，她才接受下来。

不同于很多同龄人对自己未来从事的职业的不确定，悦悦在进大学之前就做好了职业选择。悦悦选择了将来学法律，她进了 Pre-law Program，这是法学院为本科生设的法律方向的学习项目。悦悦的努力目标很明确，一切都在为她将来读法学院和当律师做准备。田霄心里很是惊讶，悦悦从未问过亲生父亲倪晖是做什么的，田霄也没跟她提过，这好像并不只是一个巧合，那些混合在血脉里的基因，一旦有了机缘，就会悄然而坚定地伸出触须发出亮光。冥冥之中有什么东西在牵引着悦悦，田霄知道这也是她无法改变的，她只能在心里默默地祝福自己的女儿。

乔希和田霄送悦悦去学校报到，一切都安顿下来后，田霄和乔希要回奥尔巴尼了。

　　田霄离开悦悦的宿舍时，瞥见悦悦正张皇失措地望着她。悦悦离开了家，可以自由绽放的时候，突然害怕起来，眼前一片混沌。她惴惴不安地站在看不到尽头的遥远路途的起点，不再跃跃欲试，不再有任何的计划，她不自觉地望向妈妈，忐忑中她只想抓住妈妈的手，紧紧地抓住妈妈的手。她的手伸向妈妈，又缩了回去，局促尴尬地站在那儿。

　　悦悦的眼神一下子抽空了田霄，无尽的空落弥漫开来，又迅速塞满了担忧和不舍。塞得太满，都没有留下可以让她呼吸的空隙，田霄只好屏住呼吸，压抑住涌动翻滚的不安，故作轻松地朝悦悦笑了下。她搂住悦悦，给悦悦一个温暖坚实的拥抱，还轻柔地拍了下悦悦，又在悦悦的耳边耳语了几句："我们会常来看你，你想家的话就回趟家。你看这里什么都挺好，你也喜欢，你会有很多新的朋友。"

　　悦悦在妈妈的拥抱中轻轻点了下头，母女俩放开手时，似乎轻松了许多。

　　悦悦看着妈妈和乔希渐渐远去。完全走出了悦悦的视线，田霄才敢放纵自己的感情，让泪水流了出来。

　　田霄没有马上来看悦悦，坚持了一个多月才第一次去看悦悦。后来她有意拉长这个间隙，两三个月才去趟纽约，悦悦回家的频率也是先快后慢。一年以后，田霄和悦悦都基本适应了不在一起的日子。

第
六
章

第二学年悦悦选了门经济课，是学校的公共课，也是必修课，每次上课差不多有一百人。大家的专业不同，原本不认识，以后也不会有太多的交集。悦悦只是来上上课，最多课前课后跟坐在身边的那个人闲聊两句。每次旁边坐着不同的人，聊过几句后，还是很难记住这个人。悦悦想，学期结束的时候，她大概还是谁都不认识。

但悦悦很快记住了一个人，那个人一出现，悦悦就满怀喜悦地记住了他。

悦悦记住他时还不知道他叫什么名字。他晚到了一段时间，在所有的课就要关闭注册的时候才进来。这门课人太多，过于喧嚣，也就过于沉闷，他走进来时，这间大教室似乎安静了片刻，很多人抬头多看了他一眼，特别是那些女生。他带进来一股清新的朝气，跟他的面容一样干净、阳光。他跟悦悦的年龄差不多，是青春最洋溢的年龄，举手投足间又带了些成熟男人才能有的沉稳洒脱。悦悦猜测他是一个中国人，很多美国人分不清中国人日本人韩国人，东亚人自己才能分辨出那些细微的差别，悦悦天生也具备了这样的能力。

他在他来的第一堂课上就有出色的表现。教授抛出的问题，先有两个美国学生做了回答，没有完全说到点子上，教授多少有些失望。他这时候举起手来，教授点到他。他没像那两个美国学生那样侃侃而谈，他的观点简单明了，却直入主题，又举一反三，回答了问题，还做了很好的引申，教授点了几次头。他说完以后，教授问他叫什么名字。这个班的人太多，教授大概没打算记住谁的名字，从来不问学生的名字，这次是个例外。

他果然是从中国来的，先报了自己的中文名字，教授和悦悦显然不能马上记住那个名字。他又报了自己的英文名字，赞恩（Zane），很多中国学生来美后会有一个英文名字，方便老师同学称呼。

那一天很多人记住了赞恩。教授很欣赏赞恩，来自中国的学生一般含蓄安静，在课堂上很少发言，一旦遇上一个积极活跃的，往往是出类拔萃的。赞恩大方得体，并不张扬，他显露出来的是那种有着丰厚底气的自信。悦悦记住了赞恩，还不仅仅是因为他很优秀，她第一次有了怦然心动的感觉。中学的时候她谈过两场恋爱，确切地说，那都不算是恋爱。他们彼此喜欢，有很多的甜蜜，却没有让她心动过，没有从心里走过的恋爱不能算真正的恋爱。悦悦曾经以为，她来自一个破碎的家庭，不会有任何男人让她动心。这一次，她和赞恩还没有说过话，她就怦然心动了。

班上的几个中国同学很快有了自己的一个小团体，下课以后，如果不用赶着去上其他的课，他们会聚在教室外面多聊上一会儿。中国学生一般喜欢扎堆，上课时也喜欢坐在一起，赞恩的出现让这些同学更快地扎成一堆，虽然赞恩上课时是随便坐的，并不固定地跟中国同学坐在一起。赞恩不光跟他的同胞们很融洽，他跟其他种族的同学相处得也很愉快。他原来还是一个很幽默的人，这样的人几乎所有的人都喜欢。

那些中国同学还是更有机会跟赞恩凑到一起，悦悦却不属于这个团体。以前她看到几个中国同学聚在一起聊天，她只是从他们的身边走过，现在她还是从他们身边走过，她不好停下来，可她的脚步放慢了许多。她听到他们说着她曾经最熟悉的语言，这种已经被她遗忘了的语言，从来没像现在这样让她感到如此亲切。还有那些跟她一样的面孔，她如果站在他们中间，不会有任何的生分。可她只能从他们的身边走过，她已经不会用她的母语跟他们交流了。

悦悦在留意着他们的时候，他们正在开心地聊着什么，只有一个人转过身来望向她。那是赞恩，赞恩和悦悦的目光第一次碰撞到一起，赞恩有些困惑地看着悦悦，朝她微微一笑，悦悦也朝赞恩微微一笑。

下一次上课前，赞恩径直走向悦悦，并且坐在了她的身边，赞恩主动跟悦悦打了招呼。

"你是中国人吗？"赞恩轻声问道。

"不是，是……"悦悦有些尴尬。

"你是 ABC？"赞恩只好接着说英文。

"也不是，我七岁来的美国。"悦悦说。

"那你还会说中文吗？"赞恩试探着用中文问道。

这句话悦悦还能听懂，"一点点。"悦悦紧张起来。

赞恩善解人意地改回说英文："很高兴认识你，我叫赞恩，你叫什么名字？"

"杰西卡。"悦悦回答道。

"你选了什么专业？"

"我在 Pre-law Program 里。"

"好棒，我也想过学法律，还想过申请这个项目呢，但他们的要求太高，每学期的平均成绩不能低于3.8，我怕自己达不到这个标准。"赞恩笑了笑。

"你这么优秀，你的成绩肯定高于3.8吧？"悦悦笑道，"我猜你还有更感兴趣的专业。"

"我对金融和经济也很感兴趣。"

这时候教授走进了教室，快要上课了，赞恩转换了话题，匆匆问道："你还过中秋节吗？"

"上大学前每年都过，我妈妈会让我们过中秋节。"

"后天是中秋节，今年就跟我们一起过吧。"赞恩说，"如果你那天有空，我邀请了一些中国同学去我家。"

"你家在纽约吗？"

"是租的房子，在高线公园（The High Line），我妈妈也在这边。"

"好呀，我后天晚上可以去，谢谢你邀请我。"悦悦的话音刚落，教授开始上课了。悦悦和赞恩不再说话，相视一笑后，望向讲台上的教授。

这是悦悦上大学后最开心的一堂课，赞恩就坐在她身边，还邀请她去他家过中秋节。赞恩并不是只邀请了她一个人，她还是觉得很欢喜，她甚至忍不住要去跟别人分享她的欢喜。下课以后，悦悦给妈妈打了个电话，以前她不喜欢跟妈妈分享这些情感上的小秘密，这次她实在按捺不住内心的喜悦，况且，赞恩也是从中国来的，他跟她妈妈一样，也喜欢过中秋节。

田霄没接电话，悦悦这才想起，她跟妈妈有十多天没通电话了。她最近很忙，赞恩出现后，她更没有心思去做其他的事情。妈妈也没有给她打电话，或许妈妈也很忙。悦悦心想后天马上就到了，不如去过赞恩的家里后再跟妈妈聊这件事情吧。

田霄没有回女儿的电话，悦悦也没再给妈妈拨电话。

中秋节那天，赞恩和他邀约的十几个朋友分别打了几辆车去他家。赞恩请悦悦上了他打的那辆车，同车的还有一个男生和一个女生。那个女生也在赞恩和悦悦上的大班上，悦悦在车上第一次跟她打了招呼。她叫可可（Coco），恬美乖巧，是那种很讨男生喜欢的女孩。可可跟悦悦几乎没说话，只是偶尔用微笑回应一下，似乎有意保持了一点距离。

高线公园在曼哈顿，是一个用废弃的铁路建成的空中花园，建成以后很快成了纽约的著名景点之一。高线公园的改建在 2009 年完工，在纽约绝对算是新区了，周遭的很多房子也是后来盖的，赞恩住的公寓明显比纽约的大部分公寓新，无论是结构上还是外观上。四周都是透亮的落地窗，不用走到窗前，就可以把高线公园的风景尽收眼底。室内的装修也是现代的，舒适典雅，又很实用。有好几间卧室和卫生间，相当大的面积。这是悦悦见到过的最好的公寓，在这个地段上租这样的一套公寓，月租至少要两万多美元。悦悦没想到赞恩的家境这么优渥，这段时间，特别是这两天为赞恩燃烧起来的热情没再继续高涨，反倒有些回落。

但悦悦很快就释然了，赞恩并没有做错什么，他从来没有自以为是盛气凌人过，他正热情得体地招呼着大家，没有冷落任何人。赞恩的妈妈也很温婉大方，脸上始终带着微笑。厨房的台面上和客厅的茶几上摆满了各种小吃和水果，能看出赞恩的妈妈很费了些心思，准备得很周到。赞恩的妈妈说她姓姚，大家都称她姚阿姨，悦悦也跟着叫她姚阿姨。

姚阿姨的英文很一般，悦悦也就很难跟她交流，实际上悦悦几乎无法跟这里的任何人好好地交谈。大家都说中文，说得热火朝天，他们开心大笑的时候，悦悦只能礼貌性地跟着笑，却不知道为什么笑。

赞恩很快注意到了悦悦的尴尬，他时不时走到悦悦的身旁，帮她翻译一下，有时候还会跟她多聊上一会儿。悦悦心里很感激，还是有意躲开赞恩，装作她想独处一会儿，或者干脆主动跟其他人聊天，让赞恩以为她在这里一切都好，她知道在这种场合她不能太多地占用赞恩的时间和陪伴。

天色渐渐暗下来，外面有了些凉意，赞恩的公寓里还是热气腾腾，气氛越来越高涨。悦悦却是在勉强自己，心里静不下来，口舌也跟着燥热起来。她走进厨房，想喝一杯冰水。来美国后她习惯于喝冰镇的饮料，心里的焦躁也需要一杯冰凉的东西减轻一下。摆在外面的饮料都不是冰镇的，也没有冰块。悦悦四处看看，没有找到冰箱，她正奇怪这个公寓怎么没有冰箱，赞恩走了过来，他好像知道悦悦在找冰箱，悦悦还没开口，他拉开了她身后的橱柜。原来冰箱隐藏在墙柜中，是个很高档的冰箱，自然带了制冷设备，可以马上打出冰水或冰块。

悦悦在接冰水时，赞恩问她："是不是太热了？我可以去开窗户，或者开空调。"

"不用不用。"悦悦赶紧说，"我只是想喝点水。"

赞恩看着悦悦喝下去一些冰水，又问："要不要吃些水果和点心？我发现了几种小点心，有种榴莲酥很好吃，你可能也会喜欢，来，我拿些给你。"

赞恩说着帮悦悦拿了一个纸盘和一个叉子，带着悦悦走向放着点心托盘的台面边。他告诉悦悦各种点心的口味，如果悦悦点头，他就把点心夹到纸盘上。他帮悦悦托着纸盘，让悦悦还是拿着那杯冰水。

赞恩悉心照顾着悦悦，悦悦觉得很温暖，也有些不自在，她感觉到有一双眼睛在追随着他们，可可跟他们隔了段距离，悦悦还是能感觉到可可的目光很紧很近地投射在她的身上。

纸盘满了的时候，悦悦接过纸盘，跟赞恩说："那边有个男生是学法律的，我去跟他聊聊，有些事情想听听他的意见。"

"你是说大卫（David）吗？好呀。"赞恩说，"要不要再加些冰水？"

"不用了，谢谢。"悦悦说着把水都喝完了，准备扔掉一次性的塑料杯，这样可以腾出手来。

"那我帮你把杯子扔掉。"赞恩说。

悦悦没有拒绝，赞恩去扔塑料杯时，悦悦快步走向那个学法律的男生。

赞恩和悦悦不在一起了，可可的目光就不再投向悦悦。悦悦心不在焉地跟大卫聊着天，时不时扫一眼可可。可可追随着姚阿姨，帮姚阿姨收拾东西，陪姚阿姨聊天。姚阿姨被可可逗笑了好几次，悦悦有些羡慕地望着可可，可可显然很讨姚阿姨的喜欢，而她只能远远地躲着姚阿姨。

各聊各的之后，散开的十多个人又聚拢到一起。应该是其中的一个人提了个建议，不少人发表了意见。悦悦听不确切他们在说什么，能看得出他们最终达成了一致。还是赞恩走了过来，告诉悦悦是什么事情。

"他们想出去走走。"赞恩说，"这么好的月光，天气又不冷，从这里走下去可以看到很多涂鸦，有那个很有名的爱因斯坦的头像。还有很好吃的冰淇淋，不知道现在还有没有卖冰淇淋的，不过出去走走会很有意思。回来后我们一起吃晚饭，正好给我妈妈一些收拾准备的时间。"

悦悦为难起来，如果大家都说英文，或者她可以说中文，她当然想跟大家出去走走。可她又不能留下来，她一个人跟赞恩的妈妈待在这儿，她会更加尴尬。

"我大概不能跟你们一起去了。"悦悦说，"我得走了，明天有个很重要的小论文要交，我得回去做功课。"

悦悦明天是有个要交的小论文，她昨天晚上已经赶了出来，把今天晚上很完整地留了出来。

赞恩很遗憾地看着悦悦，还有些过意不去。"你还没有吃晚饭呢，我们可以先吃晚饭，然后再出去看月亮。"

"不用，你们出去得太晚会冷的。我已经吃饱了，吃了很多点心，我特别喜欢那种榴莲酥，很好吃。"悦悦咧嘴笑了笑。

"那都是开胃小点心，不是正餐。还有月饼，你还没吃月饼呢，原打算吃过晚饭后吃月饼，是专门从中国捎来的月饼。"赞恩舍不得悦悦走，又不好勉强她。他赶紧去拿了盒月饼，塞给悦悦："你晚上饿了可以吃。"

悦悦接过了月饼。

赞恩又说："我送你去打车，你一个女孩子不安全，要不你稍等下，我叫辆车。"

"我自己可以打车，天还不晚，不要紧的，他们都在等着你，你快去吧。"

赞恩扭头一看，那十多个人都在望着他们两个，显然是在等他。悦悦偷偷瞄了眼可可，可可正不悦地看着他们。

赞恩说："那好吧，你到了给我发个短信，好吗？"

悦悦点了点头。

悦悦离开后，并没有马上去打车，她也想在月光下走一走。高线公园她以前来过，赞恩和他的朋友们去看涂鸦去吃冰淇淋的话，会朝右边走，悦悦转向左边，这样就不会跟他们碰到一起。悦悦抱着那盒月饼一直走下去，她看见了哈德逊河，这里是左边的尽头了。悦悦在一条长椅上坐了下来，清朗的月光中，她打开那盒月饼。里面有四个月饼，月光很好，加上路灯，悦悦可以看清每个月饼上刻着不同的字。漂亮的汉字，她却不认识。她随手拿出一个月饼，咬了一口，舌尖上很快有了甜的感觉，又从嘴里到心里，一点点地化开。甜的东西是可以抚慰人的，特别是在孤独伤心的时候。悦悦又连吃了几口，竟然有了甜美的幻觉。她感觉赞恩就坐在她的身边，两个人静静地坐在一起，一起吃月饼，一起看月亮，是一轮很圆满的月亮。

可是赞恩正朝着另外一个方向走去，走在他身边的应该是可可，不知道赞恩是不是在等她发来的短信？

悦悦掏出手机，看了眼时间，打车的话，这个时间该回到宿舍了。悦悦打开那张攥在手心里的小纸条，这是她临走时赞恩匆匆写下的电话号码。悦悦给赞恩发去了一条短信：我到了，月饼很好吃，谢谢！中秋节快乐！

赞恩很快回了个短信：中秋节快乐！还加了个笑脸。

悦悦把那张小纸条小心地收进包里，也收起了一段感情，还没有铺展开来，就需要谢幕的感情。

谢幕的时候，悦悦还是不知道，赞恩让她怦然心动，只是因为他自身的魅力，还是因为有些情感是抹不掉的。赞恩的身上带着那种久违了的气息，她曾经最熟悉的气息，一经出现就让她觉得很亲切，瞬间点燃了所有沉睡的记忆。几近完美的赞恩完美地带回了那种气息，让她难以抗拒。

"可我还是一个中国人吗？"悦悦在心里困惑地问着自己。她属于他们，又不属于他们。如果她跟他们没有任何关联，反倒更容易融入他们，她可以跟他们更自然更随意地交往，她可以跟他们完全不同，就如她的名字，跟他们的名字完全不同。可是她跟他们有着一条共同的血脉，长着一样的面孔，来自同一片土地。这条本该拉近她和他们的血脉，却成了阻隔他们的一条鸿沟。

悦悦茫然地望着眼前的哈德逊河，奥尔巴尼就在河的另外一头，那是她待得最久的一座城市，她的妈妈和继父还在那儿。她突然很想家，又不确定她想的那个家究竟在哪里。她像一只断了线的风筝，孤零零地飘在八月十五的空中，月光再好，只能让她更加清冷。在她十二岁的生日时第一次造访过她的忧伤，融化在如水的月光中，又一次包围了她，流进了她的身体中，在她的心里弥漫翻滚。

悦悦的手机响了起来，是妈妈打来的。刚才悦悦想过给妈妈打个电话，又没有打。她不知道该跟妈妈说些什么，除了问候下中秋节，她还想说点别的，她想跟妈妈好好聊聊，却不知道从何说起。想说很多又不知道说什么，不如什么都不说了。

悦悦犹豫了一下，还是接了妈妈的电话。她很快调整了自己的情绪，脸上挤出了笑意，这样更适合去接一个节日里的电话，她相信脸上的表情会影响到打电话时的语调。

田霄的声音却不是欢快的，她甚至说不出话来。悦悦听见妈妈在哭泣。

"妈妈，你怎么了？"悦悦叫道，害怕和担心把她的那些忧伤扫荡得无影无踪。悦悦很少听见或看见妈妈哭，妈妈不喜欢当着她的面哭。上一次她看见妈妈哭，还是几年前外婆去世的时候。

田霄哭着说："乔希走了。"

"他去哪里了？"悦悦问道，她马上想到了妈妈的第一次婚姻，爸爸也是走了。那件事已经发生了很久，又是在她很小的时候发生的，每每想起这件事，悦悦心里还是能感觉到痛，难道妈妈和乔希的婚姻也出了问题？

妈妈又说："乔希死了。"

"什么？他怎么了？"悦悦浑身打了个寒战，手抖得太厉害，手里的手机也跟着抖起来。

"他得了克雅氏病，只有十多天，他就走了。"田霄不再压抑自己的哭声，号啕大哭起来。

悦悦也泪如雨下，她从来没听说过克雅氏病，她只知道乔希走了，永远地走了。

田霄之前也没听说过克雅氏病。最开始他们以为乔希的眼睛出了问题，他的视力在迅速下降。过了五十岁，眼睛开始老化，乔希和田霄都没觉得这有什么不正常，只想着配副眼镜。田霄还跟乔希说，你总是炫耀你的视力好，现在也得戴眼镜了。约好了眼科医生，去看时，已经不光是视力的问题，很多东西在乔希眼里都是扭曲的，可那个眼科医生查不出任何问题。他们只好又约了另外一个眼科医生，还没去看，乔希的眼睛又出了新的状况，他分辨不出颜色了，他的世界一点点地失去了色彩。不光是眼睛，他走路时摇摇晃晃，没有了平衡，没法开车出门，在家里也是磕磕碰碰的。田霄还是带乔希去看了那个约好的眼科医生，第二个医生也没查出问题。这并不是一个好消息，眼睛没有问题，就有可能是更大的问题。眼科医生忧心忡忡地看着他们，建议他们尽快去医院做一个全面的检查。

开车去医院的路上，田霄握着方向盘的手一直在颤抖，车子在行驶中也就很难保持平稳。在车行干了二三十年的乔希很快感觉到了，他扭头看着田霄，安慰道："我不会有事，是哪个地方出了问题，人总是要生病的，医生会有办法。我修好了那么多的车，医生也治好了那么多的病人，我对他们来说就是一辆出了点问题的汽车，他们总能找到让我重新开起来的法子。我这辆车还不老，还能开很多很多年。"

乔希这段时间一直处在焦躁不安中，这一刻却是出奇地平静。

田霄也看了眼乔希，还故作轻松地笑了笑。

田霄不再认为乔希的眼睛出了问题，更大的可能是长了脑瘤，压迫到视神经。田霄已经为这种可能性做好了心理准备。如果脑瘤是良性的，切除后很快就该复原；如果是恶性的，会麻烦很多，但医学发展到今天，治愈的希望还是大了许多。

到了医院，一番初步的检查后，医生让乔希马上住院，做进一步的检查。

乔希的主治医生姓霍克，差不多七十岁了，经验相当丰富，但他对乔希的病情好像有些束手无策。田霄问霍克医生他的初步诊断是什么，他谨慎地说："现在还不好下结论，还得等所有的检查结果。"

脑部的检查先出来了，不是脑瘤。田霄并没有舒口气，她隐隐地感觉到，乔希的病有可能比脑瘤还严重。

护士来抽骨髓，她非常随和周到，脸上带着微笑。田霄问护士为什么要抽骨髓，她还是笑眯眯地看着田霄，轻柔地回答道："我只负责抽骨髓，医生会向你们解释的。"

三天以后，霍克医生把田霄请进他的办公室。乔希没有来，他躺在病床上，已经陷入半昏迷状态。

霍克医生表情复杂地看着田霄，艰难地嗫动着嘴唇："这两天我跟全球不同国家的神经科医生讨论了乔希的病例，我们认为他得的是克雅氏病。"

"克雅氏病？"田霄迷惑不解地看着霍克医生，她不知道这是一种什么病，也不知道这种病有多严重。

"这是一种神经性疾病，变异了的蛋白质病毒侵入大脑，可以潜伏很长时间，二三十年都有可能。一旦突发病变，就会来势凶猛。病人会出现各种病状，乔希出现的视觉丧失、平衡失调、烦躁不安等都是病状。所有患者的病情都会迅速恶化，大脑最终会被病毒吞噬成海绵状。这种比癌症可怕许多的疾病，只有百万分之一的发病率，我们这里五十年前有过一个病例，那时我刚进医学院。遗憾的是半个世纪后我们还没找到对付它的办法，在已知的病例中，没有一个患者痊愈，大部分患者在很短的时间里就去世了。"

霍克医生尽可能用最浅显的语言解释了克雅氏病，田霄还是没有完全搞明白，不过最后两句话她听得很明白，她明白乔希很快就要离开她了。田霄被悲伤撕成了碎片。她难过的不仅仅是乔希不久于人世，她还为这段时间里她对乔希的责怪难过。乔希磕碰了自己或什么东西时，她怪他太不小心；乔希莫名其妙地发火时，她怪他脾气越来越大。她不知道这都是病魔在作怪，在一点点地毁灭着他，可她只会抱怨他。

泪水从田霄的眼眶中涌了出来，当着霍克医生的面，田霄还是忍不住抽泣起来。霍克医生递给田霄几张纸巾，说："对不起，我很难过，我无能为力，我们尽可能让他安静地没有太多痛苦地离去。"

乔希很快被转入临终关怀病房。死亡在一点点地逼近，乔希并不觉得害怕和难过，他已经失去了害怕和难过的能力。

乔希的安静让田霄看到了一线希望。既然这种疾病只有百万分之一的患病率，霍克医生和绝大多数的医生从没接触过这类病人，他们对乔希病情的判断也就有失误的可能，至少不是百分之百的准确。这一线希望在田霄的心里膨胀起来，她开始期盼一个奇迹。她宁愿相信乔希只是睡着了，他好好地睡上几天，他就会重新睁开眼，重新坐起来，他还会有力地拥抱住她，他会陪她走完后半生的路途。

田霄握住乔希的手，乔希果然是有反应的，他也握住了田霄的手，乔希的手心还跟以前一样温热。田霄破涕为笑，她含情脉脉地看着乔希，絮絮叨叨地跟乔希说着话。她要留住乔希的意识，她不想让乔希忘了她，乔希舍不得丢下她的话，他就不会离开，就是离开了他也会再回来。

那些天田霄每天都会跟乔希说很长时间的话，讲的都是他们一起做过的事情，从他们在车行的第一次相遇开始，一点点地讲下去。春意盎然的时候，他们去郊外踏青；烈日炎炎的夏日，他们去海边钓螃蟹；秋高气爽时，他们去森林里野足；白雪皑皑的冬日，他们去山上滑雪……他们去签了购房合同，终于有了一个真正意义上的家……他们去农庄亲手挖了一棵活的圣诞树，欢天喜地地运回家里……他们一点点地建造着他们的家园。他们在这里吵嘴，更多的时候是甜蜜和欢笑。乔希在家里的每个角落都给田霄藏过纸条，又想方设法让田霄找到它们。田霄读过之后，总是笑乔希没有文采，现在她才知道那是她这辈了读到过的最美的情书。

田霄拉着乔希的手一天天讲下去，每天都会有新的内容。田霄不敢相信，她和乔希竟然共同拥有一个这么长的爱情记忆名单。她一直以为她和乔希之间没有爱情，他们是生活在两个世界的人，他们不该走到一起。可他们走到了一起，还一起生活了十多年。这十多年里竟然有这么多的柔情蜜意，都跟爱情有关。那一刻她彻底走出了倪晖的阴影，也撕心裂肺地爱上了乔希。田霄紧紧地拉着乔希的手，哭着跟他说："你不能走，我爱上了你，不要离开我，我还没有好好爱你……"

乔希的嘴角浮现出幸福的微笑，他甚至把田霄的手拉到他的嘴边，轻轻地吻了一下。他在告诉田霄，他早就爱上了她，他一直爱着她，他能在平淡的生活中感觉到实实在在的爱情，她让他这一生过得很幸福。

强大的爱情还是没有阻止住死神的逼近，乔希的意识越来越模糊。稍微清醒一点的时候，他就拼尽全力从死神的魔掌中挣脱出来，死神一次次地攥住了他，他又一次次地逃脱出来。他知道田霄在跟死神争夺他，他要跟田霄一起战胜死神。可是他清醒的时候越来越少，他的气力越来越微弱，他的挣扎也越来越痛苦。十天以后，医生每天都会告诉田霄，今天可能是他的最后一天了，田霄还是不想放弃。乔希还在坚持着，奇迹还有可能发生，痴恋中的人是无法跟恋人道别的。

自从乔希进了医院，田霄跟老板请过假后就关了手机。跟所有热恋中的人一样，她的世界里只有她爱着的那个人，她不想被任何人打搅，包括她最亲爱的女儿。她不想让任何人占用她和乔希的时间，他们已经不能好好地爱一辈子了，剩下的时间已经可以用分钟去计算，她不能错过每一分钟。

乔希为了田霄，又拼死坚持了一个星期，田霄也没日没夜地陪在他的身边。田霄的嗓子已经哑了，精疲力竭，好几次差点晕倒在乔希的身边。她向往着死去，这样她就可以跟乔希一起走，她知道她留不住乔希了。

霍克医生走到田霄的身边，轻拍了下田霄的肩膀，说道："也许你该让他走了，他这样很痛苦。"

田霄没有说话，她静静地坐在那儿，看着乔希。他确实越来越痛苦，生不如死，田霄知道她该放手了，她不能这么自私，她得让他走了。

霍克医生离开后，田霄站起来，伏下身去抱住了乔希，用嘶哑的声音在他的耳边说道："你放心走吧，我会好好地活着，你在天堂等我，有一天我们会在那里重逢，永远都不再分开。"

田霄贴着乔希的那边脸湿了，那是从乔希的眼角流出的泪水。田霄抬起头，长久地凝望着乔希，她看见乔希的嘴角又浮现出笑意，最后一抹明媚的笑意，他在笑着跟她道别。一切都发生得太快，开始得太快，结束得也太快，田霄还没回过神儿来，她和乔希已经阴阳永隔。

房间里只剩下田霄一个人。夜幕降临，是一个很安静的夜晚。田霄没有开灯，房间里并不黑暗，外面是明晃晃的一片。皎洁的月光从窗户那里涌进来，房间里的一切都有了形状，田霄可以很清晰地看到那张空了的床。她并没有感觉到痛，那一刻，她也失去了难过的能力。她只是惘然，月光怎么会这么好。她走到窗前，看见了那轮饱满圆润的月亮，正散发着温柔的光芒。

难道今天是中秋节吗？田霄叫道："乔希，你快来看，月亮好圆好大。"

乔希没有应声，寂若死灰的静谧中，是无边的黑暗。

田霄听到了声音，那是她自己的哭声。

悦悦在第二天一早赶回奥尔巴尼。她操办了继父的葬礼，陪着妈妈走过了最难挨的一段日子。田霄游走在死亡的边缘，悦悦拼尽全力把妈妈拉了回来。

两个星期后悦悦回到学校，第一堂课是她和赞恩都要上的大堂公共课。往教室走时她才想起赞恩也会来上课，她在这里会见到赞恩。赞恩给她发过短信，问她怎么了，她没有回。

悦悦在离教室很近的地方遇到了赞恩，他从另外一个方向走了过来。赞恩看到了悦悦，他关切地望着悦悦。

赞恩的身边走着可可。可可挽着赞恩的手臂，她也看到了悦悦，很热情地跟悦悦打了招呼："你好，杰西卡，有段时间没见到你，我有个好消息要跟你分享，我恋爱了，这是我的男朋友赞恩。"可可说着，完全偎依到赞恩的身上，一脸的甜蜜和骄傲。

赞恩回避了悦悦的目光，望向别处。

悦悦大方地说道："恭喜你们。"

可可回了一声"谢谢"，赞恩没有说话，虽然他很想知道悦悦这两个星期去了哪里，出了什么事。

三个人一起走进教室，可可和赞恩走向一边，悦悦走向另一边。悦悦坐下后，听到可可和赞恩那边发出欢快的笑声。赞恩和可可看起来很般配，至少在外人眼里他们很般配。赞恩的妈妈喜欢可可，他们的身边还围满了两个人共同的朋友。那天上课时，悦悦总是走神。她并没有望向赞恩和可可，可他们总在她的眼前晃动。下课后，悦悦第一个冲出了教室，以后再来上这门课，她总是尽可能等到最后才进教室。

那段时间里悦悦每天给妈妈打几个电话，两个星期就回趟家。悦悦只为乔希的去世和妈妈的状态难过，没有人知道她心里还有另外一个伤心事，她只是用一个痛掩藏了另外一个痛。妈妈失去了乔希，她失去了赞恩。妈妈比她幸福得多，妈妈跟乔希一起生活了十多年，她跟赞恩还没有开始就结束了，赞恩都不知道她爱上了他。

第
七
章

悦悦大学毕业的时候，田霄的生活在表面上已恢复了正常。她还是朝九晚五地上班，下班后会花很多时间侍弄她的菜园子。欢喜的日子和日子中的欢喜也渐渐多了起来，还是没有乔希在的时候那么多，总比她最抑郁的那段时间好了许多。悦悦每次回家看她，那就是最让她开心的节日，只属于她一个人的节日，比大家都会过的那些节日重要得多。

悦悦原来打算接着读法学院，最好能去她曾向往的阳光灿烂的加州读。家里的变故和妈妈的状况，让她最终决定留在离奥尔巴尼比较近的地方，可以先工作几年，以后边工作边读书。而她已经待了四年的纽约好像是最合适的落脚点，便于她回家看妈妈，适合于她的工作机会也相对多了些。悦悦还没找到工作时，就先为自己租下了一套公寓，在百老汇大街上，不在繁华的百老汇街区，已偏转向敛声屏气的曼哈顿的另一面，又还是纽约的风格。从这里可以走到中央公园，十分钟内也能到达地铁站，不管以后定下在哪儿上班，或者在正式工作之前去哪儿打工，有了地铁，去哪儿都该是方便的。悦悦没跟妈妈商量，毫不犹豫地签下了租房合同，并且着手为这套两居室的公寓找另外一个租客。两间卧室都不大，厨房和卫生间也都很小，这是纽约很多有了年头的老式公寓的一个共同特点。一个人住也并不是多宽敞，悦悦还是想找一个室友。两个人可以一起分担下房租，幸运的话，若能跟室友谈得来，在这段离开了学校工作又没着落的动荡时期里也就多了个伴儿。

凯茜就是这个时候出现在悦悦的生活中。凯茜不是第一个来看房子的，却是跟悦悦最有眼缘的那一个。凯茜很外向，喜欢笑，话语间带着清朗悦耳的笑声。凯茜风风火火地看过的厅堂厨房卧室洗手间里，都留下了一片笑声。在凯茜面前，悦悦显得很安静，凯茜倒像是这套公寓的主人。悦悦喜欢凯茜的开朗热情，她很快在心里做了决定，只要凯茜愿意跟她合租，她多出些钱都可以。

凯茜竟然会说中文，她在大学里有两个主修专业，国际贸易和中文。见到悦悦并且确定悦悦是从中国移民来的，凯茜兴奋地说起了中文。悦悦接不上凯茜的话茬，尴尬地站在那儿。凯茜的脸上掠过明显的失望，只好改回说英文。好在这没有影响到凯茜最后的决定，她当场就定下跟悦悦合租这套公寓，房租平分，悦悦主动把那间大一点的卧室让给了凯茜。

凯茜来自北卡罗来纳州，她的父母还在北卡。她跟悦悦一样是在纽约读的大学，刚刚大学毕业，也是留在了纽约找工作。在找到正式的工作前，为了应付生计，两个女孩都在打些零工，都会去餐馆做侍应生。在纽约的很多餐馆，做侍应生可以挣上可观的小费，不是长久之计，却是两个女孩在那个阶段里很重要的经济来源。只是悦悦多是去西餐馆打工，凯茜多是去中餐馆，那里有很多会讲中文的客人，凯茜可以用中文跟他们交流。有些客人很是喜欢这个金发碧眼会说中文又很有亲和力的美国女孩，凯茜也就在不经意间为她打工的餐馆带来不少的回头客。餐馆老板想留住凯茜，许诺了一些优厚的条件。凯茜兴高采烈地笑纳了那些涨出来的薪水，没说会长久地留下来，也没说什么时候离开，只说她想多干一段时间后再做决定。凯茜确实不知道她会在这儿待多久，在找到她认可的工作之前，她需要这份工作，也会尽力做好。跟客人们用中文聊聊天是她的乐趣，她也乐于看到她的个人喜好为老板多招揽了生意，但她知道她不会在这里久留，她对自己的人生一直有另外的规划。

在中餐馆打工又很有中国人缘的凯茜自然比长了一张中国脸的悦悦认识更多的中国人。凯茜有时会去参加中国人的活动和聚会，如果悦悦正好在家里，凯茜会邀请悦悦一起去，悦悦从未去过，她只有在回奥尔巴尼时才跟着妈妈去凑凑这样的热闹。上一次在纽约参加中国人的 Party，还是去赞恩家里过中秋节。想起大家都在说中文，只有她一个人是局外人，她就不敢轻易去这样的聚会了。

凯茜还是不厌其烦地邀请悦悦。凯茜并没有什么目的，也并不当真，只是随口问上一句。

那天悦悦看见凯茜在试穿旗袍，知道她又要去参加中国人的聚会了。

凯茜扭头时看见了悦悦，又是随口问道："你要不要跟我去？常来我们饭馆吃饭的一对夫妻送给我两张票，正好可以带上你。是中国人迎新年的活动，十二月三十一号，离时代广场很近，有吃有喝有好玩的，据说都是年轻人。"

悦悦也随口说道："好呀，反正我那天也没别的安排。"

"你真的要去呀？"凯茜停下摆弄旗袍，瞪大眼睛看着悦悦。

"你是在跟我开玩笑吗？"悦悦反问道。

"没有没有，我是认真的。"凯茜笑嘻嘻地说，"以前你总是说不，这次说行，我以为听错了。"

悦悦也不知道这次怎么就答应了凯茜。新的一年到来的时候，她不想一个人待在公寓里，还是想出去跟大家一起欢庆一番。她想过再回趟奥尔巴尼，可圣诞节刚刚回去过，她在一月二号又有一个重要的面试，最后决定留在纽约过元旦。悦悦从小就遵从于这里的风俗，圣诞节要跟家人一起过，是安静的。新年是热闹的，特别是年轻人，应该去派对上尽情地玩闹。既然是年轻人的聚会，多半不会有语言问题，哪怕全都是中国人，应该也可以用英语交流。

三十一号那天的天气很好，清朗的天空上飘着几片柔软的白云，楼宇街道间回转着华氏五十度的气温，在寒冷的冬天这可以算作是春天般的日子。凯茜更有理由穿上那身薄薄的旗袍了，外面裹了件长大衣。凯茜拿回的邀请函上没写对着装的要求，悦悦就穿了身休闲衣裤。这样的天气和时节让她有些跃跃欲试，有种想轻柔地跳跃起来的愿望，或许派对上她可以跳跳劲舞，好好舒展一下。

悦悦跟着凯茜找到举办派对的地方，是个四层的不太起眼的建筑物，这里果然离大水晶彩球即将落下的时代广场不远。

悦悦突然冒出一个想法，跟凯茜说："我们都走到这里了，要不就去时代广场看水晶球吧？"

凯茜反对道："现在过去哪能挤到水晶球边？那些人几个小时前就站那儿了。"

"我们两个都不胖，很容易挤进去。你今天又穿得这么漂亮，你可以脱了大衣，我帮你拿着，没准儿大家会给美女让出条走进去的小道呢。"悦悦笑着建议道，她还真的有些想去时代广场凑下热闹，跟从世界各地赶来的人们一起欢庆新年。

凯茜坚决反对："你要冻死我呀？你见过什么人穿着旗袍站在时代广场迎新年吗？"

悦悦开玩笑道："那所有的电视摄像头都会对着你了，我站在你身边也可以沾下光呀。"

"还有，我的鞋子也不会让我去的。"凯茜说着向悦悦跷了下自己的左脚，没有站稳，打了个趔趄，她赶紧把左脚放了下来。

凯茜摇晃时悦悦上前扶了她一把，看凯茜站稳了，悦悦故意惊叫道："天哪，你穿了这么高跟的鞋子！你是怎么走到这里的？你不会让我背着你回去吧？"

凯茜在美国女孩中是小巧型的，悦悦的个子又偏高，比凯茜高了将近一个头，穿着高跟鞋的凯茜跟悦悦差不多一般高了。说到鞋子凯茜才觉出自己的两只脚都磨疼了，她很少穿高跟鞋，今天是为了配那身旗袍。凯茜龇牙咧嘴地叫起疼来，悦悦知道凯茜不是装的，不再惦记去时代广场，跟着一瘸一拐的凯茜进了那栋建筑物。

大楼里很安静，悦悦和凯茜面面相觑，不知道她们是不是走错了地方。凯茜掏出邀请函正要验证下，悦悦拉了下凯茜的胳膊，指了指她刚看到的一个做工考究的易拉宝，上面展示的正是她们要去的派对。她们很快又看到了接待人员，一男一女两个年轻人站在一条铺了红桌布的长桌后面，查验来宾手上的邀请函。凯茜和悦悦走向他们，有两个年轻的女孩已经在那里了，正在跟接待人员说着什么。他们说的是中文，悦悦不知道他们在说什么，凯茜很认真地听了会儿，小声跟悦悦嘀咕道："她们是从波士顿来的，想参加这个活动，她们没有门票，接待人员不让她们进去，可她们是从波士顿来的呀……"

那两个从波士顿来的女孩不死心，又争取了一番，接待人员还是没让她们进去。她们郁郁寡欢地从凯茜和悦悦面前走过时，悦悦差点要动员凯茜让出她们手中的两张票。凯茜的脑子里飞快地转着另外一个念头，看来今晚的邀请函很抢手，一票难求。她接过那对夫妻递过来的两张票时并没掂量出这票的分量，喜欢热闹的她只是高兴有地方可以让她去热闹，还可以练习下中文。刚才因为脚疼站得歪七扭八的凯茜马上挺直了身子。

凯茜和悦悦很顺利地进了门。有凯茜在，接待人员说的都是英文，请她们坐电梯上去，二楼三楼四楼都是活动场地，倒数进入新年的主活动在四楼。

悦悦和凯茜坐电梯先上了二楼。出了电梯门走进去后，两个人都吓了一跳。没想到里面的场地那么大，还是全打通的，就更显得大了。来来往往的确实多半是年轻人，阔大的场地并不显得空旷，反而是生气勃勃风生水起的。一些桌椅散落在一边，有坐着聊天的，也有不少人好像更喜欢站着，三三两两地站在一起。穿了礼服的侍应生穿梭其间，手上的托盘上有精美的小吃小点心或饮料，中式美式的都有。有时托在手上的盘子开始是空的，客人们吃完喝完后，可以很方便地把用过的小碟和杯子放回托盘上。大厅的中央是很长的桌子，铺着喜庆的桌布，还有各种鲜花做点缀，花丛间错落有致地摆放着各种食物，还有各种冷饮和热饮，都是不含酒精的。

这里的喧哗跟一楼进门时的冷清正好是反着来的。悦悦看了眼手机上的时间，竟然十点多了。活动好像是七点开始，怪不得门口已经没什么人。她和凯茜出门前磨蹭了太长的时间，来的时候还走错了一段路，耽误了更多的时间。悦悦倒不为之前错过的三个小时遗憾，她本来就是有一搭没一搭地出来放松一下，没有刻意的目的，只是这个迎新年活动的规模和正式程度超出了她原来的想象。女孩子们都化了妆，有不少还穿了晚礼服。可是邀请上并没有写上对着装的建议，悦悦不知道是主办方不习惯于讲究这样的细节，还是这么多的女孩子都不谋而合地选择了盛装，不过这个活动的规格和丰盛倒也配得上那些漂亮的衣饰。

凯茜多少有些遗憾。那对跟她很熟的顾客送她票时很随意，没多说什么。其实那对夫妻也不知道这个晚会的规模，他们的票也是别人送的，早就不年轻的他们没兴趣去凑年轻人的热闹，就把那两张价格显然不菲的入场券转送给了凯茜。凯茜为到得太晚而遗憾，更加急于进场了。在不明不暗恰到好处的光线下，凯茜顾盼流转的一双大眼睛熠熠生辉。她完全忘了脚上的疼痛，迅速地脱下大衣，匆忙挂在旁边一长溜的衣架上，拉着悦悦冲入鼎沸的人群。

凯茜很快就跟她们遇上的第一群人聊上了。大家都会说英文，他们发现凯茜会说中文后，又马上改说中文了。凯茜也喜欢跟大家说中文，悦悦不想扫了凯茜的兴，就独自走到长台边，拿了纸盘，挑些吃的，准备先找个僻静些的桌子，一个人吃点东西。

当悦悦独自行动时，很快就有男士主动上来跟她打招呼。有个年龄跟她相仿的男士也取了些食物，跟着悦悦走到旁边的小圆桌边。悦悦坐下后，他问悦悦他是否可以坐在小桌边，悦悦很礼貌地同意了。在这种场合大家是可以随意坐的，她也不介意跟他聊上几句。

两个人很快报了各自的名字。他叫凯文（Kevin），是个ABC，出生在美国的中国人，会说些中文，但英语是他的母语。没有语言的障碍，悦悦也就更愿意跟他多说些话了。只是凯文很投入，悦悦一直处在游离的状态中。周围的环境是嘈杂的，沸沸扬扬，说话时就要提高了声调多用些力气，声音上拔高了，心情上放松不下来，也就很难倾情而谈，除非能像凯文那样特别想把谈话进行下去。悦悦应付着跟凯文的聊天，有时会扫一眼身边走过的人和站在不远处聊天的人们。她饶有兴趣地观望着不同的组合，慢慢发现今天来的人多半是单身，有些男女看起来是恋人关系，但结了婚的小夫妻应该凤毛麟角，更多的人跟她一样没有固定的恋人，晚会结束后倒有可能有了男伴或女伴。发现了这点后悦悦尽可能跟凯文保持住一定的距离。凯文一直兴致勃勃，他还邀约悦悦一起去三楼跳舞，他说三楼有舞池和乐队，可以跳些传统的交谊舞。

"我穿的这身衣服不适合跳交谊舞，跳下劲舞还可以，你可以邀请一个穿着晚礼服的女孩。"悦悦建议道。她穿的那身不合时宜的休闲装倒给了她很好的借口，帮她挡了驾。

凯文没有去找其他的女孩，还是坐在那儿跟悦悦聊天，兴致依然很高。悦悦想找一个理由离开了。她又看了眼手机上的时间，离十二点还有二十多分钟。她想起刚才进门时他们提到的新年倒数，凯茜不知道转悠去了哪里，悦悦跟凯文说："对不起，我得去找下跟我一起来的朋友。"

凯文愣了下，杰西卡原来不是一个人来的，但他很快判断出跟杰西卡一起来的只是她的一个朋友，不是男女朋友。

"那我在这里等你。"凯文说。

"你别等我了，我跟我的朋友会去四楼，新年倒数快到了。"悦悦站起身来。

"我可以跟你们一起去四楼。"凯文说着也站了起来。

"那我们一会儿在四楼见。"悦悦没等凯文再说什么，赶紧抽身离去。她在三三两两的人群中转了一圈，没有看到凯茜，怕撞上凯文，她决定一个人去四楼。电梯口有人在排队，大概都是去四楼的。悦悦没坐电梯，从楼梯那儿上了四楼。楼梯道里的人不多，穿了晚礼服高跟鞋的女士是不愿意爬楼梯的，陪着她们的男士自然也得跟着去坐电梯。

四楼的电梯口楼梯口都有人在发放五颜六色的气球，每人可以分到两个气球。绝大部分气球都是一色的，红色的偏多，悦悦看到一个紫黄两色的气球，明媚的紫色上缠绕着飘逸的亮黄色，煞是漂亮，悦悦要了这一个，也要了个红色的，新年到来时，红色还是更喜庆。

四楼已经有很多人了，没有灯光，轻柔摇曳着的是星星点点的烛光。悦悦攥着拴了那两只气球的细绳，站在叽叽喳喳的人群中，安静地等待着新的一年的到来。她知道凯茜和凯文也来了四楼，不用知道他们具体站在什么地方，也不用知道簇拥在她周遭的那些人从哪里来，又会到哪里去，此时此刻，全世界同一时区的人们可以变成一个人。他们一起走向面前的同一条时间线，其实他们是不用走动的，不用担心其中的任何一个人乱了前进的步伐，那条时间线正在坚定地向他们移进，已经清晰可见，已经伸手可及。

整个四楼也安静了下来。主持人跳到一张桌子上，用扩音喇叭传递出指令。人群中混杂了一些其他人种的面孔，对这帮年轻人来说听英语又不是问题，主持人就用了英语，悦悦可以听懂他说的每一句话。主持人先让大家许个新年愿望，只能许一个愿，悦悦想到隔天的那个面试，但还是把这个祝愿留给了妈妈，只愿妈妈能够开心平安。

离他们不远的时代广场上，已有一百多年历史的庆祝活动也进入了最高潮。新的一年已近在咫尺，镶嵌着千万颗彩灯的巨大的水晶球，变幻着不同的色彩，在上百万现场观众整齐的倒计时的欢呼声中徐徐落下。悦悦也在跟身边的人们一起大声数着："十、九、八、七、六、五、四、三、二、一——"震耳欲聋的"一"声正好落在零点时分，灿烂的烟花腾空而起，璀璨的彩灯组合出的新的一年的数字在时代广场上空闪耀。站在桌子上拿着扩音喇叭的主持人激动地叫喊着："新的一年，新的一年到来了，请拥抱你身边的一个人，一个你不认识的人，如果可以，给他／她一个吻，一起庆祝这崭新的一年。"

本来就热情高涨的人群尖叫着冲向喜庆的沸点。悦悦看到身边的人们都已拥抱到一起，正想着自己会不会落单了，她被一个高大的男人揽进温热的怀里，她在欢声笑语中也大方地拥抱住他，他俯下头来，她仰起了脸，两片嘴唇蜻蜓点水般轻轻碰撞时，悦悦闭了下眼睛。睁开眼时，已是满场通亮，所有的灯都亮了，悦悦可以清晰地看到那个刚刚抱过她亲过她的男人的脸，还有那个男人眼里的惊讶和喜悦。

"杰西卡！"

"赞恩！"

两个人同时叫出了对方的名字。

"你还在纽约？"两个人又同时问了同一句话。

他们和他们的声音很快被热闹的人群淹没了。主持人刚刚又发布了一条指令，让大家去抢别人手里的气球，然后踩爆它们。这里不能放烟花爆竹，气球爆裂时可以发出喜庆的声响。悦悦手上的那只红气球很快被抢走了，赞恩的那两只气球也没了踪影。不是被人抢走的，身材高大的赞恩把气球高高举起时很难有人够到它们，那两只气球被他像排球那样抛了起来，他轻轻一跳，潇洒地连挥两下，两只气球在人们的尖叫声中飞向场地的另一头，那边的人们疯抢一片。悦悦紧攥着手上还剩下的那只紫黄色的气球，她太喜欢这只气球的颜色了，舍不得让人踩爆它，拼命护住这只气球。气球越剩越少，这只本来就长得漂亮的气球几乎成了全场人的目标。赞恩看出悦悦的心思，他说了句"让我来"，从悦悦手上拿过拴着气球的彩绳，一手护住悦悦，一手高举着气球，一点点往后退着。他们退到主持人站在上面的桌子边时，这只鲜亮的气球成了最后剩下的气球，也吸引住了所有人的目光。赞恩跟主持人说了几句话，把气球交给了主持人。主持人挥动着手里的气球，大声宣布道："让我们放飞这只气球吧，让它带着所有人的新年愿望，带着我们的青春和梦想，飞向更高更远的地方。"主持人说着跳下桌子，朝窗口走去。人们自动给他让出一条小道，他走到窗户边，有人帮他打开了一扇窗户，主持人站在那儿，大声说道："让我们再来一次倒数，十、九、八、七……"

全场又一次倒数到"一"时，主持人松开了攥在手里的气球绳，让气球飞了出去。

赞恩和悦悦没有跟到窗户边，还站在原地。当气球飞向天空时，悦悦兴奋地拥抱了一下赞恩，又拥抱了身边的每一个人。大家自发地互相拥抱，悦悦看到了一张张喜庆的笑脸，她的欢喜的目光从一张张笑脸上流过，停在了一张面无表情的脸上。

悦悦看到可可从人群中挤了过来，她看见可可时，可可已经走到他们面前。可可的长发轻柔地绾了起来，漫不经心地绾出了成熟的味道。精致的妆容并没有留下雕琢的痕迹，也就没有掩盖住青春的美丽。蓝紫色的晚礼服也是简约的，紧致地勾勒出曼妙的身材。悦悦怔愣了一下，不为可可的突然出现，可可是赞恩的女朋友，她出现在这里不再需要其他的理由。悦悦不加掩饰地流露出对可可的赞叹，可可不动声色地把自己的美淋漓尽致地渲染烘托了出来，从细节到整体，可可都是恰到好处无可挑剔的。

可可先拉住赞恩的手，然后微笑着跟悦悦说："杰西卡，新年快乐！"

可可的目光是温和的，并不锋利，悦悦的目光跟可可的碰到一起时，却像是被两团火焰灼烫了一下，她不知道这是因为可可的漂亮灿若灼热的烟花，还是可可的眼睛里掩藏着即将喷发的火山，悦悦想知道那样的灼痛来自何处，她迎住了可可望向她的目光，定睛看着可可的眼睛，被精心修饰过的眼睛里并没有炽热的火焰，悦悦看到的是两团坚硬陡峭的冰块。

冰与火都是倏忽而过，悦悦还没来得及回一声"新年快乐"，可可已经把脸转向赞恩，眼睛里流淌出的是似水的柔情，她笑意盈盈含情脉脉看着赞恩，娇嗔道："我们该去跳舞了。"

赞恩有些为难，可可拖着赞恩的手往外走，赞恩只好跟悦悦说："我们先去跳支舞，一会儿见！"

赞恩被可可拖着离开了，走过了两三个人，他回过头来，朝悦悦微微一笑，悦悦也微微一笑，还朝赞恩挥了下手。

赞恩和可可消失在人群中，悦悦想她该离开这里了。

悦悦去找凯茜，看看凯茜是不是也准备走了。大部分人还在四楼，悦悦就从四楼找起。凯茜也在找悦悦，两个人很快就碰上了。凯茜的身边还跟了个中国小伙子。

一见到悦悦，凯茜兴奋地介绍起刚结识的男伴："这是尚（Sean），从北京来的，你知道吗？他们家住在五道口，北京语言大学就在五道口，我在北语学中文时，没准儿遇到过他呢。"

凯茜又把悦悦介绍给尚："我的室友加朋友杰西卡，她也是从中国来的，但请不要跟她说中文。我在北京时老师都不准我们说英文，这样才能更快地提高我们的汉语水平。"凯茜朝悦悦调皮地眨了下眼睛。

尚和悦悦于是用英语打了招呼，尚补充道："我叫尚宇，尚跟 Sean 的发音很接近，你知道的，现在大家都叫我 Sean。"

悦悦遇到的大部分中国人都有个英文名字，大家记住的也是他们的英文名字，像赞恩和可可，他们是有中国名字的，可悦悦只知道他们叫赞恩和可可。悦悦也是从中国来的，尚宇才报了自己的中文名字，也是自己的真名。

悦悦跟尚宇说："我叫倪馨悦，你还是叫我杰西卡吧，我从上海来。"

凯茜扫了眼四周，问悦悦："你的那个帅哥呢？他叫什么名字？"

悦悦知道凯茜指的是赞恩。凯茜大概看到了刚才的那场气球秀，赞恩和她不小心成了那场表演的男女主角，可可肯定也看到了。

"他叫赞恩。"悦悦说，"我们在大学修过同一门课，正好在这里碰上，他的女朋友也来了。"

"是这样呀。"凯茜有些为悦悦遗憾，"他长得很帅，不过尚比他更帅。"凯茜说着亲昵地挽住尚宇的胳膊，尚宇羞涩地一笑，完全跟凯茜靠在了一起。

赞恩显然比尚宇更帅气，无论是在外形上还是气质上。悦悦不介意凯茜这样说，也很为凯茜和尚宇此时的幸福高兴，她跟凯茜说："看样子你现在还不想离开，我自己先回去了，二号有面试，就是明天了，我得休息好，养精蓄锐。"

"好呀。"凯茜说，"我们会待到晚会结束。我今晚会去尚那儿，你不用担心我没有回来。"凯茜跟尚宇很甜腻地对视了一下。

悦悦笑道："祝你们玩得开心，哦，忘了说新年快乐了。"

三个人互道新年快乐，悦悦和凯茜拥抱了一下，尚宇也大方地拥抱了悦悦，他已经习惯于这种美国方式了。

赞恩和可可正在三楼跳华尔兹，舞池里的人不多，有足够的空间让他们旋转起来。这是那个夜晚响起的第一支圆舞曲，从刚刚过去的那一年到刚刚到来的这一年，这是第一支华尔兹舞曲。不是为了告别和开始，只是足够的空间让乐队临时起意奏响了这支曲子，这是小约翰·施特劳斯的《蓝色多瑙河》。

赞恩和可可牵着手进了舞池，在《蓝色的多瑙河》中一起起舞。很快就有了第一个旋转，可可喜欢这样的旋转和这种流传了很久的浪漫。她记得赞恩刚刚爱上她时，他们也去跳过华尔兹，在这个年代这座城市并不流行的华尔兹，还是同一支圆舞曲。那次她穿了大摆裙，赞恩带着她旋转起来，确切地说，赞恩带着她飞起来时，她听到裙摆飞扬时发出的欢快的声响。其他的舞伴们慢慢停了下来，退到舞池的边上，站在一边欣赏赞恩和可可的独舞。可可一往情深顾盼生辉，赞恩也是心绪荡漾意往神驰。在那之前，赞恩只是对可可有些好感，当可可对外宣布赞恩是她的男朋友时，赞恩没有微词，但他对可可有的只是好感，他妈妈对可可的好感更多一些。他们默契地跳过那支舞后，赞恩的心里涌动起一波柔情，像圆舞曲一样优美流畅，赞恩就在那个晚上爱上了可可。

一个接一个的旋转，一直都没有那次共舞时的飞扬，赞恩和可可甚至还磕绊了几次，如同一对陌生人的第一次共舞，需要揣摩对方的舞步，还无法做到珠联璧合。可可先是怪罪到她穿的晚礼服上，束缚了她的步子。很快她又想到赞恩是心不在焉的，他的心思还在杰西卡那儿。联想到杰西卡时，可可意识到她的心思也不在这儿，不光是赞恩，她和赞恩一样，都不在状态中。

可可突然停在了舞池的中央，她甩开赞恩的手，朝外面走去。在她不能再跳下去的时候，她也不想站在舞池边看别人的痴缠。可可朝电梯口走去，杰西卡在四楼，她只能去二楼，她瞄到赞恩跟了过来后，按了下行的按钮。

赞恩站在可可的身边，默不作声。他知道可可在想什么，他不想再去做无谓的解释。

悦悦要先下到二楼取她的外套。离开凯茜和尚宇后，悦悦远远地看到了凯文，正在人群中四处张望着。凯文在找悦悦。悦悦赶紧朝另外一个方向走去，七绕八绕绕到电梯口。有个电梯门正要关闭，悦悦跑向电梯，电梯里的一个女孩帮悦悦按住了正在关上的门。电梯已满，大家还是往后靠了靠，让悦悦挤了进来。悦悦说了声"谢谢"，轻微地喘了口气。

电梯下到三楼时停了下来，站在最前面的悦悦往后看了眼，想给往外出的人让下道。没有人要在三楼下来，应该是电梯外的人按的按钮。电梯门缓慢地向两边分开，悦悦看见了站在电梯外的赞恩和可可。

三个人都愣了下，悦悦先朝赞恩和可可微微一笑，想往后挤一挤，实在没地方了，他们只能等下一趟了。

门外的赞恩问悦悦："你也是去二楼吗？"

悦悦说："我去二楼取了外套就回家了。"

赞恩说："你怎么这就走呢？"

赞恩的这句话还没说完，电梯门已经关上了。悦悦又没来得及跟可可说一声"新年快乐"。电梯往下走时，悦悦想起她还没顾上跟赞恩说声"新年快乐"呢。

另外一个电梯也下到三楼，里面有空的地方。赞恩正要往里走，可可叫住他，说："我想回四楼了，他们说四楼一会儿有新做的蛋糕，我想先吃块庆祝新年的蛋糕。"

赞恩抱歉地看了眼电梯里的人，等这趟电梯往下走后，他按了往上走的按钮。

赞恩和可可上到四楼，这里比刚才空了许多。蛋糕还没摆出来，可可没有离开的意思，漫无目的地往前走着。赞恩没说什么，陪在可可的身边。尚宇和凯茜还在四楼，四个人擦肩而过时，凯茜看了眼可可，又热情地跟赞恩打了招呼："嗨，赞恩，新年快乐！"

赞恩回了声"新年快乐"，他不认识凯茜，不知道这个美国女孩怎么会知道他的名字。可可瞪了眼凯茜，好在凯茜走过去了，没有看到可可的表情。可可在心里气恼着，赞恩怎么认识这么多的人，中国女孩美国女孩都喜欢他。可是赞恩不是这么被女孩子们追捧，她心里是不是也会有怨气？

可可停在了窗户边，望着窗外的街景。赞恩注意到杰西卡喜爱的那只气球就是从这扇窗户飞出去的。

可可面对着窗外，问站在她身后的赞恩："你跟她一直保持着联系吗？"

"你是说杰西卡吗？"赞恩问道。

可可没有说话。

"我们没有什么联系，就是碰巧碰到的。"赞恩说。

可可转过身来，看着赞恩的眼睛说："怎么这么巧？"

"就是这么巧。"赞恩说，"我到四楼来找你，人很多，光线很暗，倒数开始了，我就找个地方站了下来，碰巧杰西卡站在离我不远的地方。"赞恩说的是实话。

"如果我没打断你们，你们一定聊得很开心。"

"我是想问问她的近况。"

"你刚才应该追上她的。"可可故作遗憾地说。

赞恩没有搭理可可。

"对不起，我出现在不该出现的时间和地点。"可可咯咯笑了，"不过你也应该谢谢我，你不上来找我，哪能碰上杰西卡。"

赞恩没好气地看了眼可可："我正想问你呢，大家聊得正嗨，你怎么不打声招呼就走了？"

新年倒数前，赞恩、可可跟几个刚认识的人在二楼聊天，站在赞恩旁边的可可突然走了，大家发现可可不见了时，都有些莫名其妙。可可讨厌那个有几分姿色的女孩跟赞恩说话时的眼神和语气，赞恩又对那个女孩过于绅士了。这会儿在赞恩的面前，可可不想再去展示她的愤怒，她轻描淡写地说："我没兴趣听你们聊那些无聊的事情，我不在你们聊得更开心，我没必要傻站在那儿刷存在感。"

可可不是第一次做这种事情，她太容易生气，一点点事情就可以激怒她，而那些芝麻大的事情很可能是她在捕风捉影。可赞恩又不能说她胡搅蛮缠，可可一直掩饰得不错，只有跟她很亲近的人才能感觉到那种平静下的汹涌。赞恩倒宁愿可可把自己的火气发泄出来，他能容忍了她的刁蛮，却越来越难以忍受那虚假的隐忍，那样的压抑扭曲让人喘不过气来。赞恩早就习惯于坦率直接的方式，可可还是喜欢让人去猜她的心思，就是被赞恩猜中了心思，她还要一次次地否认。

赞恩不想再说什么，靠在窗户边，什么也不去想，脑子里一片空白。

可可不想给赞恩留下空当，有了空当，赞恩又会去想杰西卡了。可可把脑袋倚在赞恩的肩膀上，好像很随意地问道："你刚才许了个什么愿？"

"世界和平。"赞恩说。

"我没跟你开玩笑。"可可提高了声调。

"我也是认真的。"

可可觉得赞恩是在敷衍她，她既不好发作又怕冷了场，于是追问道："你想知道我的心愿吗？"

赞恩只好问道："你的新年愿望是什么？"

"留在美国。"可可很严肃地说，四个字里好像有很重的分量。

　　赞恩身边的中国人，不是要留在美国就是要回中国。可可大学毕业前申请了OPT，离开大学后的专业实习。她的专业在STEM里面，有三年居留美国的OPT。她也在找工作，一直在做留下来的努力。外国学生本科毕业后几乎找不到一个给办身份的工作，可可也在申请读硕士，或者硕博连读。对于可可的这个新年愿望，赞恩并不感到意外，只是可可说出这个愿望时的语气，让赞恩有些奇怪，他转过头来，看了眼可可。

　　可可没有看赞恩，补充了一句："我妈妈在北京给我找好了工作。"

　　赞恩明白了可可为什么这么想留下来。

　　可可第一次跟赞恩提起她跟她妈妈的关系，就在那个她跟赞恩一起跳华尔兹的晚上。那支圆舞曲是个完美的序曲，之后的意惹情牵让他们如胶似漆地缠绵到一起。朝云暮雨中的柔情蜜意让可可完全放松下来，也卸下了她心里的那些盔甲。

　　"那一年我十三岁，我妈妈带我去了英国。"可可说到了她的妈妈，"我们住在我妈妈最好的朋友瑞秋（Rachel）阿姨家，白色的房子，面朝大海，很美的风景。妈妈带我去了几所私立中学，她是搞教育的，我想她是在考察英国的教育。之前她帮我申请过这些学校，我没当真，只当这是她的实践活动。我妈妈一直很忙，她很少有时间陪我，那一次我跟她待了将近十天，我们天天在一起，我好开心。小时候我很听妈妈的话，不敢不听，她从来不问我的意见，她总是说她为我做的是最好的安排。十二三岁时我心里开始抗拒她给我做的一些安排，也会试着反抗她，可我从没赢过她，也许是两败俱伤。那次在英国，我们没有任何的争执，像是一次破冰之旅。有一天，我和妈妈在海边散步，妈妈说了些我后来才明白了意思的话，又给了我一部手机，我不敢相信妈妈会送给我一部新手机。她让我不要随便打手机，不要打给她，也不要打给瑞秋阿姨，除非万不得已。我兴奋地摆弄着手机，没注意妈妈说了些什么，等我抬起头来，妈妈不见了。我这才想起妈妈刚才说我要在英国读中学，她一个人回北京，这怎么可能，她怎么可能一个人走了呢？我四处张望，妈妈确实不在那儿了。"

可可一口气跑回瑞秋阿姨家，连按了几次门铃。瑞秋来开了门，可可没顾上瑞秋脸上的不悦，也忘了叫声"阿姨"，气喘吁吁地问道："我妈妈呢？"

瑞秋阿姨没回答可可，转身朝客厅走去，可可跟在她的身后。瑞秋坐在了客厅的沙发上，示意可可坐在她的对面。

等可可坐了下来，瑞秋说："你妈妈去机场了，她不是跟你说过吗？你妈妈决定让你在英国读中学，她会把你的一些东西寄过来。你也不需要太多的东西，你要上的是寄宿学校，穿统一的衣服，很漂亮的格子裙。平时吃住都在学校里，有事就去找舍监，周末时你可以来我这儿。这是很多人梦寐以求的机会，你要好好珍惜。"

可可的眼泪哗哗地流了出来，不是喜极而泣，跟喜悦没有一丁点的关系。妈妈真的走了，撇下她一个人回了北京。妈妈又一次为她做了最好的安排，昂贵的学费，会给她最好的教育，肯定会有很多人羡慕她，可她只能感觉到难过，眼泪止不住地往外流。她拼命压抑着自己的悲伤，不让自己哭出声来。坐在她面前的是瑞秋阿姨，不是她的妈妈，她不能太失态。她十三岁了，即将开始独自生活，在外人面前她必须表现出成年人的成熟。

瑞秋轻叹了口气，起身去拿了盒纸巾，递给可可，转身去了厨房。

可可哭湿了半盒纸巾后，瑞秋回到可可身边，跟她说："饭做好了，去吃点东西吧。"

"我不饿，什么都不想吃。"可可抽泣着说，"谢谢阿姨。"

"那就去洗个澡，好好睡一觉，睡起来再吃。"瑞秋说。

可可看了眼瑞秋，她确实不是她的妈妈，她妈妈一定会逼她先去吃饭的，不管她想不想吃。可可不知道是该高兴还是该难过，她茫然失措地看着瑞秋阿姨。

瑞秋又说了遍："先去洗个澡。"

瑞秋阿姨始终和颜悦色，声音很柔和，可可却不敢违背，她站了起来，朝浴室走去。

刚来这里时，可可曾很喜欢这间浴室。瑞秋阿姨把这里布置得像花园一样，连放浴液洗发水的瓶子都是花的形状，各种芬芳的飘着花香的液体可以从绽放的花蕊中吐露出来。有一面墙全是镜子，这个小花园的面积就整整大出了一倍。可可看到了镜子中的自己，哭得有些变形的脸，在一片姹紫嫣红中更显苍白黯淡。

可可脱掉了衣服，镜子中多出了两个粉紫色的饱满的花蕾，就缀在可可的前胸上。可可开始发育了，而且发育得很好。这样的变化让她觉得害怕，她不敢主动告诉妈妈，只能指望她妈妈注意到她身体上的变化，可妈妈的注意力总在她的成绩和才艺上。想到妈妈以后更不可能看到她身体和心智上的变化，刚刚止住的泪水又从可可肿胀的眼睛里流泻出来。这次她没有太压抑自己的哭声，浴室的门是关着的，瑞秋阿姨应该听不到她的哭泣。泪水很快滑落到她的胸前，打湿了那两个花骨朵。

可可想用毛巾擦干脸上和身上的泪水，转身去拿毛巾。毛巾架上挂着一条花团锦簇的浴巾，还有一条绣着竹子的小毛巾。这是妈妈的毛巾，从北京带过来的。妈妈洗过脸后，喜欢用这条柔软的毛巾轻轻拍干脸上的水珠。难道妈妈没有走吗？可可一下子止住了哭泣，她迅速地扫了眼浴室里的台面，妈妈的化妆包和其他物品都不见了。她走了，只是遗落了这条毛巾。可可伸出手，轻轻碰了下那条毛巾，毛巾还没干透，妈妈不久前还用过它，用它擦过脸。可可抓过那条毛巾，紧紧贴在自己脸上，毛巾很快湿透了。

浴池里的莲蓬头很大，几十支水流同时喷洒出来，哗哗作响。可可把水量拧到最大，让莲蓬头发出最大的声响。

瑞秋听到了一声凄厉的尖叫，接着是混杂在水声和风扇声中的号啕大哭。可可以为这水声和排风扇声可以压过她的嘶号，放声大哭起来。瑞秋走到浴室门口，静静地听了一会儿，又悄然离去。

"你知道那种痛吗？比同时失去了双亲还要痛的痛，如果他们都死掉了，我还可以认为他们把爱留给了我。可他们都还健康地活着，他们的婚姻也不错，好像也很爱我，他们愿意为我拿出大把的钱，让我接受最好的教育，他们给了我远大的前程，可我只能感觉到我被他们抛弃了，那是说不出来哭不出来的痛。"可可在赞恩的怀里哆嗦着，从十三岁开始的疼痛，经过了漫长的时间，还可以滴出血，还没有结出疤来。

赞恩什么话也说不出来，只是一遍遍温柔地亲吻和抚摸着可可。他十三岁时，刚经历过一次跟父亲的别离。后来他跟妈妈从弗吉尼亚搬到了新泽西，他迷上了棒球，进了学校的棒球队。每次去训练和打比赛，来接送的多是那些同学的父亲，可他的爸爸从未出现过。他知道可可说的是一种怎样的痛，他有过那样的痛，只是没像可可那样觉得那么痛，大概人和人的承受能力是不一样的，他不能因为自己的感觉，就对可可感受到的痛不以为然。而且，他比可可幸运得多，他妈妈一直守护着他们的家，不完整，但很温暖。直到他上了大学，他妈妈才开始长时间地离开，大部分时间住在中国。他的外公外婆年岁已高，他妈妈陪完了儿子又回去陪父母，她从来没为自己活过。

赞恩见过可可的父母，一次是可可的妈妈一个人来纽约，还有一次，可可的父母都来了。每次都是在一起吃了顿饭，跟可可也只是吃了顿饭。赞恩能看出可可的父母很忙，忙到没时间去女儿的住处看一眼，只能约在饭馆里见面。不知道是不是因为有外人在场，他们彼此间表现得很客气，没有那种家人间的亲近。赞恩知道可可想要的，就是那种家人间的亲近。她从父母那儿得到了很多，唯独没有她最想要的亲近。没有了温柔敦厚水乳交融的亲近，所有的给予都像是施舍，即使对她的父母，她也必须感恩戴德，必须完全地服从于他们。赞恩搂抱住可可，他想好好地爱她。他无法为她找回她已经失去的，他也无法改变她的父母和她跟她父母的关系，但他可以好好地爱她。

可可在赞恩温暖的怀抱里睡了过去。赞恩不是她的第一个男人，第一个男人是强行闯入她的生活的，他是瑞秋阿姨的丈夫刘叔叔。他在中国和英国间做生意，大部分时间待在中国，可可很少见到他。那一年她还不到十六岁，有一个周末她去瑞秋阿姨家。她并不是那么喜欢去那儿，可周末的时候同学们都回家了，她得找个去处，有的周末她就去瑞秋家。她有钥匙，进了门后，意外地见到了刘叔叔。刘叔叔说瑞秋阿姨临时回了中国，她妈妈突发脑溢血，正在医院抢救。可可没想到瑞秋阿姨不在，她的丈夫刘叔叔一个人在家。她隐隐有些不安，又觉得刚进门又离开不太好，她也很累了，就想着只待一个晚上，第二天一早就离开。

就在那个晚上，她睡着后，刘叔叔进了她的房间。

瑞秋后来发现了异样。可可卧室里的床具都被洗过，仔细去看，还是能找到一些很浅的痕迹。不是红色的，但应该是被清洗过的血迹。瑞秋旁敲侧击过自己的丈夫，他自然又是装聋作哑，瑞秋没有追问下去。他们聚少离多，那种事情就更容易发生，他们一直相安无事，是因为他们可以做到心照不宣。可瑞秋绝对不容许她的丈夫染指可可，可可是她最好的朋友的唯一的孩子。可可后来几乎不再来瑞秋这儿，这间接地印证了瑞秋的猜测，只是两个当事人都若无其事，瑞秋也就不好在没有真凭实据的情况下紧追不放。

男女间的事情第一次是以丑恶狰狞的面目出现在可可的面前，她跟很多遇到这种事情的女孩子的反应不一样，她没有从此抗拒男人，反而主动去接纳不同的男人，她需要一个强大美好的男人为她掩埋那一晚的丑陋和惊恐。在英国的最后两年和刚来美国的第一年里，她有过很多男人，她想在那些男人那里找到安全感，找到抚慰。可那些男人的身体都是没有温度的，她在他们的怀里只能感觉到更冷。她的身体越来越僵硬，原来还残存的那点热气也荡然无存，彻骨的寒冷让她更加绝望。只有赞恩的身体是有温度的，风和日暖。她在赞恩的怀里完全放松下来，没有恐惧和担忧，她很放心很踏实地睡了过去。

赞恩是可可第一次爱上的男人，强烈炽热的爱情几乎帮她彻底忘掉了最初的伤害。可可不会跟赞恩讲那些男人的故事，那是一条丑陋的伤疤，她不会让赞恩看到，她怕失去赞恩，也怕自己又回到从前，她要跟赞恩一直走下去，一直往前走。

赞恩也向可可完全张开了怀抱，他愿意拥抱可可的明天，他和可可共同的明天，他相信他和可可能有一个美好的明天。从那一晚开始，赞恩一直在做努力，可他做了很多努力，那个愿望还是遥不可及。无数的努力后，那个愿望反而更远了。年轻气盛超群出众的赞恩曾以为他什么都能做到，只要他想做，只要他全力以赴，他就能做到。他学到了更多的知识具备了更强的能力后，他发现很多事情他是做不到的，很多愿望他也实现不了，给可可一个美好幸福的明天就是他实现不了的愿望。

出了那栋四层的大楼，悦悦朝地铁站走去。这座城市还在彻夜狂欢，午夜时分，大街上还簇拥着熙熙攘攘的人群，回荡着连绵不断的欢声笑语。有些人刚离开时代广场，有些人刚参加完周遭的某个迎新年活动，每个人的脸上都喜气洋洋。每一张喜气洋洋的脸上都晃动着赞恩的惊喜，悦悦知道，当时她的脸上，一定是同样的惊喜。可他们的相逢太短暂，像那只飞走了的气球，还没有停留，就没有了踪影。悦悦仰起头来，望向夜空，高楼大厦的缝隙间，只能看到很狭小的夜空，不可能看到那只飘向了广袤空间的气球。

那只看不见了的气球，并没有带走悦悦对赞恩的感受，很美好的感受。如果她早点知道赞恩就站在离她很近的地方，她会许下另外一个新年愿望。她会祈求上帝多给她和赞恩一点时间，让他们共同的停留稍微长一些，他们可以多说上几句话，他们来得及互道一声"新年快乐"。

　　悦悦在为自己难过时，她还是为赞恩高兴，也为可可高兴，他们还在一起。他们在一起三年多了，在他们这个年龄，三年很长，能爱上三年，也就很有可能爱一辈子，他们是可以天长地久的。悦悦为赞恩和可可高兴，她愿意祝福他们天长地久。

　　欢笑的人流中，悦悦的眼泪还是不争气地流了出来，流到被赞恩亲吻过的嘴唇上。那个吻跟爱情无关，是大家为了助兴玩的小把戏，她和赞恩的嘴唇轻轻一碰时，他们也没有当真，可她此时回忆起那一幕时，她分明感觉到了嘴唇上的甜蜜。

　　迎面走来的庆祝新年的人们向悦悦展露着一张张笑脸，悦悦也向他们回报着温暖的微笑。夜色中的人们看不到悦悦脸上的泪水，就是能看到，他们也会以为那是喜悦的泪水，可那何尝不是喜悦的泪水呢？新年到来时，她遇到了赞恩，他们拥抱过亲吻过，赞恩还为她保住了那只气球，他们一起放飞了他们的愿望，还有那么多人的新年愿望。

　　悦悦抽了下鼻子，伸手抹去了脸上的泪水，手碰到嘴唇时，没有任何的停留。她不再去想那些离她太遥远的事情，如果她还有力气有心思去想些什么，她应该去想下明天的面试，她要做最好的准备最大的努力，她要争取得到那份工作。

　　可可和赞恩还站在四楼，面对着窗外。窗内窗外都是喜庆的气氛，他们站在窗户边，跟里外的喜庆都有了些距离。

可可的手机响了声，是条微信，无事可做的可可看了眼那条微信。

"是我妈妈发的。"可可说。

"是新年祝福吗？"赞恩又扭头看了眼可可，"你妈妈还是在乎你的。"

"你猜错了，她在乎的是她的钱。"可可说，"她看到我下单买的东西，让我别乱花她的钱，还说我再这样做，她要取消那张副卡。"可可有她妈妈的信用卡的副卡，新年到来前，她生赞恩的气，独自去了商场，乱买了几件很不便宜的衣服首饰，气才消了些。看到这条微信她有些得意，她把她的愤怒转给了地球那一头的妈妈。

"看来我妈妈的新年过不好了。"可可笑着说，"不过呢，我不花她的钱，她怎么会记着在新年给她女儿发条微信呢？"惹妈妈生气的办法随着可可年龄的增长不断翻出更多的花样，乱花钱乱买东西只是其中的一种。可可的套路是有章法的，万变不离其宗，她惹妈妈生气并不是她的终极目的，她只是在用各种办法引起她妈妈对她的关注。

赞恩完全转向可可，看着可可，很认真地跟她说："不管你妈妈对你做过什么，我想她还是爱你的。你已经大学毕业了，她还让你用她的信用卡，你的工作没着落，她为你在北京找好了工作。"

"你以为她给我钱就是爱我吗？爱是时间，是在我还没长大时日复一日的陪伴，那是用钱买不到的。你会认为她在北京给我找工作是她爱我吗？她早就打算好了，她告诉我我必须回去。在我想留在北京时，她让我在英国待了五年，又让我来美国读大学，现在她要我回北京，她只是想更好地控制我，继续控制我。她一次次地成功了，我成了她想要我长成的样子，我是个那么成功的典范，我成了她那些培训咨询机构最好的广告，我亲身验证了她的那些教育理念的正确性和可行性，我是那么多父母孩子前进路上的灯塔。可我真的成功吗？如果这就是所谓的精英，我宁愿做一个普通人，可我还能做回普通人吗？"可可哽咽起来。

面对悲伤和愤怒中的可可，赞恩无话可说。他对可可的妈妈乔宁阿姨并没有不好的印象，她跟赞恩说话时，始终是温文尔雅的。他们大学毕业时，乔宁来纽约为可可举办了一个盛大的毕业Party。乔宁问过赞恩，愿意以什么样的身份出现在Party上。赞恩说那是可可的毕业庆典，可可是唯一的主角，他只是绿叶，可以以男朋友也可以以同学的身份出现。当他让乔宁做决定时，乔宁说那就以可可的同学加好朋友出场吧。赞恩和可可的关系还没有完全确定时，乔宁对赞恩的定位很稳妥，这样也没给赞恩任何的压力。在赞恩的眼里，乔宁阿姨是个很有分寸的人，Party上的她也表现得很得体。可可是绝对的主角，乔宁没有让她的光芒压过可可，她在幕后和台下，却游刃有余地掌控着全场的每一个环节，并且让每一个环节环环相扣精彩纷呈。乔宁还请了专业的摄像师和制作团队，把这个活动制作成一个节目，之后放到了网上，有着很高的点击率。有几个出现在Party上和节目中的从中国来的同学很是欢喜了一番，他们的父母这下相信了他们的儿子女儿跟乔宁的女儿确实是同学。他们的父母是乔宁忠实的粉丝和教育理念的实践者，这下他们更有资本在亲朋好友那儿显摆，他们也会毫不吝惜地向那些来取经的推爸推妈们推送他们从乔宁那儿学来的经验，还可以添些油加些醋，把乔宁的理念发扬光大。

赞恩不太喜欢这种做法，不愿意把私人性的庆祝公众化，当然乔宁阿姨跟别人分享女儿学有所成的喜悦也无可厚非。可可认为她妈妈不过是让她又演了出戏，作为唯一的主角，她光芒四射，可她只是在反射她妈妈的光芒，她妈妈不需要站在台上，就可以收获比她多得多的鲜花和掌声。赞恩不讨厌乔宁阿姨，也不怀疑可可对自己妈妈的评判和感受，可可看到的是外人看不到的一面，就像外人眼里的可可是完美无瑕的。

　　可可这次没让眼泪流淌出来，她怕泪水冲掉她的妆容。她的自控能力也更强了，也许是新的一年给她带来新的力量，也许是她有了破釜沉舟的勇气。

　　"我还不知道我怎样才能留下来，我留下来干什么，但我知道我肯定不会回去，我再也不会让我妈妈控制我和我的生活了。"可可这话是说给自己听的，像是在给自己打气。

　　"中国那么大，你可以不回北京。"赞恩说。他想到了自己前不久才做的那个决定，他还没跟可可聊过自己的想法，既然可可也有可能回中国，或许……

　　赞恩还没开口，可可很坚决地说："还是离我妈妈太近了。我回去的话，又满足了她的愿望，这一次我下了决心，哪怕我们从此断了母女关系。"

　　赞恩把到了嘴边的话咽了回去。

　　可可看了眼赞恩，问道："你呢？你对未来有什么打算？"

　　赞恩已经在他以前实习过的那家金融公司上班，头顶上的那个华尔街的光环，只会在别人的眼里闪耀，可可知道赞恩不在乎虚名，他不会让别人的羡慕浪费掉他的时间，影响他的决定。他可以在一片纷扰中安静下来，明确自己的方向和自己要走的路。赞恩在大学毕业前后的这段时间里，一直在做他自己的尝试和安排。凭着可可对赞恩的了解，她断定赞恩差不多做出了决定，她只是不知道赞恩做了怎样的决定，还有，这个决定跟她有多大的关系，她刚刚把自己的底牌亮了出来，现在轮到赞恩亮牌了。

"我想回中国，回去发展。"赞恩把刚才想说的话说了出来。

可可不动声色地看着赞恩，没有表现出惊诧和失望。"你是因为我不想回中国就决定回中国吗？"可可问道，声调也是平稳的，没有跌进情感的漩涡。

"不是，你知道的，我这段时间一直在考虑这件事。"赞恩说。

"那我们怎么办？"可可追问道。

"我还没往这上面想，下面我会好好想下相关的事情。确切地说，这还不是一个决定，这是我的一个想法。"

"这不是一个想法，你已经做了决定，你做这个决定时，有没有想到我？"

"我是想找一个合适的时机，我们两个坐下来，好好谈下这件事情。"

"你想跟我谈什么？你会在乎我的感受我的想法吗？"

"会。"赞恩很肯定地说。

可可摇了摇头："你撒谎，你根本就不在乎我。"

赞恩无言以对，他知道无论他说什么，可可都听不进去。

"你放不下她，对吗？"可可紧盯着赞恩的眼睛。

"放不下谁？"赞恩莫名其妙地看着可可。

"杰西卡。"可可说。

赞恩痛苦地摇了摇头，可可怎么会有这么多奇怪的想法。"我对杰西卡是很有好感，可那只是喜欢。我们没谈过恋爱，没有多少接触，可能连朋友都算不上，我都不知道她现在是什么状况，而且，她在纽约，我要去中国……"

赞恩喘了口气，继续说下去："我是喜欢杰西卡这样的女孩，我喜欢她的独立和轻松自然，她不会像你这样活得这么累，更不会像你这样胡搅蛮缠。"

赞恩说出这些话后有些后悔，他从来不拿别的女孩去跟自己的女朋友做比较，他也在尽一切可能呵护内心敏感脆弱的可可，可可却总是得寸进尺，越发刁蛮任性，他终于被可可逼急了，忍无可忍。他赞美的那个女孩恰恰是杰西卡，这个可可假想的情敌，对可可的杀伤力就更大了。赞恩并不是存心激怒可可，可话已出口，覆水难收。

可可不再顾及脸上的妆容，也无力掩藏内心的绝望，任凭悲伤的泪水倾泻而出。

赞恩说了声"对不起"，想搂住可可，安慰一下她。

可可推开了赞恩，哭着说："你太会装了，跟我在一起时，脑子里想的是杰西卡，是别的女人。我早就知道，在你心里，我什么都不是，谁都比我好，你从没爱过我……"

赞恩没说什么，他不想再去做任何的辩解，也不想证明什么，他说什么做什么都是枉然。而且他不知道哪句话哪件事情又会激怒可可，带给她的不是安慰，是更多的伤害，他不想伤害可可，也不想去伤害他自己了。

赞恩没像以前那样再做几次努力，最终把可可搂进怀里。可可推开赞恩时，是在等着赞恩再一次向她伸出手来，她喜欢这样的相处方式，在她无理取闹时，赞恩还能一次次地包容她，她需要赞恩用这样的方式证明他对她的感情。

可是这一次，在可可推开赞恩时，赞恩没再向她伸出手来。

赞恩试图找到解决的办法，在他意识到他和可可彻底走进了死胡同时，他停了下来。

赞恩平静地跟可可说："他们把蛋糕摆了出来，你不是想吃蛋糕吗？我去给你拿一块。"

可可看着赞恩朝那张摆满了蛋糕的桌子走去。她曾希望赞恩能改变了她，给她安全感，可她能做的，只是一点点地毁掉了她和赞恩的爱情，她做到的，就是把赞恩越推越远，她也就更加没了安全感。

可可凄厉地尖叫了一声，如同她十三岁时在瑞秋阿姨的浴室里的尖叫。她无数次地在不同的浴室里尖叫过，这一次是在空旷的四楼，没有哗哗的流水压过她的尖叫，她的尖叫肆无忌惮地回荡在宽敞的空间里，在三楼二楼甚至一楼都有了回声。可可兴奋地听着她的尖叫，没有被阻隔疏离的宣泄让她觉得格外舒畅。人们惊恐地散开，只有赞恩向她跑来，手里托着一块蛋糕。可可抓起那块蛋糕，狠狠地甩在赞恩的脸上，又把放蛋糕的托盘扔向旁边的窗户，骨瓷托盘击碎了窗户上的玻璃，混杂成了一堆碎片，一起坠落下去。可可接着把另一只手上拿着的手机扔向另一块玻璃，又是一声清脆的爆裂。可可大笑起来，她喜欢这种跟尖叫一样美妙的声音，她要找到更多坚硬的东西砸碎所有的玻璃。她看到了左手腕上的玉镯，费了很大的劲才撸下那个镯子，一条疤痕裸露出来，这是瑞秋阿姨的丈夫留给她的纪念。那一天，那个男人心满意足地离开她的房间后，她抓起床头的手机，从妈妈的号码跳到瑞秋阿姨的号码，又跳回妈妈的号码，始终没有拨出去。妈妈跟她说过，没事不要给她打电话，也不要去打扰瑞秋阿姨，除非是万不得已。可可哭着想，发生了那样的事情，是不是可以算作万不得已？可她打出去这个电话，又会发生什么，她们会不会怪罪她？可可没敢打那个电话，坐在那儿哭了很久。她听到那个男人开车离开后，她去了厨房，带回一把水果刀，这是厨房里能翻出的最锋利的一把刀。还是不够锋利，划开了皮肉，没有像她想象和期望的那样尽快了结。越来越强烈的疼痛让她住了手，她不忍心再向自己下手了，只好等着血水流尽。流了很多的血，可她还活着，年轻的她有着旺盛的生命力。她没有杀死自己，她败给了她自己，手腕上留下的是一个失败的标记。

可可喜欢戴手镯，都是很漂亮的镯子。也戴过一些贵重的手表，表带都是宽的，很好地包裹住那条疤痕，她有时候会忘了自己的左手腕上有条伤疤。可可撸下玉镯后，那条伤疤暴露在明晃晃的灯光下。可可不再害怕别人看到这条伤疤，特别是被赞恩看到，她有意把左手伸到赞恩的眼前，让他清楚地看到白嫩皮肤上的丑陋的疤痕。赞恩在看那条伤疤时，可可把那个还带着她的体温的玉镯砸向最大的那块玻璃。

其实，赞恩和可可都没听到玻璃碎裂的声音，一切都完好无损。赞恩拿着蛋糕走回来时，可可的表现又已经无懈可击。她朝赞恩微微一笑，赞恩可以误以为他们刚才根本没有过争执。从十三岁起，可可就开始学着掩饰真实的自己。当瑞秋阿姨让她去洗澡时，她就知道她是不能发作的，她不可以说不行，她要隐忍自己的情绪，还要装出无所谓甚至高兴的样子。

可可高兴地接过赞恩手里的蛋糕，是她最喜欢的纽约风味的奶酪蛋糕。赞恩是最了解她的人，她什么都不用说，赞恩就知道她想要什么。

可可吃了几口蛋糕，把剩下的蛋糕和托盘放到了窗台上。赞恩伸出手，揽住可可，可可这次没有推开，偎依在赞恩的怀里。她的脸上堆积着幸福的表情，身体却在瑟瑟发抖。

赞恩知道可可刚才在心里一定有过疯狂的挣扎，在他去取蛋糕时，可可曾经歇斯底里地发作过，外人看不到，只有她自己的身心承受了又一次的折磨。

靠在赞恩怀里的可可小鸟依人般温柔平静，只有她的身体违背了她的掩饰，还在哆嗦颤抖，像是没有声响的饮泣。可可装作什么都没发生过，赞恩装作什么都没觉察到。在整个世界的欢庆中，拥着美丽动人的可可，赞恩的心里只有心酸和难过。他曾想好好地爱可可，爱她一辈子，可他越发地无奈越来越无能为力。

可可望着窗外，一片片的楼宇，一栋连一栋的房子。如果人生是一栋房子，她的房子是没有地基的，再漂亮再华贵，也是没有地基的。她始终生活在恐惧中，不知道她的房子哪天会坍塌。她精心掩饰着这栋房子的不足，可她能粉饰的，只是别人看到的房子。

悦悦顺利地通过了面试，开始在那家律师事务所上班。她还没资格当律师，做的是文秘之类的事情。这肯定不是她最想要的，她知道她不可能一蹴而就，只能一步步地走。不过她对这份工作还是挺满意的，她有了一份正式的工作，这是她的立足之处，也是一个可以继续往上走的台阶。她可以从身边的那些职业律师和她经手的那些具体案例中学到很多东西，这是她在学校里很难获得的经验和学识。一步步往前走时，她的未来也会越来越清晰，她会一点点地知道她最想要的职业生涯是什么样的。

田霄比悦悦还要开心。现在大学毕业找工作不是那么容易，有了份工作，悦悦的生活也就踏实下来，田霄的心里也踏实下来。悦悦能留在纽约，田霄就更开心了。她从未要求过女儿留在离她不远的地方，虽然乔希去世后，她在心理上和情感上都非常依恋女儿，她还是希望女儿能完全自由没有后顾之忧地做出选择。她知道悦悦留在纽约跟她有关，开始时她总是担心悦悦并不喜欢那份工作。在律所上班听起来挺光鲜，可悦悦在那做的是最底层的工作，辛苦不说，薪水也很低。好在悦悦真的喜欢上了那份工作，干得还挺来劲，田霄彻底放下心来。

凯茜很快也在一家贸易公司找到了工作，中国方面的业务是那家公司的一大板块，凯茜在那里如鱼得水。

做了近两年后，凯茜决定辞掉工作。她跟悦悦说，她原来以为她对中国很了解，她具备了足够的跟中国有关的知识，可是真正做事时，她看到了自己的欠缺。凯茜决定再去中国学习两年，上次她去中国学的是语言，这次她的重点是文化。

在去中国之前，凯茜跟尚宇已经分手，偶尔会有些联系。尚宇毕业后去了芝加哥，他在那儿找到一份工作，留在了美国。

凯茜走了后悦悦没再找室友，她的薪水不高，但足够她一个人负担房租。多了一间卧室，她妈妈来纽约时可以住，凯茜回美国休假，或者其他的朋友来纽约时也可以住在她这儿。

悦悦跟妈妈的团聚不一定是在纽约或奥尔巴尼，田霄把她的假期预留出来，等到悦悦有时间休假，母女俩会一起出行。她们去过欧洲，也去坐过邮轮，一次往北到了阿拉斯加，一次是往南去了多米尼加。几次出行之后，母女俩都觉得她们应该一起回趟中国了。田霄自己回去过几次，悦悦总有这样那样的事情，或者说这样那样的理由，从没跟妈妈一起回过中国，她七岁来美国后再也没回去过。这是第一次，母女俩有了默契，要一起回趟中国。

田霄和悦悦的中国之行还在计划中，悦悦所在的律师事务所突然要派她去上海公干。他们受理了一桩遗产纠纷案，资产雄厚、经营着多个产业的富商林绍光突发心脏病去世，留下一个以前立下的遗嘱。林绍光很久以前在没有跟原配离婚的情况下，开始在美国跟另外一个女人黄媛同居，后来与原配离婚后与黄媛再婚。原配和第二个太太黄媛各有一个儿子。林绍光去世后，黄媛拿出了林绍光以前立下的那份遗嘱，黄媛和她的儿子是最大的受益人。原配认为黄媛在遗嘱上做了手脚，原配联手林绍光的弟弟在上海的法院提交了一场重新分配遗产的诉讼。黄媛是美国籍，又是在美国跟林绍光结的婚，她想先在美国找个律师事务所受理这个案子，可以用到美国法律中对她有利的条文。为了赢得这个官司，她决定出高额的律师费。除了钱上的吸引力，悦悦的大老板肯尼（Kenny）先生觉得这也是一个拓展商业版图的机会。只是他们从未参与过来自中国的诉讼，没有律师有这方面的经验，他觉得最稳妥的办法是在上海找一个合作律师，整个律所唯一有中国背景的悦悦就成了办理这种事情的最佳人选。

　　悦悦还是第一次坐在大老板的办公室里谈这么具体的业务，肯尼先生把诉讼的来龙去脉和他们期望的结果介绍完之后，把信任的目光投向悦悦。杰西卡是值得他信任的，人很聪明很有悟性，做事又认真负责，她不是律师，但她已有了不少上庭的经验，几个律师的不少准备材料也出自她手，还获得了一致的好评。她还具备了其他人都没有的条件，她出生在上海，她是从上海来的，她一定熟悉那里的一切。

　　肯尼先生一直是用商量的口气跟悦悦探讨这件事情，但悦悦心里明白，老板已经做出了决定，她必须接受这个任务，而且她在这个诉讼案中的表现将直接影响到她今后的发展。悦悦没有多说什么，只感谢了肯尼先生对她的信任，并表示她会尽可能做好这件事情。

离开肯尼的办公室后悦悦的心里一片空白，她并不为这个从天而降的机会欣喜激动，她坐了一会儿后才慢慢缓过劲来。她让自己平静下来，很快理清了头绪。如果她能有选择，她不会接受这个任务。她是来自上海，可她对上海的熟悉度跟这个律所所有的人几乎一样。而她不是去旅游，她要去办理一个诉讼案，要去找到一个合适的合作律师，一起为被告打赢这场官司。她要有很大的担当，做得好的话，她在这家律所和这个行业中就有了一块坚实的敲门砖，还可以惠及她的大老板肯尼。这是一起民事诉讼，不是很大的案子，若是大的刑事案件，肯尼也不敢放手交给杰西卡。但这起民事诉讼跨上了中美两个国家，对肯尼来说就是天时地利，如果最终的审判结果如他所愿，他肯定会有更多来自中国的客户。肯尼现在欠缺的是"人和"这一环节，他要悦悦成就的就是这个环节。悦悦喜欢挑战，可这个挑战对她确实大了，况且她并不喜欢这个具体的案子。她不喜欢被告黄媛，在她还不知道具体的细节时，她在第一感觉上是抵触黄媛的。她的原生家庭破碎于第三者的插足，她不能确定黄媛也是个第三者，她还是更愿意做原告的代理。可她没有选择，她也不喜欢逃脱和放弃，哪怕面对她一时无力应付的困境。

悦悦让自己冷静下来，开始认真研究所有的细枝末节，试着找到一个切入点，往前走出第一步。走出第一步后，整盘棋的局面就会跟最初看到的有所不同，她也就有可能在这个新的局面中看到更多的希望。

悦悦那一天都在忙这件事情，下班很长时间了，她还在办公室里忙碌。田霄不知道悦悦在加班，吃过晚饭后给女儿打了个电话。悦悦接起电话时，突然想到应该听听妈妈对这件事的建议。妈妈在上海生活了很多年，后来又回去过几次，妈妈对上海和这类诉讼案的了解要比她多得多。悦悦向来很独立，不随便求助于别人，但她从不自以为是，也不固执，在这件事上，她知道她必须听下别人的意见，妈妈显然是个很好的人选。悦悦把这个诉讼案的案情、她自己的想法和到目前为止的进展，跟田霄说了个大概。

田霄听完后在电话那头沉默了片刻。她很快就能掂量出这件事对悦悦有多重要，有多大的难度。在做决定或做事情时，悦悦很少求助于她。悦悦喜欢自己解决自己的问题，她从悦悦嘴里听来的基本上是她已做好的决定或已完成的事情。这次悦悦有别于以往，田霄在电话这头都能感觉到女儿正在承受的压力。田霄心疼女儿，又不知道怎样才能最好地帮到女儿。她马上想到了一个人，悦悦的亲生父亲倪晖。她跟倪晖已各奔东西，但她还是很认可倪晖的能力和他在这个行业的口碑。田霄明确地知道，如果倪晖出面，悦悦完成这个任务的可能性就大了很多。

这么多年，田霄一直试图绕开倪晖，爱有多深，痛就有多深。她以为她早就走出来了，其实她心里始终放不下这个人，直到乔希去世前她真正地爱上了乔希，她跟倪晖的那段情才彻底了结。在她完全不在乎这个人时，她也卸下了一个沉重的包袱，原来在情感上放弃一个人后可以这么轻松。没有了爱，也没有了恨，现在的她可以很平淡很平静地想起这个人，就是面对面地跟他坐在一起，她心里也不会有任何的波澜。倪晖已经是一个跟她无关的人，可是倪晖是悦悦永远绕不开的一道坎，他是她的亲生父亲。这么多年里母女俩从未谈起这个男人，但田霄能感觉到悦悦的心里有个心结，只有倪晖才能解开的心结。田霄不想看到女儿的心结成为一个死结，这会一直伤害到悦悦，是她永远摆脱不掉的重负。田霄对倪晖已了却了恩怨，可女儿的心结还在困扰着她，或许悦悦的上海之行是一个机会，一个现成的机会，不需要刻意地去营造。田霄想是时候让悦悦跟倪晖见上一面，把这个选择权交还到女儿的手上。悦悦二十多岁了，有足够的成熟和心智去处理她和父亲的关系，去做她最想做的选择。

"悦悦，有个人可能能帮到你，"田霄轻微地换了口气，继续说下去，"你的亲生父亲是个律师，在上海很有名，正好经手过一些跨国官司。我可以试着找下他，如果能找到，他的律所也有兴趣跟你们律所合作，这对双方可能都是一个不错的机会。"

田霄觉得找到倪晖并不难，倪晖十有八九会接这个案子，她说话时留了余地，是为了给悦悦一个心理准备，接受或拒绝都能有一个好的理由。

悦悦惊愕在那儿。她只知道爸爸在上海，不知道他是做什么的。小的时候她只在乎他是她的爸爸，无论他从事什么样的职业，他都是她的爸爸。在他离弃了她和她的妈妈后，她就不去关心他了，也就不会关心他是做什么的。悦悦没有想到亲生父亲是个律师，而她也选择了这个行业，这里面纠缠着怎样的天意因缘呢？

田霄耐心地等待着悦悦的沉吟不决，在她认为女儿要拒绝这个建议时，悦悦却说："那就麻烦妈妈帮我联系下他吧，他同意的话，我再去请示下我的老板。"

两个星期后，悦悦出现在倪晖在上海的办公室里。

两个人都穿着很正式的西装，恰巧都是藏蓝色的，配着雪白的衬衣。倪晖的秘书杨小姐把悦悦领进倪晖的办公室时，突然有个停顿。杨小姐有些惊讶地看着眼前的两个人，一样高挑的身材，一样白皙的面孔，脸型和眉眼也是相似的，还有一样高挺的鼻梁和带了棱角又不失柔和的嘴唇，除了年龄和性别不同，她面前的这两个人就像是从一个模子里刻出来的。

倪晖和悦悦在看到对方时，也都怔愣了一下。

老练的倪晖马上转入正题，他有意把杨小姐留下来，让她做些记录，尽快处理跟这个案子有关的事宜。倪晖开始时就用了英文，他看到悦悦轻微地松了口气，也没有提出可以用中文交谈，他就一直用英文了。倪晖向杨小姐交代事情时用的也是英文，还随杨小姐一起称呼悦悦为汉森小姐。

这次面谈最多用了半个多小时。倪晖不苟言笑，却并不盛气凌人，冷静威严的职业面孔下流露出的却是自然而然的亲和力。他的分寸把握得很好，让人跟他打交道时，觉得很放心很放松，不需要仰视他，可以心甘情愿地听从他的意见，配合他的行动。若是他的对手的话，则会掉以轻心，不知不觉中掉进他的陷阱。在悦悦进门之前他显然对这个案子已了如指掌，可以在谈话中马上切中要害。他的话不多，他用不多的话让整个案子通透起来。悦悦很是佩服倪晖的严谨和洞察力，还有踏踏实实的信心，他让她看到了他们对胜算的把握，她来中国之前的忐忑几乎烟消云散。在悦悦对倪晖心悦诚服时，她忘了她跟倪晖有着那么亲密的血缘关系。倪晖也没流露出任何的异样，他跟悦悦交谈时一直处于滴水不漏的公事公办的状态中。或许他跟她只是合作关系，他们只在利益上是有牵连的。

最后，倪晖提到他跟黄媛已经有过接触，"就是黄媛跟林绍光没结婚，他们也有一个美国法律认可的事实婚姻。林绍光在去世前的二十年里都是跟黄媛生活在一起，何况他们还在美国正式结了婚，这对我们非常有利。我跟黄媛明确了这一点，她跟林绍光结婚时，并不知道林绍光有过一段婚姻并与前妻有个儿子，林氏集团的发展壮大也跟黄媛的付出有极大的关系，她和她的儿子理应成为财产的合法继承人"。

悦悦一时不能确定这是全部的事实，还是已经被倪晖注过水的事实，但她能确定倪晖会把这个"事实"提交法庭。这个对他们有利的事实并没有让悦悦感到兴奋，这个事实本身，还有倪晖讲这件事时的语气和表情反而刺痛了她，她从刚才对倪晖的景仰中迅速走了出来。她很快想起了面前的这个男人跟她的关系，积郁了十多年的苦毒一浪高过一浪地向她涌来，冲过最后一道堤线后就可以酣畅淋漓地爆发出来。

悦悦努力克制着自己。她一遍遍地提醒自己，她和她妈妈受到的伤害跟本案无关，她受雇于肯尼老板，她是被告黄媛的申诉人，她绝对不能阻止倪晖把这个对他们有利的证据提交法庭。而倪晖只是他们的合作伙伴，她没有资格质疑和谴责他的私人生活，无论倪晖的个人生活和她的个人生活有多密切的关联。

悦悦用平静的微笑很好地掩饰住自己真实的情感和情绪，倪晖还是从悦悦微微泛红的脸色和多少有些勉强的微笑上看出了破绽。他猛然意识到刚才那段陈述的敏感和忌讳，本想听下悦悦对这个"事实"的补充意见的倪晖，不动声色地略过了这个环节，转移到开庭时间等琐事上。

半个多小时的交谈中，倪晖始终没有提及跟本案无关的内容。悦悦离开时，已走到了门口，倪晖叫住了她。

"杰西卡，你在上海有没有什么我们能帮上忙的？你在这可能人生地不熟，我可以派个人全程陪同你。"倪晖没再称悦悦为汉森小姐，改口叫她的英文名字"杰西卡"。

"谢谢，我在这很好，没有什么问题。"悦悦微微一笑，客气地回绝了倪晖。

跟杨小姐也道别后，站在电梯里，悦悦的眼前不断晃动着倪晖最后望着她的那双眼睛，那里面涌动着掩藏不住的只有父母对自己的孩子才能有的关切和挂虑。悦悦使劲闭了下眼睛，屏蔽掉那双眼睛对她的注视。

悦悦在上海确实已是人生地疏。上海有了太多太大的变化，早就不是悦悦离开时的模样，况且她离开时只有七岁，所有的记忆都是模糊的。可是悦悦到了上海后，她心里并没有那种来到一个陌生之地的惶恐，她很快就踏实下来。她不知道这是因为她记忆最深处的东西还在这儿，还是她在心里从未跟这座城市道别。她惊讶地发现上海跟她生活在其中的纽约有某些相似之处，这种相似不在高楼大厦呈现出的繁华上，是在含而不露的气质上和悄然流淌着的有些闲散的味道里。她想起初到纽约时她也有过可以与之亲近的感觉，纽约曾让来自上海的悦悦感受到了熟悉的气息，现在上海又让来自纽约的悦悦感觉到了同样的亲切。

她已不熟悉这里，这里又没有让她觉得陌生。

凯茜也到了上海，跟悦悦在这里会合。田霄曾想陪女儿回上海，悦悦没接受妈妈的好意，田霄自己也觉得有些不妥，特别是这次悦悦会跟倪晖见面，她夹在中间反而不好。田霄说她在上海的朋友可以帮些忙，悦悦只说让她考虑一下。悦悦主动问了自己的闺蜜凯茜，凯茜马上说她可以从四川赶来上海。上海她以前停留过一两天，还没好好玩过。这次可以免费蹭住悦悦订好的酒店，还可以跟悦悦一起出去逛街。凯茜能过来帮下忙，悦悦就不需要其他的人了。跟工作有关的事情，已经定下跟倪晖律师事务所合作。

以前在纽约合租一套公寓时，悦悦和凯茜常在一起出行，两年多后再次重逢，只用了几分钟，两个人就找回了当年的默契。凯茜说了口流利的中文，可她们在上海一起出门时，甭管做什么事情，需要跟其他人交流时，那个跟她们说话的人总会只对着悦悦一个人用中文讲话，悦悦总是一头雾水地看着人家。破解了尴尬的肯定是凯茜，金发碧眼的凯茜一开口说中文，跟她说话的人先是惊讶，后来就是赞叹了，凯茜这时候就会很得意地朝悦悦眨巴下眼睛。

离开以后，在没人的地方，凯茜哈哈大笑着说："我告诉他们你是我的中文老师，什么都让我应付，还只准我说中文，他们都说我的中文这么好，一定是你教得好。"

悦悦也忍俊不禁。她长着一张中国脸，凯茜一看就是个老外，人家跟她们说话，自然要对着她说了，哪想到她的中文不溜，还得靠老外帮忙。

凯茜歪着脑袋看着悦悦，问道："你知道当初我为什么愿意找你做室友吗？"

"想跟我练习中文呗。"

"你怎么知道的？"凯茜睁大了眼睛。

"这还用猜吗？"悦悦笑道。

"哪想到你的中文这么烂，到头来还得我来帮你的忙。"凯茜说到这一拍脑袋，开心地叫道："我现在终于明白老师讲的一句话的意思了，偷鸡不成蚀把米，我这不就是偷鸡不成蚀把米吗？"

悦悦开玩笑道："你也不吃亏呀，我妈妈每次来纽约，你总是没完没了地跟她说中文，我跟我妈妈讲电话时，你也没少占便宜。"

"这倒也是，"凯茜笑着说，"这次来上海也是沾你的光，我自己出行可住不起这么好的酒店。"凯茜说着拥抱了一下悦悦。

凯茜松开手时，停下了嘻嘻哈哈，有些严肃地看着悦悦，认真地问道："杰西卡，你没想过学中文吗？"

"我……想过吧……"悦悦支吾道。她朝四处扫了眼，接着说下去："有时候我觉得难过，我不会说中文。特别是这次回到上海，遇到别人跟我说中文，我不光是觉得尴尬。"

"那为什么不把中文捡回来呢？我是从零开始的，可中文是你的母语，你要想学的话，不会太难。"

"难的是第一步吧，看我还想不想把中文捡回来，还想不想从学中文开始，重新跟这里亲近。"悦悦看了眼凯茜，很郑重地问道："我把中文丢了，刻意切割跟中国的关联，你是不是觉得很奇怪？"

"你想听真话吗？"凯茜问道。

悦悦点了点头。

"我是觉得奇怪。"凯茜说，"你是百分之百的中国血统，你出生在中国，你去美国的时候已经七岁了，可你这么害怕说中文，你怎么会把中文丢掉了呢？我在教一帮中国小孩子学英文，我最怕听到他们或他们的父母说某个小孩子的英文比中文都好，中文只会一点点，教出这样的学生我并不觉得骄傲。当然他们都生活在中国，你跟他们的情况不一样，你也可以不管别人怎么想的。"

悦悦说："谢谢你跟我说实话，我会为我自己认真考虑下这件事情。"

凯茜又说："你七岁时才去的美国，你的大脑里应该还储存着很多的中文，你只要愿意开始讲些中文，脑子里存的那些中文有可能被激活呢。"

悦悦觉得凯茜说得挺有道理，她把中文刻意屏蔽了许多年，等到她不再强迫自己时，她对中文已经很生疏了，讲中文时，她就会很紧张，她不敢张开耳朵和嘴巴，自然什么也听不懂什么也不会说。久而久之，她就彻底放弃了。

"我们可以讲些中文呀。"凯茜提议道，"你大胆说，说错了，我不会笑话你的。"

"你总是笑话我，开我的玩笑。"

"你也是呀。"

凯茜和悦悦又嘻嘻哈哈地互怼起来。这是她们两个的相处方式，轻松热闹，遇到正儿八经的事情时又能马上认真起来，可以互为人生导师，可以彼此提醒。无论是打打闹闹的时候，还是坐下来深谈一件事时，都不用小心翼翼地遮掩自己真实的想法。也都知道语言是有锋芒的，有些话会伤到人，对自己的好朋友也不能无所顾忌。悦悦和凯茜相处时，算是恰到好处。这样的默契，不是刻意为之，是两个人的心性使然。很多人认为好朋友不能合租房子，一地鸡毛早晚伤害到友情。悦悦觉得很幸运，她跟凯茜原本不认识，她们倒是把室友做成了朋友。凯茜认真说过的话，悦悦是会认真对待的。

悦悦在调侃凯茜的时候，看着她的眼睛里满是喜悦和感激。

一切都跟田霄预料的一样，倪晖的介入让整个事情容易了许多。本来这个案子就不是特别棘手，加上倪晖的鼎力相助，还没开庭，悦悦对于胜算已有了八九分的把握。

开庭那天，悦悦已不需要做特别的准备，只是比平时早一些起床，去楼下的健身房活动一下，顺便吃了简单的早餐，喝了杯咖啡。回到房间后，洗了澡化了淡妆。凯茜前一天回了成都，她得回去上课，她自己要上的中文课和她教的英文课。凯茜不在这里，房间里好像没了声音，悦悦静悄悄地做完了所有的事情，尽可能平静地下了楼。她没有一百分的把握，在这个时候，她要有一百二十分的信心。

悦悦到了大堂门口，来接她的悦晖律所的车很快就到了，倪晖已经坐在里面。司机下了车给悦悦拉车门，酒店的服务生已先他一步拉开了车门。悦悦对两个人都说了"谢谢"，坐进车里，坐在倪晖的旁边。

倪晖没说任何客套话，简单地讲了下法庭里的大概情况和流程，然后把目光移向窗外。悦悦也把目光投向窗外。同样的街景，悦悦和倪晖看到的东西是不一样的，看东西的心情也不一样。倪晖可以让动态的东西静下来，悦悦只能让静止的东西动起来。悦悦也想完全安静下来，可她还是有些紧张。倪晖的神清气爽是由内而外的，悦悦的自信和镇定多少是做出来的。

倪晖的镇静慢慢地传递给了悦悦，快到法院时，悦悦的心思意念已调整到一个相当不错的状态。她真的感觉到了信心，一部分从她自身而来，还有一部分来自倪晖。

到了法院，开始进入正式的法庭程序，具体做起事来，悦悦就更加镇静了。她从未来过中国的法庭，倒并不觉得底气不足，她在实地理出了中美在走法庭环节时的相似之处，很快进入了角色。倪晖在这里早就驾轻就熟，被告黄媛早早地到了，作为被告委托的代理人，他们陪着黄媛朝法庭走去。

另外一组人也在朝法庭走去。悦悦瞥了眼他们，一张似曾相识的面孔让她忍不住又望向他们。那个衣着得体神情凝重的中年女士很像一个人，很像赞恩的妈妈姚阿姨。那位女士正好望向这边，悦悦更加确定，她就是姚阿姨。姚阿姨的目光只是从悦悦身上扫过，扫向她旁边的黄媛。姚阿姨显然不认得悦悦，那天去他们家的人有十来个，悦悦跟她没单独说过话。悦悦很快又看到了一个人，从后面匆匆追上那群人。悦悦还没看清那个人的面容，就从挺拔的身姿和矫健的步伐上知道了他是谁。

那一定是赞恩，一别数年，竟然在这里见到了他。

赞恩追上那些人后放缓了脚步，看了眼迎面走过来的另外一拨人。他看到了悦悦，惊讶地张了下嘴巴。

四目相对时，赞恩跟悦悦一样乱了方寸，表情僵在那儿。他们都不知道下一步要做些什么，该不该有所表示，跟对方打声招呼，或者微笑一下。两个人还没回过神来，两组人已经拉开了一点距离。悦悦的心里就抱了些侥幸，同一时间里是不是有几个庭审，赞恩和他妈妈有可能去另外一个法庭。可她很快又想了起来，原告叫姚莉，肯定姓姚，很可能就是赞恩的妈妈姚阿姨。

悦悦心慌意乱地进了法庭，赞恩那一组人刚刚进来，还没落座。他们进了同一间法庭，坐在了两边，分属于原告和被告。

悦悦宁愿今生再也见不到赞恩，也不愿意在这样的地方跟他重逢。

倪晖看出了悦悦的慌乱，他轻拍了一下悦悦的肩膀，说："不用担心，我们会赢的。"

倪晖的这句话没有安慰了悦悦，反而让她感到难过。

那是悦悦经历过的最漫长的一场庭审。惶惑、焦虑、自责、歉疚……延长了每一分钟的长度，又让每一分钟都不胜重荷。她想听明白双方陈述和争辩时的每一句话，又害怕听到他们说的话，她从未像这次这样觉得这么的无能为力。不光是语言上的问题，所有跟她有关的一切都不在线，所有的思路都被堵住，连她的呼吸都被堵住了。她身心俱疲地坐在那儿，脑子里一片空白。她不再关心他们都在说些什么、做些什么，她也不再从他们的表情和语气上揣测官司的进展和可能性，她已不在乎结果，这场官司无论谁赢，她都输了。

幸好倪晖包揽了一切，帮悦悦做完了她该做的事情。

庭审好像结束了，宣判结果也出来了，已经游离在外的悦悦还是能感觉到身边的一片兴奋。倪晖又一次拍了下她的肩膀，这次他说的是"我们赢了"。

悦悦努力地笑了笑，她本该欢喜雀跃，可她只能感觉到悲哀。

黄媛走过来向悦悦道谢，她机械地说了句"恭喜你"。跟黄媛接触过几次后，悦悦并不讨厌黄媛，可也很难为她感到高兴，即使赞恩跟这个官司无关，她也无法发自内心地为黄媛的胜诉高兴，现在她的心里就更沉重了。

悦悦不敢去看赞恩，她尽可能隐藏在身边的那些人中，随着他们走出了法庭。出了法庭后，她又不自觉地向四处张望了一下，没有看到赞恩。这没让她放松下来，悲哀之外又有了深深的遗憾。

黄媛提出请大家吃顿饭，悦悦马上说："不好意思，我就不去了，我还要处理些公务。"

悦悦在表情和语气上没有任何破绽，倪晖还是能感觉出悦悦的异常。这个时间在美国是深夜，那边的人并不急着等什么东西，她吃过饭后再去工作也不晚，倪晖把悦悦的拒绝理解为这个官司触动了她对自己身世的感受，让她心有芥蒂。

倪晖说："我们不能耽误了杰西卡的工作，她这段时间一直在忙我们这个诉讼，今天大功告成，她得处理下手上积压的其他事情了。要不今天我们这些人先一起吃顿饭庆祝一下，明天我代表悦晖和黄媛女士请杰西卡吃饭，表示我们的谢意。"

倪晖很想在悦悦离开上海之前单独跟她见次面，这是一个很好的理由和机会。大家都觉得这样也可以，悦悦也没说不行，她再拒绝的话就失礼了。

悦悦说："谢谢大家的理解，相信以后还能有一起吃饭的机会。"

倪晖马上吩咐身边的杨小姐："你尽快预订锦江饭店明天中午两个人的位置，订个包间吧，杰西卡应该喜欢安静的环境。"

杨小姐心里嘀咕了一下，那里的包间都是十个人左右的。既然老板这样吩咐了，她就照办吧。

悦悦很好地控制了自己的情绪，还很周到地多留了一会儿，很配合地处理完一些扫尾的琐事，又很热情地跟黄媛寒暄了几句，黄媛很兴奋，悦悦也表现得很兴奋。

倪晖等人去吃饭时，悦悦一个人回了酒店。

悦悦走过大堂时，听到有人在叫"杰西卡"。悦悦开始时没停下脚步，很多人叫杰西卡，她以为是在叫别人。可这个声音似曾听过，那人再一次叫"杰西卡"时，悦悦停了下来，很快看到赞恩正朝她走来，在午后的阳光和大堂里若有若无的音乐声中朝她走来。

修完那门课后，悦悦和赞恩几乎没有交集。有两三次在校园里遇到过他，只是简单地打了声招呼。那次在新年活动上是很意外的相遇，后来，悦悦想到赞恩时，也曾设想过有一天会跟赞恩再次重逢。她向往的重逢，应该就是这个样子的。曼妙的音乐和细碎的阳光，如水一般从他们的身边流过，他们从岸的两边走过来，正好在清歌暖阳中相遇。

悦悦本想问一句"你怎么在这儿"，说出来的却是"你也在这儿"。

"我是来找你的。"赞恩说。

赞恩是专门为她而来的。悦悦问："你怎么找到我的？"

"还不是太难，我想你应该住在酒店里，这个酒店应该离悦晖律所不远。我的运气不错，找到第三家就找到了你。"

赞恩望着悦悦笑了笑，悦悦也望着赞恩笑了笑。两个人心里都在想，如果没有那个官司，这样的相逢该是多么的完美，可是没有那个官司，他们今生还会重逢吗？

悦悦还在望着赞恩，却收起了笑容。"对不起。"悦悦对赞恩说。

"我知道你心里会不好受，我想尽快找到你，就是不想让你觉得过意不去。这是你的工作，你做的是你该做的事情。况且我妈妈输了官司，对我对她都有可能是件好事。"赞恩很诚恳地看着悦悦。

悦悦的心里有了些安慰，还是不完全明白赞恩的意思，她疑惑地问道："为什么？"

"说来话长，我现在还要赶回我妈妈那儿，你今天晚上有空吗？我们能否一起吃晚饭，吃饭的时候我再讲给你听。"

赞恩说。

这么说赞恩急着先来安慰一下她，悦悦心里很感动，也觉得欣慰，赞恩没有撇下他妈妈，他会马上赶回去陪伴姚阿姨。

"我今天晚上没有别的安排。"悦悦说。

"你想去哪里吃饭？"赞恩问。

"哪儿都行。"能跟赞恩在一起，去哪儿悦悦都是欢喜的。

"那我来定地方，五点来接你可以吗？"

"好啊，我在大堂门口等你。"

这一天里发生了太多的事情，下面还会有更多的事情，这么多事情的纠缠中，悦悦反倒平静下来。她的心绪最开始是在赞恩的注视中顺畅起来的，他走了以后，她还能感觉到从他那里来的轩昂自若。她不知道久别重逢又遇到这么多的纠结，她怎么可以这么安然。悦悦相信赞恩能解决好所有的问题。

悦悦吃了些东西，从不午睡的她睡了个午觉，起来后给老板肯尼发了个邮件。工作做完后，她很有闲心地看了会儿电视剧。跟凯茜开始说中文后，悦悦的中文渐渐苏醒过来，加上画面和连蒙带猜，她能看懂一些电视剧了，看新闻节目还有些吃力。快到五点时，她才开始收拾自己。没有特别的打扮，妆还是化得很淡，年轻的面孔更适合素面朝天。她穿了条白色的长裤和一件浅蓝色条纹衬衣，既正式又休闲。

赞恩开着车很准时地出现在大堂前，悦悦上了车。

车子拐出酒店后，悦悦突然想起了赞恩的女朋友可可，赞恩是一个人来的，他们还在一起吗？

"可可也在上海吗？"悦悦问。

"我们分手了，我想回中国，她想留在美国。我们还有些联系，她跟她的美国男友刚定婚。"赞恩说。

悦悦正想着该说些什么，赞恩问："你怎么样？"

悦悦明白赞恩是在问她的情感状况，并不是问她的工作。

"遇到过几个人。"悦悦说，"都是在投行律所做事，纽约这样的人很多。大家都忙，都在努力往上走，很难有时间谈恋爱，我们这个年龄很难有一段很认真的感情吧。"

悦悦没有告诉赞恩，她短暂地谈过的几个男朋友都是美国人，赞恩是她的情感世界中唯一的一个中国人。他们从未谈过恋爱，可她为他动了心。很多年后，一生一世，她会在心里惦念着他。

悦悦由着赞恩带她去他想去的地方，到了以后悦悦才留意了一下他们是在哪里。

"这是和平饭店。"赞恩说。

原来这里就是和平饭店，一些美国名流曾在这停留过，像是几段历史的落脚处，这是悦悦所知道的很有限的几个在中国的酒店之一。和平饭店是西式的建筑风格，跟纽约的一些酒店有很多相似之处，悦悦觉得很亲切。

"这里有个爵士吧。"赞恩说，"有世界上年龄最大的老年爵士乐队，我想带你去听他们的演奏。"

"好啊。"悦悦说。

"你饿不饿？我们可以先去吃些东西，或者听完演奏后再吃晚饭。"

"那我们先去爵士酒吧吧。"悦悦不觉得饿，她也更喜欢跟赞恩在一个相对私密的地方开始他们的谈话。

"好，那里也有饮料、水果和点心。"

悦悦跟着赞恩去了爵士吧。这个英国乡村味道的朴素的酒吧在繁华的上海滩并不显得落寞，岁月没有带走的简单大气沉淀出了经久的魅力，悦悦一进去就喜欢上了那里。他们到的时间也很好，离七点的演出还有差不多一个小时，酒吧里还没热闹起来，给了赞恩和悦悦足够的安静，他们可以安静地聊些心事。

关于赞恩家里的那些事情，赞恩没有讲太多。这个很长的故事对他来说并不长，他记事以后，他妈妈跟他爸爸已经分开。长大以后的他跟他爸爸只见过几次面，想起或说起他爸爸林绍光时，赞恩是心平气和的，只是他妈妈一直放不下那段感情，她一直在等林绍光回心转意，她甚至相信林绍光还会回到她的身边，所以当林绍光死后她看到他留下的那份遗嘱，里面没有任何跟她有关的内容，这让她伤心欲绝又失望至极。她觉得她又一次输给了黄媛，这一次是永远输掉了她相依为命的感情。她自然很难接受这样的结果，加上赞恩的叔叔、林绍光的弟弟的撺掇，她跟黄媛打起了官司。

"我妈妈就是为了争口气。"赞恩说，"她其实都不知道她在争些什么。当然，她也是在为我考虑，能把遗产争过来，可以全给我。"

"那是一大笔钱。"悦悦说。

赞恩却说："钱是很多，负担也很沉重。我爸爸留下的是一些很具体的产业，我对他经营的那些东西并没有兴趣，如果财富和我喜欢做的事情不能两全的话，我选择后者。做我不喜欢做的事情，我会一点点地失去快乐。做我自己想做的，也有可能创造出财富，我也喜欢钱，我想开开心心地赚钱。"

悦悦赞许地看了一眼赞恩。太多的人会在乎财富，也许人到中年后会更清醒一些，有多少人在二十多岁的时候就能明白这点呢?

赞恩接着说道:"所以我说输掉这个官司不一定是坏事,我们赢了的话,我争来的很可能是我不想要的东西。"

悦悦说:"那你会有很雄厚的资金,你可以转变企业的方向,去投资你想做的事情。"

赞恩轻轻地摇了下头:"我还没有转型的能力,就是我能有这个本事,首先我要解雇原有企业中的大部分员工,很多人会丢了饭碗,很多家庭会失去经济来源。我不能说他们找不到新的工作,可这个动静太大,我承担不起,也同样没有能力去承担。"

悦悦望着赞恩:"我理解你的那些想法。每个官司的背后有很多的故事,律师和法官都看不到的故事,如果双方的当事人都能更明白更理智一些,很多诉讼在前期就可以调停了,不需要上法庭。做律师的是希望有更多的人去打官司,其实很多官司是不需要打的。"

"我劝过我妈妈,她坚持打这个官司,既然去做这件事了,还是想打赢的。黄媛很幸运,请到了倪晖这样的律师。"

悦悦避开了赞恩的目光,低下头啜饮了一口饮料,抬起头时,她说:"黄媛也没有完全如愿,最开始,她想把你从遗产继承人中剔除出去。"

"她的这个想法更加激怒了我妈妈,这样前期调停不可能成功。"赞恩说到这里,突然意识到悦悦是对方的代理人。他停顿了一下,又说:"你应该见过我爸爸的遗嘱,他把所有的财产留给了我弟弟、黄媛和我,他并没有把我排除在外。我也不能说我爸爸对我妈妈太绝情,他大概是想彻底断了我妈妈的念想,让她开始新的生活。"

"你打算怎么处理你能得到的那部分遗产呢?"悦悦问

道，她知道这是赞恩很快要面对的一件事情，不知这对赞恩来说是不是一个很大的难题。

赞恩显然已经想过这个问题，他说："如果我想报复，或者说惩罚黄媛的话，这对我来说是个机会，我只要跟他们作对，很多计划都无法实施，如果我更狠一些，我可以葬送掉我爸爸留下的所有产业，鱼死网破，让他们失去他们今天得到的一切。我很认真地想过这个问题，我确实往这个方向想过，可是，"赞恩轻轻叹了口气，继续说下去，"我跟黄媛过不去，跟我弟弟过不去，最终还是跟我自己过不去。我爸爸立下这样的遗嘱，是相信我不会这样做的。我还没想好我该怎样处理我能分到的那些遗产，我需要些时间，但我已经确定，我不会跟黄媛他们作对，我选择原谅和放下。"赞恩微微一笑，还深深地舒了口气。

悦悦突然问了一句："你不恨他吗？我是说你不恨你父亲吗？"

赞恩愣了一下，半晌以后才说："我恨过他，但我早就不恨他了，对我的父亲，我庆幸在他活着的时候我就选择了原谅和放下。"

悦悦望着赞恩，当赞恩第二次说到"我选择原谅和放下"时，她的眼前闪过倪晖的身影。

赞恩接着说下去："他尽一切可能弥补他在我成长中的缺失，也为我提供了最好的受教育的条件和机会，让我具备了更多的能力。做成些事情，需要机会和能力，有了更多的能力，才能更好地把握机会，我对他心存感激。"赞恩说到这环顾了一下四周，用近乎耳语又满怀深情的声音说："他最后一次跟我见面，就是在这里，他喜欢听爵士乐。"

悦悦有些诧异，原来赞恩跟林绍光是有感情的，他在怀念着那个故去的人。她也没有想到，这个地方对赞恩来说有着特别的意义，他把她带到这里，多少说明他是重视她的。

果然，赞恩很快补充道："也许我以后更愿意回到这里了。"他说这话的时候，意味深长地看了眼悦悦，悦悦的脸微微红了。

悦悦轻声回应道："我喜欢这里。"说着她也环顾了一下四周。

赞恩问悦悦："你什么时候回纽约？"

"后天。"悦悦说。

赞恩又问："你还会回来吗？"

悦悦半开玩笑地说："如果你们还会上诉的话。"

赞恩也开玩笑道："我本来劝我妈妈不要上诉了，我们决定不上诉了，现在倒要考虑一下，是不是应该改变主意。"

悦悦认真地说："你妈妈可能还接受不了这个结果，我能理解她的心情，还觉得对不起她。"

"你没做错什么，我妈妈也该往前走了。"赞恩说，"我爸爸的遗嘱和判决的结果都让她很难过，但愿这能让她死了心，彻底了断那段她放不下的感情。结束之后，才有可能有新的开始，我想这也是我爸爸的愿望。其实我妈妈可以有很好的生活，她很有绘画方面的天赋，我想鼓励她去做一些她从没认真想过但她能做好的事情，她可以成为一个很好的画家。我想她已经没有心劲儿去上诉，何必再让自己经受一遍那些伤心事呢。"

"我更希望我们还能在法庭之外见上面，"悦悦说，"希望有机会再见到你妈妈，也是在法庭之外。"

"没有公干的话，你也会来上海吗？"赞恩问道。

悦悦想了一下，说："你可能不相信，我出生在上海，七岁时去的美国，我想我以后还会来上海的。"

赞恩惊讶地看着悦悦，确实有些意外。他问道："那你在上海还有家人吗？"

悦悦一时语塞，她含混地说道："也算有，也算没有吧。"

赞恩能看出悦悦的尴尬，他岔开了这个话题："我去纽约时能不能跟你联系？"

"当然。"

"你还用原来的手机号码吗？"

"是呀。"

"那我去纽约时就打那个电话。"赞恩说。他没有问悦悦要那个号码，这就是说，他一直保存着悦悦的手机号码。悦悦不是也一直留着赞恩在纽约的号码吗？换了几次手机，那个号码被一次次地转到新的手机上。

赞恩又问道："你用微信吗？很方便。"

凯茜曾建议悦悦设个微信，她觉得没这个必要，周围的美国人都不用微信，这会儿悦悦却想用微信了，她问赞恩："你知道怎么设微信吗？"悦悦说着拿出了自己的手机。

赞恩接过悦悦的手机帮她设好了微信，两个人互加了微信。赞恩用的是自己的中文名字林英杰。悦悦很熟悉林英杰这个名字，这是他们讨论那个案子时不断提到的名字。一次次地说到林英杰时，悦悦不知道林英杰就是赞恩。现在林英杰就坐在她的身旁，不是在法庭上，是在和平饭店的爵士吧里，赞恩就是林英杰。林英杰说，他原来有另外一个用户名，父亲去世后，他改用了自己的原名和真名。

"你有中文名字吗？"林英杰问悦悦。

"有啊。"悦悦找出一张便笺，写下了自己的中文名字"倪馨悦"。还是凯茜重新教会她写自己的原名，"馨"字很难写，她没少练习，写给林英杰看的三个字有模有样，没让她出丑。

林英杰看到这三个字，心里咯噔了一下。杰西卡竟然也姓倪，跟倪晖同一个姓，姓倪的人并不多，而"悦晖律所"中也有个"悦"字。林英杰又马上发现，杰西卡跟倪晖长得其实很像，那么他们很有可能不只是合作关系，他们应该有很亲密的血缘关系。林英杰又想到杰西卡刚才的张皇，当他问她在上海还有没有家人时，她的回答是含混不清的。

如果杰西卡和倪晖真的有很近的血缘关系，杰西卡的心里是不是也有放不下的东西，就像可可跟她妈妈那样，中间有道迈不过去的坎儿？

赞恩又把话题绕回上午的庭审上，有意无意地说："我不太了解你们这个行业，原来以为做律师的就是要想尽办法把对方逼进死胡同，赢得越多越好，自己也能赚到更多的钱。以倪晖的能力，他可以帮黄媛赢更多，如果说那份遗嘱有问题，我妈妈就是以此提起的诉讼，那倪晖可以借此推翻那份遗嘱，按照黄媛最初的愿望，把我从遗产继承人中剔除出去。但他今天在庭审中没做这样的争取和辩护，我妈妈还多得了一处房产，当然这也是我们请的律师的功劳，但我不认为我们的律师是倪晖的对手。"

悦悦吃惊地看着赞恩："你是说倪晖并没有为黄媛争取到最大的利益，他并没有完全打赢这场官司？"悦悦还没有梳理过庭审的具体细节，她从赞恩刚才的话里得出了这样的判断。而且黄媛确实有过把赞恩剔除出遗产继承人的想法，即使悦悦不知道对方是赞恩的妈妈，她也不愿意看到这样的结果，那倪晖在法庭上是怎么处理这个环节的？以倪晖的水平和经验，他显然不该在这里失手，只有一种可能，他主动放弃了这方面的努力和争取。

赞恩说："你可以说倪晖赢了这场官司，也可以说他输了这场官司，看你如何界定输赢了。对倪晖这样的大牌律师，这样的结果也可以算作输了，但我会为此敬重他，而且我对他的敬重跟我和我妈妈得到的利益无关。法不容情，我还是更喜欢有情有义的律师。"

悦悦陷入了沉思，林英杰从她的反应和表情上，更加确定她和倪晖不仅仅是合作关系。但他什么都没问，点到为止，没再多说什么。杰西卡不主动说的话，他是不会让她为难和难堪的。第一次在大学校园里见到杰西卡，他就认定她是一个很特别的女孩，她跟所有的人不一样。她是一个中国女孩，又不是一个中国女孩。她身上散发着一种很独特的韵味，他迷恋着这种韵味，又不知道该如何继续往前走，只能很遗憾地跟她擦肩而过，爱上一个人和失去一个人都身不由己。他没想到他会跟她在上海、在她的出生地重逢。在她长大成人后，她又回到了她的故乡。在她离开的这些年里，她一定经历了很多，她可能比他还经历了更多的磨难，不是物质上的，是心灵上的磨难。心灵上的痛苦有时候更让人难以承受，特别是对一个还没长大成人的孩子。但杰西卡应该比可可宽容，内心也更强大，他希望杰西卡这次来上海，不仅仅打赢了一场官司。

当杰西卡成了倪馨悦的时候，林英杰突然间觉得跟她亲近了许多。

周围慢慢坐上了其他的人，要演出的老年爵士乐手也到场了。不时有人看一眼林英杰和悦悦，他们不知道他们也是一道亮丽的风景，见到他们的人都会以为他们是一对热恋中的情侣，生活优渥甜蜜，是那种被父母保护得很好的孩子，一路走来都顺风顺水。没人会知道，他们那天早上刚去过法庭，还站在对立的一面，也没人会想到，年纪轻轻的他们已经经历过许多的风雨和坎坷，只是他们的脸上没有留下任何的痕迹。一对风华正茂的俊男靓女，只是安静地坐在那儿，静静地等待演出正式开始。

　　第二天中午，到了约好的时间，倪晖来接上悦悦，一起去了锦江饭店。

　　静谧的包间里，点好菜，只剩下倪晖和悦悦两个人的时候，倪晖有些无所适从。只有两个人，这个包间好像太大了些，坐在里面让人局促不安。倪晖像是变了一个人，不再是那个冷静高傲的倪晖，他看着悦悦，眼睛里满是慌乱、无奈和爱怜，倪晖的变化让悦悦也无所适从起来。

　　倪晖轻声问悦悦："你昨天休息好了吗？昨天中午你看上去很不好。"

　　悦悦不知道该说什么，她回避了倪晖关切的目光。

　　倪晖迟疑了一下，继续说下去："我知道这个案子让你联想到一些事情，对不起，悦悦。我很难过，很自责，我对不起你。"

　　倪晖改口叫她"悦悦"，不再叫她"杰西卡"。

　　悦悦明白倪晖在说什么。倪晖并不知道悦悦昨天的沮丧和失态另有起因，悦悦只是不会告诉他罢了。悦悦坐在那儿，默不作声。

　　"我以为我这辈子再也见不到你了，在我不敢再抱任何希望的时候，你出现在我的面前。"倪晖的声音有些发颤，他努力控制住自己的情绪。

　　倪晖真的以为再也见不到悦悦了，他以为他永远地失去了他唯一的孩子。他和应影没有孩子，应影有心脏病，在跟她结婚前，倪晖不知道应影的心脏病还挺严重，不能生孩子。他也没想到从他和应影这两个律师手上出来的那一纸离婚协议书，让他失去了做父亲的权利。他只能偷偷地去看自己的女儿，瞒着应影，也瞒着所有的人。直到有一天，悦悦彻底消失了。他打听到悦悦去了美国，茫茫大洋完全淹没了悦悦的音讯。

"那一年你七岁，在上小学。"倪晖难过地说，"我还记得我最后一次去你的学校看你，你在操场上跟另外两个小女孩嬉笑追逐，我记得你突然停了下来，好像在找什么，你不会在找我，你不知道我会去学校，还有你之前去的幼儿园去看你。每次我都躲在远处，你看不到我。"

悦悦惊讶地看了眼倪晖。这么说，她在幼儿园和小学很多次看到的那个男人真的就是面前的这个男人。外婆坚决地否定了这一点，她也就以为那只是她的盼望和想象。她的爸爸离弃了她，怎么还会去看她。今天她才知道，他确实去看过她，去看过她很多次。

悦悦张了张嘴，还是没发出声来。

倪晖点好的菜陆陆续续上来了，摆满了一桌子。包间里有最低消费，倪晖就点了很多菜，也是怕漏掉悦悦以前吃过的菜。这么多的菜，悦悦不知该从哪个开始。

倪晖介绍了每样菜，然后说："你还记得这些菜吗？这都是你小时候爱吃的菜呀。"

悦悦小时候，倪晖带一家人，或只带悦悦一个来锦江饭店吃过几次饭。悦悦喜欢这里，特别是那种大汤包。悦悦离开的年头太长了，她小时候去过的饭馆，能留下记忆的，大概只有锦江饭店了，所以倪晖才把跟女儿一个人的见面安排在这儿。

摆在悦悦面前的大部分菜肴她都记不清了，这些年里也没吃过。大汤包她还记得，那确实是她小时候爱吃的东西。她离开上海前，外婆也带她来这里吃过这种汤包，为她送行。初到美国的那些日子里，在她还没适应美国饭时，她常常怀念这种汤包。她的口味越来越美国化后，她才淡忘了这种汤包。

悦悦从汤包开始了她在锦江饭店的这顿午饭。倪晖心满意足地看着悦悦稍有些笨拙地对付着面前的汤包，看着她用吸管把汤包里的汁水吸进嘴里。

"你小时候不会这样吃。"倪晖说，"都是我或你妈妈帮你把汁水吸出来，你吃包子皮，蘸了汁水的包子皮。"

倪晖从汤包开始，一点点地回忆起悦悦小时候的故事。那些故事是很有限的，在悦悦三四岁时他们就分开了，他们在一起的那几年里，悦悦还太小，他又常常不在家，等到他完全见不到悦悦后，他才知道这是多么大的遗憾和缺失，他只能一遍遍地重复那些被他在回忆里揉烂了的往事。

悦悦没想到倪晖还记得这么多的细枝末节。她不知道在她离去的这十多年里，这些往事怎样慰藉着倪晖，他不敢漏掉任何琐碎的细节，漏掉一点点，就凑不够他的回忆了。他以前只是在心里一遍遍地亲近这些陈年旧事，现在那个让他魂牵梦萦的小人儿就坐在他的面前，他可以跟女儿一起回忆了。倪晖絮絮叨叨地说着，有时声情并茂，有时语无伦次，完全不是一个严谨缜密的大牌律师的讲话风格。悦悦完全不记得这些事了，要不是妈妈和外婆后来也带她来这儿吃过那种汤包，她很可能也忘掉了这种东西，更不可能到美国后还去怀念它。悦悦努力消化着倪晖提到的事情，毕竟这一切跟她有关，可以帮她找回那些她缺失了的记忆。可悦悦还是跟不上倪晖的脚步，更理不清那混乱的思绪，她渐渐地游离出来。悦悦又不想让倪晖太失望，只能礼节性地时不时点下头，或者微笑一下。

倪晖终于停了下来，他把那些有限的故事快说完了，也能看出悦悦对这些故事的兴趣越来越少。这些事似乎跟她没有多大的关联，她很难热烈地回应他。他怎么能指望悦悦记住她在孩童时代发生的那些事情呢，她可能唯一能记住的，就是爸爸从她的生活中消失了，如果是这样，她应该并不愿意回忆从前。倪晖还是很感激悦悦没有打断他，没有表现出不耐烦。悦悦比同龄人更成熟一些，是个善解人意的孩子，这让倪晖觉得很欣慰，也有些心疼。作为父亲，他更希望女儿活得轻松一些，遇到的坎坷少一些，虽然艰难可以催人早熟。

不管怎么说，倪晖还是很感激田霄的，把女儿培养得这么好。"你妈妈都还好吧？"倪晖问起了田霄。

悦悦这才开口说道："她很好，在一所大学的图书馆工作。"

倪晖跟田霄的第一次见面，也是在大学的图书馆里，那时候的田霄跟眼前的悦悦差不多大。倪晖的心里风起潮涌，这么多年里，他第一次真正地想起了田霄，想起田霄时他马上想念起她，还有那些跟她在一起的日子。这么长的时间里他不去想她，是知道他已没有资格去想她，所有的回忆都不再有结果，更不会有好的结果，他不会去做这样的事情。而且想到田霄势必会拿她跟另外一个女人做比较，这样做的话只会徒增他的烦恼。倪晖还不能否定当年的那个决定的正确性，为当年的出轨，他还是有很体面的理由，毕竟没有应影的辅佐和成就，他不会有今天的地位和荣耀。他也相信当年的他确实爱上了应影。他遇到过太多温柔姣美的女人，那些女人还都仰慕着他，追从着他，应影却是个另类，她是唯一一个可以站得比他高的女人。在所有跟他有过亲密接触的女人中，应影是最不漂亮的那个，也是最聪明的那个。无论是大聪明还是小聪明，应影都是最聪明的那个。很多有大智慧的人不屑于那些小聪明，而那些满脑子小聪明的人多半没有大智慧，应影在大聪明和小聪明上都是极品。她玩转了这两种聪明，还能把这两种聪明都发挥得淋漓尽致，这样的人少而又少，在女人中更是凤毛麟角。倪晖从未见识过这样的魅力，当这个有着另类魅力的女人把目光投向他时，他的身心完全被她俘获了。应影一次次地向他展示着她那独有的魅力，她几乎从未失过手，唯一的一次例外是悦悦的抚养权。应影之后为这次失误一再向他道歉，把责任都揽在了自己身上，让他不得不相信应影不是故意为之，再聪明的人也有失算的时候。他还是一如既往地信任她，她也有足够的理由和能力让他去信任她，是应影帮助他一步步走向了事业的巅峰，还可以让他长久地保持在巅峰状态。他为此很是得意过，但慢慢发现不是他愿意站得那么高、在高处站那么久，是应影封死了他所有的往下走的路。他拥有了令人艳羡的风光，却不敢有任何的松懈和喘息。他还不能怪罪应影，应影本来可以比他站得更高，却偏偏愿意站在他的身后，至少在外人眼里，她从未抢过他的风头。只有他自己知道，应影是站在他的背后，但他更像是应影手中的一个牵线木偶，一举一动都在应影的手上。若不是这两年应影的身体状况很糟糕，她把不少的心思花在了看医生和养生上，他多少有了些自由，他不可能接黄媛这个案子，也不可能跟他失散多年的亲生女儿单独吃顿饭。吃上这顿饭实属不易，应影无处不在，看不到她的人影，也能感觉到她的存在。为了跟悦悦吃这顿饭，他费了不少的心思。

无论倪晖怎样努力躲避那些回忆，悦悦还是让他想起了田霄。悦悦是他的女儿，更是田霄的女儿。悦悦在眉眼上很像他，但在气质上更像妈妈，温婉恬静，柔枝嫩叶上又带了些倔强和决绝。

倪晖又看见了田霄，是在图书馆里，正在专注地听他倾谈。他原来并不需要一个那么聪明犀利的女人，目光如刀，可以剖开他内心所有的软弱和柔情。他足够优秀，他也是出类拔萃的，有的时候，更多的时候，他也渴望他心爱的女人的仰慕。他看见田霄望着他的眼睛里，满怀喜悦和痴迷。他说到了哪里，好像是在说杜鲁门·卡波特，他没想到田霄会在那看卡波特的《冷血》。后来他们一起看了卡波特的小说改编的电影《蒂凡尼的早餐》，再后来，他们有了肌肤之亲，他们完全融为一体时，他向她许诺，郑重地许诺，有一天，他会带她去纽约第五大道的蒂凡尼那儿给她买件她中意的首饰……后来的后来，他们各奔东西，他再也没有机会兑现这个诺言。他相信田霄还记得他当年说过的这些话，只是不再把它们当成诺言了。当回忆像潮水般向倪晖涌来，几乎让他窒息的时候，他突然很想兑现当年的这个承诺。

倪晖定定地望着悦悦，吃力地张开嘴巴，问道："你住在纽约，对吗？"

悦悦不解地看了一眼倪晖，还是点了下头。

"不知道我能不能拜托你一件事？你能帮我去第五大道的蒂凡尼买件首饰吗？给你妈妈买件首饰，你应该知道她喜欢什么样的，我现在就把钱给你。"倪晖说着掏出了皮夹，"我可以给你一张旅行支票，或者用你觉得方便的付款方式。"

悦悦更加不解地望向倪晖，她不知道妈妈喜欢蒂凡尼，也不知道倪晖为什么要送妈妈首饰，但她能猜出这肯定不是件没有来由的事情。

"你不用给我钱。"悦悦说，"我会去给妈妈买。"

倪晖尴尬地拿着皮夹，刚才他在脑子里迅速地盘算过，怎样做才能多给悦悦一些买首饰的钱，这有可能被应影发现，他顾不上那么多了，他确实想给田霄买个贵重的蒂凡尼的首饰。

悦悦淡淡地一笑，说："我正想给我妈妈买件她喜欢的东西呢，还没想出买什么，谢谢你告诉我她喜欢蒂凡尼，那我就去那里给她挑件礼物。"

悦悦这样说多少化解了倪晖的尴尬，他不好再坚持，把皮夹收了起来。

倪晖抬起头时，看见悦悦正看着他，她好像有话要说。

果然，悦悦开口说道："我昨晚把整个案子又过了一遍，特别是最后的判决结果，黄媛好像并没有完全如愿。昨天宣判完，黄媛很高兴，我以为她得到了她想要的一切。"无论是作为黄媛的委托方，还是作为倪馨悦，悦悦都想搞清楚这件事情。

"没准她得到了她想要的结果。"倪晖说。

悦悦说："我们之前讨论这个案子时，这并不是黄媛想要的结果。"

倪晖反问道："你认为黄媛想要什么样的结果？"

"取消林英杰的遗产继承资格，她也不会愿意给姚莉那处房产。"悦悦说。

"那是黄媛最初的想法，但在庭审前她改变了初衷，直到我们去法庭之前她才做了决定，我没来得及告诉你。"

倪晖说。

悦悦问道："是你说服了她吗？"

倪晖点了下头。

悦悦又说："这是一个很大的改变，你是怎么说服她的？"

倪晖沉吟了片刻，说道："我跟她说，不是赢得越多越好，要留有余地。我还跟她提起很多年前我起草的一份离婚协议书，我做得很过分，以一个孩子的抚养权抵消所有的财产分割，我以为对方会不断讨价还价，没给这一方留任何余地，我以为我会赢，结果我输了，输得很惨，我……我的委托人失去了他的女儿。"

悦悦迟疑着问道："你是说你和我妈妈的离婚协议书吗？"

倪晖震惊地看着悦悦。

悦悦避开倪晖的目光，说道："是外婆拿给我看的，我妈妈并不知道这件事，到现在还不知道，我永远都不会告诉她。"

倪晖和悦悦都沉默起来，他们不知道该如何继续这个话题，像是遇到一个最棘手的案例，经验丰富的倪晖和初出茅庐的悦悦都不知道该如何应付，周围的空气也凝固了。

不知道这样沉默了多长时间，悦悦先打破了僵局，她跟倪晖说："谢谢你。"

倪晖有些诧异："为什么要谢我？"

"谢谢你教我如何做一个好律师。"悦悦说，"有一天，我有了律师资格，遇到这样的案子，我知道该怎么做了。"

悦悦又说："也谢谢你请我吃饭，这么多好吃的东西，我很久没吃到了。"悦悦扫了眼大圆桌，大部分的菜只是被动了一筷子。

吃过饭后，他们走出锦江饭店的院门，准备打车离开时，悦悦望着树荫掩映下的街道，说："我们可不可以在这里走一走？"

倪晖当然说好，他没敢提的愿望，悦悦说了出来。

他们顺着茂名南路走下去，旁边有些量体裁衣的店铺，在一家做旗袍的店铺旁，悦悦停了下来。她从未穿过旗袍，凯茜有两件旗袍，一条长款的一条短款的，都是买的现成的，那次去新年 Party 穿的是那件长款的。凯茜动员悦悦也买一件，说她的身材和气质很适合旗袍，穿上一定很漂亮很风韵，是那种能撑得起旗袍的女人。悦悦只是听听而已，她觉得穿旗袍是受了不必要的束缚。站在茂名南路的那家店铺的橱窗边，悦悦第一次发现旗袍确实挺好看的，也恍然意识到，最婀娜多姿的旗袍，是要像这样先选好布料，请专门的裁缝细细地量好尺码后一点点地剪裁出来。悦悦往里张望了一下，有点动了做身旗袍的念头，只是明天就要走了，旗袍怕是赶不出来了。

倪晖看到女儿脸上闪过的一丝念想，就慈爱地问道："要不要做身旗袍？"

悦悦犹豫了一下，有些遗憾地说："算了。"

"那下次来上海时，带你来这里做旗袍，多做几件，不同的花色。"倪晖说。那一刻，他是一个娇宠女儿的老爸，愿意由着女儿乱花钱，他喜欢看到女儿买衣服做衣服时的欢喜，哪怕她一件都不穿，他也心甘情愿。

那是倪晖从未体验过的幸福，也许很久以前他曾有过，过去了太长的时间，他都不知道该如何去亲近了。可他又分明能感觉到那种幸福，像这午后的阳光，从树枝树叶间洒落下来，闪着温和的亮光，倾洒下来的是种细碎的温情，琐碎到可以嵌入他最细微的触觉和感受中。当他渐渐老去，经历了很多的起伏后，他不再只渴望名利上的成功，他可以把功成名就和这最简单最朴素的幸福放在一起，甚至可以让它们平起平坐。如果让他在这两者中做一个选择，他会觉得这个选择太艰难。倪晖陷入这个困顿中，他在想他会做怎样的选择，但他很快苦笑了一下，他都没有机会做这个选择，悦悦明天就要离开这里了。想到这儿，倪晖无法再想下去，他所有的心思意念和盼望在刹那间黯然地沉寂下去。

对于倪晖的建议，悦悦没有说行，也没有说不行。或许有一天，她还会突然出现在上海，或许她真的会让自己的亲生父亲陪着来这里做几身旗袍。悦悦的目光再一次在那些旗袍上扫过，绝望中的倪晖又看到了一些希望，黯淡下去的心情还没有峰回路转，但已浮现出几片温润的亮色。

他们又往前走了一段，好像是在往记忆深处走去。他们一起在这条街上走过的，这悠长的林荫道，在二十多年前也该是这个样子。街面不是那么宽，路上的车子不是那么多，繁华的深处，并不喧嚣，街上走着的人们也是安静的。茂密的树叶遮盖住了街道，斑斓的树影打在路上驶过的车子和两边行人的身上，所有的景象流动辉映着同样的色调。看不到时光的流逝，片段就成了永恒。倪晖想一直这样走下去，带着已经长大了的女儿慢慢走下去。是父女俩的闲逛，没有世事的纷扰，也是亲密的陪伴，在世事的纷扰下还能有的依靠。这只是倪晖的奢望，他知道现在的他更需要这样的陪伴。他想这样一直走下去，却永远开不了这个口，即使他没在悦悦的生活和生命中消失了这么多年，他都不一定能有这样的念想了。

倪晖不知道静静地走在他身边的悦悦也是动了感情的。

她记起了这条街，延伸在很深很远的地方，好像一直在等着她回来。她走在这里的时候，她忘掉了身边的这个男人已消失多年，他还是她的爸爸，她的亲爱的爸爸。她想起他带她来过这里，身边还有她的妈妈和外婆。爸爸拉着她的小手，她蹦蹦跳跳地往前走。有些走累了，爸爸弯下腰，抱起了她，把她稳稳地放到他的肩上。她一下子高出来许多，可以望见很远的地方，现在，她就从那个很远的地方回到了这里。悦悦是想在这条林荫道上多走走的，可倪晖停下了脚步，她也跟着停了下来。倪晖还是把悦悦陪他走了这段路理解为女儿的善良和懂事，他不能再占用女儿的时间了。

倪晖说："我送你回酒店吧。"

悦悦点了点头。

来这里时是律所的司机送他们过来的，倪晖可以自己开车，让司机来送他们只是不想留下纰漏。倪晖也应该让司机来接他们，可他不想再叫司机过来了。他想打辆车，出租车司机不会认识他们，跟他们没有任何牵连，他跟悦悦坐在车里就可以更放松一些，不用提防什么。这段路程并不远，他能跟女儿在一起的时间也就很有限，他不能再让任何纷扰挤进来。

他们很快打上一辆车，去酒店的路上，倪晖和悦悦并排坐在后面，几乎没说什么话。悦悦的思绪还在茂名南路上，倪晖是想再说些什么的，怕说得太多会给悦悦造成负担，甚至引起她的反感。吃饭时他已经说了太多的话，再说的话，很可能还是在重复一些东西。他想让悦悦记住些什么，也是怕自己忘掉了什么。坐在出租车里的倪晖没再说什么。

路上的车不少，但一直在流动中，几乎没有堵车和停留。走得太快了，这让倪晖有些失望，他想跟女儿多待些时间，哪怕什么话都不说，能看见女儿坐在自己身边，他就心满意足了。当他意识到这样的愿望也不可能实现时，他只能克制压抑住自己的情绪。他现在唯一能为女儿做的，就是按捺住自己的悲伤，让自己更安静一些，至少看起来是冷静的，他知道他的失态只会让女儿感到为难和尴尬。

车子到了酒店时，倪晖已经理智起来。悦悦下车前，他平静地跟她说："明天司机会来送你，祝你一路平安！"

悦悦说了声"谢谢"，朝他微微一笑，是很礼貌的一笑。

悦悦下了车，进了酒店的大门，穿过大堂往里走的时候，她听到有人在跟她说话，是赞恩的声音，她听见赞恩在说："我选择原谅和放下。"悦悦张望了一下，没有看到赞恩，可她分明听到赞恩在说这句话，而且是对她说的。她又想起了倪晖在那个案子中的退让，他本来可以赢更多，一个在乎名望的大牌律师是不能那样打官司的。

悦悦扭过头去，那辆出租车还停在大堂门口，倪晖不知道什么时候下了车，正在望着她，她看见那个睥睨自若的男人的脸上的迟疑和悲哀。他有些无助地站在那儿，不再挺拔，他甚至已经有些驼背了，悦悦记得他不是这个样子的。

悦悦转身朝门口走去，朝倪晖走去。她走近倪晖时，她还看见了他脸上的皱纹和他眼睛里的泪光。悦悦不自觉地伸出双手，轻轻拥抱住自己的父亲。松开手时，她望着倪晖的眼睛，用很清晰的中文说："爸爸，你多保重。"

第
九
章

　　悦悦回到纽约，生活又回到原来的轨道上。她还住在
原来的公寓里，还在那家律所上班，可她在回到纽约的第一
天，就感觉到生活已重塑轨道。

　　悦悦在工作中上了一个很大的台阶，这只是其中的一个
变化，也是大家都能看到的。更大的变化在她的内心深处，
没有人能看到，连她自己都看不到。她只是能听到一些断断
续续的声音，是从心里流淌出来的声音，也就不同于用嘴巴
和耳朵传递的具体的话语，更像是一种提醒，也是一种抚
慰。声音很微弱，只有她一个人能听到，确切地说，只有她
自己能感觉得到。这声音并不只出现在她安静的时候，在嘈
杂的人群中，她偶尔也能听到那些声音，在她的心里此起彼
伏。悦悦试图忽略掉那些别人看不到的变化，也做出了一些
努力。大部分时候她可以屏蔽掉那些来自远方的声音，不让
它们干扰到她的生活，可是那些声音从未完全消失过。悦悦
不知道她是无力抹掉那些声音，还是她并不想远离那些提醒

和抚慰。

那些微弱的声音在几个月后的某一天里突然强烈起来。那天，悦悦的老板肯尼又一次请悦悦去了他的办公室。悦悦还未坐下，从肯尼先生那张熠熠生辉的脸上，她已猜出肯尼要说什么了。果然不出所料，他们又接了一个跨中美的案子，这次是在广州，是两家公司的纠纷。具体的地点和诉讼环节对肯尼并不是最重要的，他在乎的是他们的业务版图在一点点地延伸到中国。

"杰西卡，这次我们还是决定派你去。还有一个好消息要告诉你，我们决定成立一个中国事务的部门。"肯尼说到这里稍稍停了下，定睛看着悦悦。悦悦还没有任何的反应，肯尼已经接着说下去："我们决定让你负责这个部门。"在说最后一句话时肯尼明显加重了语气，可他在悦悦的脸上并没有看到他所期望的，或者说他所认定的兴奋。悦悦过于平静了，平静到好像他刚才什么话都没说过。肯尼感到奇怪，他要确定杰西卡确实进了他的办公室，确实坐在他的面前，确实听到了他刚才说过的那番话。

悦悦确实听清楚了肯尼刚才说过的每一句话，那些话也确实在她心里激起了波澜，表面的平静下已是波涛汹涌。从上海回来后律所很快给了她一笔额外的几千块钱的奖励，她知道明年她的薪水的涨幅一定会比往年高很多，她也知道她会接更多的跨中美的案子。她的事业开始了真正的起步，风生水起，她占据了天时地利人和，很快就可以独当一面。她为此激动过，欢喜之中却总是掺杂着一些隐隐的不安和欠缺，还有一些难言的遗憾和按捺不住的期盼。这些情绪和情感变成了不同的声音，时不时地敲击着她的耳膜和心情。如同在她十二岁的时候到访的第一缕忧伤，没有来处，也没有去处，如此的轻柔，她却挥之不去。那些声音此伏彼起，像一层层波浪一点点地把她推向一个地方。此时此刻，坐在肯尼先生的办公室里，刚刚听完他宣布的那个计划，她正好被那些波浪推到了岸边。她深深地嘘了口气，感觉到脱胎换骨的轻松。

肯尼正想着他是不是应该重复一遍他刚才说过的那些话，至少得把重点再重复一遍，悦悦开口说道："谢谢您和律所给我这个机会，我也很感谢你们对我的信任，可我正想告诉您，我做了一个决定，我决定辞掉这份工作。"

肯尼错愕地看着杰西卡，他没有想到这次谈话会出现这样的反转。或许杰西卡想以此提出一些条件，为她的新的职务和薪水增加一些筹码，可这有悖于她一贯的做法。或许有其他的律所已向她许诺了什么，她决定跳到一个更好的平台上。肯尼迅速地盘算了一下，看看他还能附加上哪些优厚的条件，他相信他能找到解决的办法，留住杰西卡，第一步是要知道杰西卡想离开的原因。

"不知道你能不能告诉我你辞职的原因？"肯尼用委婉的语气直接问道。

"其实我很喜欢这里的工作，开展在中国的业务对我来说也很有吸引力。"悦悦诚恳地说，"但我不认为我现在可以很好地应对那些挑战，我想先停下工作，去学习一些新的东西，充实完善自己，我很有可能去中国待上一段时间。"悦悦现在真正理解了凯茜两年前的那个决定。

悦悦的语气是平稳沉静的，她看似是经过深思熟虑后做出的决定，肯尼还是认为这更有可能是年轻人一时的心血来潮，所以这是一个很容易被改变的决定。

"纽约这里什么都能学到，你用不着去中国，你可以在这里边工作边学习，可以申请法学院，我们可以为你付部分学费。"肯尼的语气明显轻松起来，"我听说中国人很谦虚，果然如此。其实你已经很优秀了，上海的那个案子你干得很漂亮，我很满意。"

悦悦微微一笑，没说什么。太长的故事，她无从开始，太多的心绪，让那一切更加纷繁。如果没有她的父母的帮助，那个案子会不会是另外的结果？如果她告诉肯尼她把她的母语忘得差不多了，肯尼很可能不会相信，会认为她的谦虚过了头。

悦悦的沉默，让肯尼想到了别的地方，他意识到他刚才说的话有些不妥，马上纠正道："你是美国人，我的意思是，你从中国来，会受到中国文化的影响，谦虚是优秀的品质。"

其实悦悦并没有计较这个，她说："我也是中国人，这是我为什么决定回去待上一段时间。我希望我能把我的母语，还有一些中国文化中的优秀品质捡拾回来。"悦悦的声调不高，语气却是坚决的。

肯尼这才意识到杰西卡是完全认真的，不一定经过了深思熟虑，但她是认真的。肯尼问道："你会在那待多久？"

悦悦说："我还不知道，可能一两年吧。"

"我尊重你的选择和决定。"肯尼停顿了一下，接着说道，"如果有一天你回到纽约，希望你还能回到我们这儿。"

悦悦感激地看着肯尼，如果有一天她决定回到这里，她期许着一个不同的自己，或者是一个更真实更完整的自己。

悦悦起身告辞时，肯尼说："你知道吗？我妈妈是从爱尔兰来的，十多岁的时候来的美国，她一直保留着她原来的国籍，还有很多爱尔兰的风俗习惯。"

"我猜你们家一定会过圣帕特里克节（Saint Patrick's

Day)。"悦悦说。

"是的。"肯尼说，"你可能不相信，我跟她去过爱尔兰，很多次，我们还在那儿庆祝过圣帕特里克节，我很喜欢听爱尔兰风笛。"

"你妈妈还住在布鲁克林吗？"悦悦问道。

"你怎么知道的？"肯尼好奇地看着悦悦，他不记得他跟悦悦提起过，他们以前从没聊起过私人的事情。

悦悦笑了笑："我只是猜的，我知道很多爱尔兰的移民住在布鲁克林，那也是他们在美国的第一站。我很喜欢那部电影，《布鲁克林》。"

悦悦跟妈妈一起去看的这部电影，田霄几乎从头哭到尾。从爱尔兰来到纽约布鲁克林的爱尔兰女孩 Eilis，为田霄串联起一段段场景，她自己的故事，就在那一段段场景中。她和 Eilis 的经历并不相同，可那些感受何等相似。在 Eilis 的故事里，她看到的是自己漂泊异乡的每一个瞬间，一样眼穿肠断几乎无法再忍下去的乡愁和思念，还有后来的独立坚强，那也是原来的她没有的坚强和自信。Eilis 的 Tony 让田霄想起了她的乔希，跟 Tony 一样，乔希也让她在异乡的土地上感觉到了幸福。乔希给了她一个家，她自己的家，他乡也就有了故乡的亲切和温暖。"This is where your life is." 这里又何曾不是她的安身之地？

田霄跟悦悦提起过，她很喜欢爱尔兰的肘风笛，风笛声宁静柔美，音域宽广辽阔，是那种很安宁的辽阔，可是当一个人思念着什么的时候，是不能听爱尔兰风笛的，那是可以让人心碎的声音。哀婉的低吟，倾诉着流离中和失去后的孤独寂寞。想起那部电影时，悦悦的心里回荡起爱尔兰的风笛声。悦悦还记得电影里的那首爱尔兰民谣，当那个背井离乡的老人唱起那支民谣时，站在一边的 Eilis 望着他，没有激烈的表情，眼泪是静静地流出来的。

悦悦突然想再看一遍《布鲁克林》，很强的冲动，还会有更深的感动。

肯尼望着悦悦，轻声说道："不是所有的爱尔兰人都是从纽约进入的美国，中国人也是从不同的地方踏上了这片土地，还有从其他国家来的人，从不同的地方来，好像有太多的不同。我想有些东西是相似的，他们会有一样的感受，一样的惆怅迷茫，一样的坚韧。每个移民都会有的感受，只是或多或少。就是在一个国家里，从一个地方去了另外一个地方，也会有一样的感受。当他们想起故乡时，很难无动于衷吧。他们在新的地方生根发芽，可他们跟远方的故土，总会有千丝万缕的牵系。他们早已属于这里，可他们终究是从那里来的。"

悦悦和肯尼心领神会地相视一笑。肯尼想到自己的母亲时，更多地理解了杰西卡的那个决定，也可以说，杰西卡让他更多地理解了他自己的母亲。

悦悦在收拾东西准备离开纽约时，收到了林英杰的一条微信，他们互加了微信后，赞恩第一次用"林英杰"这个名字给悦悦发的微信，很简单的一句话："想念纽约的秋天，你都好吧？"

悦悦回了一句话："辞掉了律所的工作，准备去中国待上一段时间。"

收到这条短信的那一天，林英杰又去了趟和平饭店。

林英杰对和平饭店原来并无兴趣，年轻人有很多可去的地方。那次是他的父亲林绍光约了他在这里见面，那也是赞恩跟父亲的最后一次见面。后来，他又带悦悦来过这里。

幸好那张桌子还空着，林英杰跟林绍光，还有悦悦来这里时，都是坐在这张桌子边。

林英杰坐下来点了饮料后，他又一次想起了自己的父亲林绍光。每一次见面，父亲都会有不小的变化，发现父亲的头上多了很多灰白头发后，林英杰才推算出他上次见到父亲已是四年前的事情。中间他们通过几次电话，见面却是四年后了。那时他还在上大三，父亲来美国，绕道纽约，约他见了一面。也是在饭馆一起吃了顿饭，跟可可和她父母的见面形式一样。

跟父亲有限的几次团聚中，林英杰记得最清楚的还是在和平饭店的那一次，不仅仅因为那是最后一次。那一次林绍光跟儿子说了很多的话，他之前跟林英杰说过的所有的话，可能都没那次多。也许他们之前说得太少了，也从来没有真正地聊过什么。

"我对不起你妈妈，也对不起你。"林绍光不想用这个做开场，还是用了这句话做开场。

停顿了片刻，林绍光继续说下去："我一直爱着黄媛，在我以为我跟黄媛没有可能时，我娶了你妈妈。"林英杰已经二十多岁了，作为父亲，林绍光觉得是时候把他父母的故事完整地告诉他。林绍光不确定林英杰的妈妈姚莉有没有跟他说起过这些事情，如果说起过，林绍光相信姚莉为他说的都是好话，但姚莉肯定会忽略掉一些东西，他应该把那些姚莉忽略掉或者并不知道的事情也告诉林英杰。

黄媛是林绍光在美国的生意合伙人的女儿，从小在美国长大，中文说得很好，但做派是美国式的，她完全不同于林绍光以前遇到的女人。那是上个世纪八十年代，有了不少时髦洋气的女人，但那时候的时髦是跟别人学来的，黄媛的洋气是骨子里的，是自然而然带出来的，有着最直接的冲击力和感染力。她的五官并不是那么精致，算得上漂亮，但并不出众，不加雕琢地搭配到一起，竟然可以凝聚出更加强大的冲击力和感染力，那是完全绽放出来的美丽。笑起来也是无遮无掩的，林绍光从来没见过女孩子这样笑过，简直太随心所欲了。见到黄媛之前，林绍光完全没有料想到他会迷上这样的笑这样的女人，还可以那么快地深陷其中，并且难以自拔。

林绍光是因为家族的渊源跟黄媛的父亲建立了联系，初进生意场就有了海外的资源，如虎添翼。见到黄媛，他有了更大的动力和更强的获得成功的愿望，更加踌躇满志志在必得，加上他的聪明和努力，他的起步无往不利势不可挡。

可林绍光很快得知黄媛已经订婚，正在准备她的婚礼。黄媛对林绍光非常热情大方，这是她一贯的做派，也是她的心情使然。沉浸在幸福中的人常常会喜形于色，让见到她的人也能感觉到幸福。黄媛那时候的幸福跟林绍光无关，她也不知道她的幸福之处是另外一个人的伤心之地。

黄媛嫁给了另外一个男人，林绍光倒没有停下跟她父亲的合作，他们在生意上已密不可分。林绍光也没有就此灰心丧气一蹶不振，发展的时机和势头也让他欲罢不能。为生意上的事情他时不时去趟美国，每次去美国，他会找些理由去趟黄媛的父母家，偶尔会碰上黄媛。林绍光还在爱着黄媛，还是放不下她，但他并没有别的奢望，只求能多见上她一面。只是结了婚的黄媛不经常回父母家，虽然他们都住在马里兰的南部。

在林绍光几乎没有机会见到黄媛时，他竟然在公司的全体大会上见到了黄嫒。他坐在台上讲话，看到了坐在台下的黄嫒，黄嫒正聚精会神地听他讲话。林绍光听到了他自己的心跳声，刚才还滔滔不绝的声音却没有了。他忘了自己讲到了哪里，定睛望着台下的黄嫒，仔细一看，那不是黄嫒，只是眉眼跟黄嫒长得太像了。

林绍光的公司在不断发展壮大，当时已有了近千人的员工，很多员工他并不认识。那个跟黄嫒长得很像的女孩叫姚莉，刚被招进来，在人事部管管档案做些杂事。

林绍光把姚莉调进了总经理办公室。姚莉的学历不高，只是中专毕业，但她很好学，正在读函授的大专，人也聪明伶俐，脾气又好，善解人意，很快成了林绍光的得力助手。

一年以后，姚莉在公司里的位置又发生了一次变化，她成了总经理林绍光的太太。嫁给了林总的姚莉并没有变得盛气凌人，她还跟以前一样心慈面软一团和气。

婚后第二年，姚莉生下了林英杰，在外人眼里这是个美满的三口之家。如果黄嫒的第一次婚姻没有出问题，他们有可能一直保持住他们在外人眼里的幸福，这样的幸福也深深根植在姚莉的心里。

当林绍光听到黄嫒离了婚时，他才意识到姚莉和黄嫒只是五官上长得像，气质和天性上完全不同，他对她们两个人的感觉和感情，也是完全不同的。

讲到这里，林绍光歉疚地看了眼林英杰，姚莉毕竟是林英杰的妈妈。林绍光从来不认为姚莉不好，相反，姚莉是个好女人，只是他从未爱上过她。这些事情在林英杰面前有些难以启口，不管怎么说，这对林英杰是一种伤害。

林英杰的脸上没起什么变化，心里也没有太多的波澜。这段故事发生在很久以前，早就是一个无法更改的事实。

林绍光决定继续说下去，还突然冒出了那样的念头，这场父子间的对话，是否可以成为两个男人间的交谈。想到这种可能性，林绍光的心情轻松了一些。

"正好我那时候申请到了投资移民，三个月内必须到美国激活绿卡。"林绍光说了下去，语气轻缓了一些，"我按原计划带着你和你妈妈去了美国，只是到了美国后我们就分开了。我托付我在美国的手下老陈照顾你们母子，你叫他陈叔叔。我后来去美国时，多半会跟黄媛在一起。"

林绍光没跟林英杰提及他跟黄媛是怎么走到一起的，林英杰也没有打探。林绍光不太好意思跟儿子聊那些细节，当年他还是费了些苦心，最终打动了黄媛，他们走到了一起。黄媛的父母也没有反对，林绍光年轻有为前途远大，最重要的是，他们能看出林绍光很爱黄媛，他们对林绍光也知根知底，两家还是世交，他们没有反对的理由，只是嘱咐林绍光解决好他之前的婚姻遗留下来的问题。

林绍光提到了老陈，让林英杰再次想起了陈叔叔。那一年他八岁，跟父母一起去的美国。他们飞到纽约，没再转机，陈叔叔来接的他们。他叫陈鑫，林绍光叫他老陈，姚莉随林绍光也叫他老陈。他并不老，跟林绍光差不多大，当时都是三四十岁。

林英杰跟妈妈上了陈叔叔的车，林绍光没上车，他拍了拍林英杰的脑袋，让他听妈妈的话。林英杰都没跟林绍光道别，他不知道那是他跟父亲的离别，从那个时候开始，他的父亲悄然离场，离开了他和他妈妈的生活。

林绍光让陈鑫把姚莉母子送到弗吉尼亚北部的 Mclean，他已在那儿买好了房子。那里的学区在全美国名列前茅，他为自己的儿子提供了最好的教育条件。林绍光嘱咐姚莉照顾好他们的儿子，也照顾好自己。他说他投资的工程正在上马，他会很忙，得住在离他们的投资项目很近的地方，节省些路上的时间。

陈鑫开了四个多小时的车，把姚莉母子送到了 Mclean。林绍光开着从机场租来的车去了马里兰的 Rockville，他在这租了套公寓，离他投资的工程的工地很近，离黄媛住的地方也很近。林绍光的这个项目又是跟黄媛的父亲合作的。

林英杰跟妈妈初到美国的那几年里，陈叔叔是他的生活中出现得最多的那个男人，他的父亲林绍光反倒极少出现。对于父亲的缺席，林英杰并不觉得这有什么不正常，他妈妈来美国后结交的几个朋友，都是独自照看孩子的中国妈妈。他跟那些孩子也常在一起玩，他们的父亲都还在中国，有时会来美国跟家人团聚下，但他们那帮孩子每年能跟父亲生活在一起的日子都是有限的。年少时的林英杰以为这就是生活的常态，虽然他也能感觉到遗憾和欠缺。他特别喜欢陈叔叔来他们家，陈叔叔让林英杰觉得他比其他孩子幸运，有个成年男人时常出现在他的生活中。对成长中的孩子，特别是男孩子来说，一个成熟的男人是可以上天入地的，也可以引领他们上天入地。

身材并不高大的陈鑫在林英杰的眼里始终是高大的。他好像什么都知道，什么都会，家里出了什么问题他都能帮着解决。他还在他们家的后院建了个游乐场。Mclean 独门独院的房子一般有很大的后院，有足够的空间搭建出各种游乐设施。林英杰家的游乐场是那帮孩子最喜欢去的地方。林英杰理所当然地成了孩子王，不光是占了个游乐场，陈叔叔还教了他不少本事，还帮他挥洒出了他天生自带的浩然之气，一帮孩子自然对他心服口服。

姚莉在自己的情感世界里常常犯糊涂，对儿子的培养却非常的清醒理智，她绝对不愿意林英杰长成个巨婴。在中国时家里有保姆，姚莉还是在儿子四五岁时就开始让他在家里做些家务。到了美国后，家里没有了帮手，也不是件坏事，反倒有更多的家务留给了林英杰。随着年龄的增长，林英杰可以独自应付的事情越来越多。

在一个父亲鲜少出现的家庭里，姚莉最怕儿子少了男子气。她有意让儿子多参加些男孩子的活动，男生的童子军每年都没落下，她也鼓励儿子尝试各种男孩子喜欢玩的运动项目，她从未像身边有的中国妈妈那样担心儿子在一些比较激烈的运动中伤了哪里。长长的暑假里她会把儿子带回中国，一是为了让儿子多感受下中国文化，二是为了陪陪自己的父母。还有一个很重要的原因，姚莉的父母住的那个大院里，有不少跟林英杰差不多大的男孩。姚莉用了各种办法创造机会，让儿子跟那帮男孩整天腻在一起，没跟中国脱了节，还混出了更多的阳刚之气。

甭管是在美国还是在中国，林英杰没少跟男孩子玩，但那些都是他的同龄人，在林英杰的成长中，他还需要一个成年男人的引领。那个引领了林英杰的成年男人不是他的父亲林绍光，而是他的陈叔叔。只为这一点，姚莉就对陈鑫感激不尽。陈鑫不只帮她照顾培养了她的儿子，他还帮了她很多。

初到美国英语又不行的姚莉，做什么事都不容易。出门办事需要有人帮忙，家里也是没完没了的事。守着一个大房子，也是守了一堆的杂事。房子的哪个地方出了问题，她就更难以应付了。在国内时家里有什么事情就找物业的人，这里不能指望这个。倒是有很多的维修公司，打开厚厚的黄页，修什么的都能找到。姚莉从来没敢试过，人家说的是英语，她的那点英语肯定不够用。后来她积攒下几个做维修的中国人的联系方式，渐渐长大了的林英杰也越来越能帮上忙，刚来的那几年，方方面面的事情全靠了陈鑫。不是很大的问题，陈鑫就亲自解决了。美国的人工贵，人工又少，找人来修还要等人家的时间，有时候要等上几天，甚至更长的时间，只有老陈是那个随叫随到的人。

比这些能看得见的具体的事情更重要的是，陈鑫给了姚莉精神上的依靠，虽然她从未真正意识到这一点。她带着儿子在异国他乡开始完全不同的生活时，她的内心是孤独无助的，她还敢一步步地走下去，是因为有陈鑫在托着她拉着她，让她心里有了底气。过去了很多年，姚莉还记得陈鑫当初跟她说的话，你对这里会越来越熟悉，孩子也越来越大了，你会觉得越来越踏实，我们都是这样过来的，一年会比一年好。

陈鑫在开始时对姚莉母子的帮助，完全出于对林绍光的报答。他在美国的前几年里很不顺，为来美国借的钱根本还不上，在这里还欠了更多的钱。他在国内的妻子也跟了别人，他彻底成了孤魂野鬼。是林绍光给了他机会，帮他在美国站稳了脚跟。他很感激林绍光，林绍光托付他做的事情，他自然是竭尽全力尽心图报。

日子长了，陈鑫对姚莉有了感情。他当然不会打恩人之妻的主意，只是在他知道了林绍光跟黄媛的事情，他知道他跟姚莉还是有可能的。林绍光从不在陈鑫这儿隐瞒他跟黄媛的感情，陈鑫也见过黄媛，还吃过一次黄媛做的饭，从烤箱里烤出来的美国口味。黄媛在她父母的督促培养下倒没耽误了中文的学习，但吃东西的口味是美国式的。对陈鑫来说，黄媛做的饭比姚莉做的差太多。

林绍光是东北人，从没在东北生活过的姚莉会做一手地道的东北菜。这里的中国超市里什么中国作料配料都有，只要有心去做，中国哪个地区的菜都有可能捣饬出来。姚莉做的东北乱炖、酸菜炖粉条、小鸡炖蘑菇、猪肉炖粉条、锅包肉、地三鲜……都是地地道道的东北味。陈鑫也是东北人，这就是让他想念了许久怎么也忘不掉的家的味道。陈鑫不理解林绍光的选择，虽说黄媛也不错，陈鑫还是觉得温柔贤惠的姚莉更好。

姚莉常为陈鑫做点吃的，是感激他对他们母子的帮助。她也找不出别的方式感谢陈鑫，看陈鑫这么喜欢吃她做的饭，每次陈鑫帮她做了什么事，她就做顿饭回报下陈鑫。

林绍光也想起了陈鑫，他跟林英杰感慨道："我曾以为你妈妈能跟你陈叔叔走到一起呢。"

林英杰一愣，他也冒出过这样的想法，但那是少年人很懵懂的念头，不是多认真，他没想到他的父亲也有过这样的念想，肯定还是认真的。

"你陈叔叔喜欢你妈妈，我对老陈也放心。"林绍光笑了笑，"我不反对他俩好，为这事我还撺掇过老陈呢。"

可姚莉是不可能跟陈鑫好的，她对林绍光的爱是死心塌地的。知道林绍光有了另外一个女人后，她还是死心塌地地爱着他。她的心里没有空地儿了，另外一个男人再好，也挤不进来。

林绍光又说："后来老陈辞掉了我给他的那份工作，他跟我说他想离开，我就知道他跟你妈妈没有可能了。他大概在你妈妈那儿捅破了窗户纸，你妈妈没答应。"

林英杰这才知道陈叔叔为什么会从他们的生活中突然消失了。

陈鑫并没打算那天捅破那层窗户纸，那天他只是去给姚莉送茴香菜苗。姚莉以前念叨过，中国超市里能买到大部分她想要的东西，就是从没见到过她最想买的茴香。好吃不过饺子，最好吃的饺子还是茴香馅的。

陈鑫有次去花种菜种店，偶然发现了茴香种子。他买了个花盆，试着种上，过了差不多十天，竟然发芽了。他出了趟门，回来看到茴香苗已长出了几寸，可以移进院子里了。兴奋不已的陈鑫没给姚莉打个电话，直接开车去了姚莉家。

姚莉不在家。陈鑫不想把茴香苗留在门口，他得帮姚莉种上。陈鑫想着给姚莉打个电话，问她什么时候回来，正巧看到姚莉的车朝这边驶来。

姚莉刚去了健身俱乐部。她自己是不会想着去这种地方的，林英杰的一个同学邀请他去那里游泳，儿子喜欢上了那里，姚莉想着给儿子也申请个会员，这样小杰可常去那儿游泳。可俱乐部有个规定，十四岁以下的孩子不能单独成为会员，必须有个家长同时申请，姚莉只好为自己也申请了个会员。她纯粹是为儿子申请的会员，自己没打算去那里干其他的事情。俱乐部挺认真，对她还有个培训。人家说了些什么，她基本上没听懂。幸好林英杰跟她一起去的，他告诉妈妈这里有几十个不同种类的健身课，作为会员可以随便去上，不用另外交钱。林英杰帮妈妈先选了个尊巴（Zumba），差不多每天都有，可以挑自己方便的时间去。听不懂教练说什么也不要紧，只要跟着大家比划就行了。

姚莉于是去试了堂尊巴，一下子迷上了这种混合了桑巴、恰恰、探戈等南美舞蹈的健身舞。每堂课有一个小时，台上有个领舞的健身教练，台下一般有二十多个人，不同的人种，什么年龄段的都有，自己可以掌控幅度，老中青都可以跳，跳出来的水平自然参差不齐。

姚莉每次都跳得酣畅淋漓。这里谁都不认识她，她不再顾忌什么，完全放开了手脚，在奔放舒展的音乐声中尽情释放着自己。姚莉的乐感很好，动作很轻盈，又跳出了热情，完全沉浸其中才能激发出的热情。她的舞姿和动作也就有了强烈的感染力，很快就受到教练的青睐，几乎每次都会把姚莉请到台上一起跳一段，给大家做个示范，也调高了气氛。姚莉开始时还有些忸怩，后来只要教练一朝她招手，她就大大方方上去了。跳到兴致最高的时候，台下的舞伴们会兴奋地向她尖叫，为她打气。姚莉从来没有这么疯狂过，也从来没有如此迷人。

姚莉没跟任何人说起过她常去跳尊巴，那是她独享的秘密。她只去白天的尊巴，趁儿子小杰去学校上学，她能找出这样的空当。有时还可以捎带着买买菜，做些其他的事情。

那天跳完尊巴，姚莉没换衣服就开车回家。反正很快就到家了，汽车开进车库，邻居也看不到她穿了什么。快到家时，她看到了站在她家门口的陈鑫，后悔刚才没在俱乐部换上她平时穿的衣服。离得太近了，陈鑫显然看到了她的车，她不好调转车头离开了。

看到姚莉回来了，陈鑫很是欢喜。姚莉从车上下来，陈鑫脸上的笑凝固了，脸红了起来，眼睛也不知该往哪儿看。

姚莉穿了件运动背心和一条紧身的五分裤。不少女人在健身房里是这身打扮，这种行头也很适合跳尊巴，跳起尊巴来少了很多束缚。姚莉也悄悄置办了一些这样的行头，但她只敢在健身房里穿。

这身打扮把姚莉的好身材好肤色完全暴露出来。饱满的胸部，纤细的腰身，修长的双腿，她天生的底子就好，加上这段时间一直在跳尊巴，把她的身材打磨得更加精致。刚才还沉浸在尊巴里的姚莉，脸上泛着红润的光芒，露在外面的身体却是白皙的，柔和光滑。

姚莉平时从来不穿这么紧身暴露的衣服，她小心翼翼地遮掩住自己的性感。这会儿以这么一身衣服出现在陈鑫面前，姚莉觉得无地自容。她匆匆开了门，奔向门口的衣帽间，想找件衣服套在外面。姚莉转身去找衣服时，后背又露了出来。后面有很大一部分是镂空的，露出了紧致柔美的后腰。

姚莉出门前把有些衣服放进了洗衣机，衣帽间里只剩下儿子的一件夹克。好在小杰的个头长了起来，夹克还不是太小，姚莉只好抓来儿子的夹克穿在了自己身上。

姚莉和陈鑫都努力掩饰着自己的窘态。陈鑫赶紧把那盆茴香苗捧到了姚莉的面前，慌乱地说："你不是想吃茴香馅的饺子吗？"

姚莉并不是自己想念茴香的味道，是林绍光跟她说过，好久没吃上茴香馅的饺子了。姚莉知道那是林绍光的最爱。

姚莉在弗吉尼亚的 Mclean 住下没多久，就从一个刚认识的朋友那儿知道了马里兰的 Rockville 离 Mclean 并不远，不堵车的话，半个多小时就到了。姚莉知道了这点后，并没怪林绍光没跟她和儿子住在一起，每次林绍光来看他们，她从来不问林绍光在路上花了多长时间。当她隐隐约约地感觉到林绍光是跟另外一个女人生活在一起时，她也没问什么，甚至没去多想。她想得最多的，是林绍光离他们这么近，哪天说过来就过来了，她怕林绍光到家时，她来不及给他做好饭，特别是他爱吃的包子饺子，一时半会儿是做不出来的。林绍光在上海上的大学，公司也是在上海成立的，但他还是爱吃东北菜和北方的面食，到了美国后，很难享上这个口福。

头几年里，因为绿卡身份要求他每年在美国待上足够长的时间，他也想多陪陪黄媛，林绍光常在美国待着。有时他会过来看下姚莉母子，特别是想见下自己的儿子小杰，可每次待的时间都很短。

第一次来看他们时，姚莉正好给儿子包了水饺，林绍光跟着吃了不少，说好久没吃得这么香这么过瘾了。从那以后，姚莉就常包些包子饺子，还买了菲利普的面条机，或者自己动手擀些面条面叶。有几次真让姚莉碰上了，过来停一下的林绍光吃上了现成的美食，大部分时候这些东西进了别人的肚子。开始时林英杰还能吃掉不少，后来他开始吃各种美国饭和其他口味的东西，包子饺子就吃得少了。姚莉本来就不是那么好这一口，她常把做好的包子饺子送给陈鑫。对陈鑫来说，这又不仅仅是些包子饺子了，他以为姚莉对他也有了特殊的感情。

姚莉坚持着这个习惯，还努力调出更能让林绍光吃得开心的味道。唯一的遗憾，就是找不到茴香，林绍光念叨过几次在美国吃不上茴香饺子。美国超市里的莳萝（Dill）跟茴香很相似，但还是差了那么一点点味道，姚莉给林绍光做的饭都是完美的，由不得一点点糊弄。姚莉到处找茴香，中国的茴香，也跟陈鑫打探过，哪儿能买到茴香。

陈鑫终于为姚莉找到了茴香。

姚莉欣喜地从陈鑫手里接过茴香苗，这就是她一直在找的茴香。青翠的绿色，让她想起了故乡的那些小山坡，一片片的青翠。陈鑫看着姚莉满脸的喜悦，自己的心里也溢满了喜悦，蜜汁一样的喜悦。陈鑫突然想跟姚莉说些什么，把憋了很久的话说出来。

　　"有些话，一直想跟你说，想等一个合适的时候跟你说……怎么说呢，你觉得我们俩合适吗……你也知道了，林总跟另外一个女人的事儿，你们刚办了离婚，我现在也单着……我喜欢你，我们有没有可能……"陈鑫语无伦次地说着，脸涨得比姚莉的还红。

　　捧着茴香苗的姚莉呆在那儿，一时没回过神儿来，陈鑫怎么从茴香苗扯到了这种事上？陈鑫心里也嘀咕了下，他是怎么从茴香扯到这件事上的？

　　这下姚莉脸上的红晕完全散开了，脸涨得跟陈鑫的一样红，还不是因为羞涩，她是急得满脸通红。

　　姚莉急急地解释起来："绍光是在乎我的，他跟那个女人的父亲一起做生意，有些事推不掉，不能驳了人家的面子。要不他怎么拖了那么久才跟我离婚，离了婚他不是还来看我们？他一分钱没少出过，还一直托付你照顾我们，我知道他心里放不下我们。我等他，等他回来，他会回来的，我不可能做对不起他的事情。"

　　陈鑫怎么也没想到姚莉会这样想。林绍光开始时没跟姚莉离婚，是为了她和小杰在美国的身份。等到一切都安排妥当，他立马就办了离婚手续。而且他在跟姚莉离婚前，早就跟黄媛住在了一起。他在物质上从来没亏待过姚莉，是觉得对不起姚莉，更是怕在生活上亏欠了儿子。他有时还出现在这里，是回来看儿子的。林绍光心里放不下的是他的儿子，他根本没爱过姚莉，他对一个女人的爱情，完完全全给了黄媛。

可这些大实话是不能说出来的，说出来对姚莉太残忍。陈鑫不想去伤害他爱着的女人，他不能伤了姚莉的心，他不忍心看她伤心难过。

陈鑫只能说："你可以过得更好，我想让你过得更好。你看你喜欢画画，你画的那些画，我挂在家里，谁看了都说好。你接着画接着做你喜欢做的事，我可以带着小杰给你做画框。"

姚莉上过几个绘画班。老师是个中国人，学员是几个中国妈妈，都是姚莉在这里交到的朋友。大家约了去学画画，也是一种消遣，每次去上课，更多的时间花在了聊天上。姚莉倒是学得很认真，小杰有段时间迷上了画画，姚莉就想着多学点画画的本事，也能帮儿子出出主意打打下手。姚莉很有绘画天赋，没多久，老师就看出了姚莉的与众不同，鼓励她继续走下去，老师说姚莉可以成为一个很好的画家。姚莉没当回事，不过她确实喜欢画画，小杰后来有了其他的爱好，姚莉还时不时画点什么。她最喜欢画水彩画，画里的世界总是五彩缤纷气象万千，她的画要比她的生活绚丽得多，可她从没想到去过另外一种生活。

姚莉小声跟陈鑫说："我已经过得很好了，不需要更好了。"

陈鑫又说："小杰喜欢我，我也喜欢他，我会好好待他，我可以做个好父亲。"

姚莉马上说："小杰有父亲。"

说到这，姚莉有些紧张地看着陈鑫，问道："你没告诉小杰我跟他爸办了离婚吧？"

陈鑫摇了摇头。

姚莉轻嘘了口气。"这就好，孩子还小，我不想让他知道这些事。万一哪天绍光跟我复婚了，又得跟小杰解释。"

陈鑫又摇了摇头，心灰意冷。他说："你放心，我不会跟他说的。"

陈鑫想他该走了，临走前，他想帮姚莉把茴香苗种上。

"你现在有空吗？我们可以把茴香种上。"陈鑫说。

姚莉觉得这会儿跟陈鑫做什么事都有些尴尬，她说："我先忙点别的，过后再种茴香，我没问题的。"

陈鑫没再坚持，只是嘱咐道："种之前别忘了松松土，再浇点水，这样茴香才好成活。"

姚莉点了点头。

陈鑫说了声"那我走了"，朝门口走去。他听到身后的姚莉对他说："等茴香长好了，我给你包茴香饺子。"

陈鑫没有说好，也没有转身。

想到老陈和姚莉没走到一起，林绍光又感慨了一句："我想补偿你妈妈，反倒害了她。我要是让她彻底断了念想，她跟你陈叔叔还是挺合适的。"

林英杰没想过他妈妈跟陈叔叔是否合适，但他知道他妈妈跟陈叔叔在一起时是开心的，陈叔叔是开心的，他也是开心的。他们在 Mclean 的那个房子里留下很多美好的回忆，这些回忆大多跟陈叔叔有关，可惜有很多东西带不走，留给了房子的下一个主人，或者当垃圾扔掉了。

"您还记得我们离开 Mclean 要去新泽西时，您去看过我们吗？"林英杰问林绍光。

那次见面林绍光还记得。当时他决定彻底搬回中国，不再两边跑了，黄媛也愿意跟他去中国。林英杰正好小学毕业，要去新泽西的一个私校读中学。在 Mclean 的大房子很难找到租房的人，房子没人住，会很快衰败下去，林绍光打算把房子卖了。卖房前，他来看过房子，也是跟姚莉母子最后一次在 Mclean 见面。姚莉把房子收拾得差不多了，林绍光很满意，但还是看见一些小的废旧物品莫名其妙地待在不同的地方，房子快空了，这些东西就更是扎眼。林绍光边在房子里转悠，边随手扔掉了它们。

"您还记得您扔掉了一个可乐瓶子，还有一个给小鸟搭的小房子？"林英杰又说，"那些东西都是个纪念，陈叔叔教我用那个可乐瓶子做过化学实验。我上了 AAP 快班，作业的要求就高些，有次老师让我们做个气体浮动的实验，妈妈和我都不知道怎么做。幸好陈叔叔过来，找到个可口可乐的塑料瓶，在瓶盖上用钉子钉了个眼，然后把做饭用的醋和小苏打放进瓶子，盖上带眼的瓶盖，放进水里，瓶子就在水里游了起来。我觉得好神奇，一直留着那个可乐瓶子，妈妈也没扔了它。那个小鸟屋是我的第一个木工作品。我参加的童子军每个月会让我们去次 Home Depot，在那里用大小木头搭些东西。每次都是陈叔叔陪我去，那个鸟屋是他带着我敲打出来的。"

林绍光记不清他在那里扔掉了什么，有没有扔过东西他都记不清了，但他还记得林英杰那一次问起了陈鑫。

林英杰看着父亲扔掉了那个可乐瓶子，开口问道："陈叔叔去哪儿了？"

"去了乔治亚，听说刚结了婚，还自己开了家东北饭馆，应该过得还不错吧。"林绍光随口说道。

姚莉一动不动地站在那儿，看着林绍光把那些没有理由留下的东西一件件地扔掉。她又望向窗外，可以看见她种下的那些茴香。陈鑫给她的小苗，长成后结出了种子，几株小苗繁衍成一片茂盛的茴香。茴香原来这么容易成活，在异乡的土地上扎下根，可以成片成片地长起来。不像她，来了美国好几年，还是一叶浮萍，不知道会飘向哪里。她也有过机会，可以在这里开始新的生活，同样是种子，也有水和土壤，她的种子却没有发出芽来。

姚莉包过几次茴香饺子，林绍光没来吃过，陈鑫也没吃上。送茴香苗那次是姚莉最后一次见到陈鑫。陈鑫离开弗吉尼亚的时候都没来跟姚莉道别，怕两个人都尴尬，也怕控制不住自己的感情和行为。

姚莉并没有爱上陈鑫，可每次想起陈鑫，她心里都会隐隐作痛。

有些早熟的林英杰知道陈叔叔再也不会出现在他们的生活中，他跟林绍光说："爸爸你放心，我会照顾好妈妈。"

林绍光停下扔东西，笑道："这孩子，没大没小，你别给你妈妈添乱我就谢天谢地了。"

林英杰又说："我不是小孩子了，我会照顾好妈妈。"

林绍光定睛看了眼林英杰，儿子已经长得跟他差不多一般高了。他搬回中国后，他们见面的机会会更少，这次分别后，下一次的见面还遥遥无期，他除了能给他们钱，还能给他们什么？这个见不到男主人的家，可能真的要靠这个还未成年的儿子来支撑。林绍光用力拍了下儿子的肩膀，轻轻叹了口气。

姚莉背过身去，眼泪流了出来。林绍光看见姚莉的肩膀在抽动，知道她在哭泣。他想去安慰下姚莉，迟疑一下，还是没有走过去。

林绍光后来一直为这事后悔，他当时应该去安慰下哭泣中的姚莉。

　　十多年后，在上海的和平饭店，心情黯然的林绍光跟儿子说："我对不起你妈妈。"

　　林绍光又说："以后你决定跟谁结婚，别犯你爸的错误。"

　　林英杰笑了笑，他还年轻，在结婚这件事上还没想太多。唯一一个让他想到过结婚的女人是可可，他没跟可可结婚，或多或少跟他的父母有关。在单亲家庭长大的林英杰并不惧怕婚姻，他只是更慎重一些，他不想让父母的悲剧在自己身上重演。他冒出过跟可可结婚的念头，但最终放弃了。那时候他已清楚地知道，他跟可可是无法长久的，他跟可可结婚，不光是对他自己不负责任，也是对可可不负责任。

　　"我也对不起你。"在已经长大成人的儿子面前，林绍光艰难地说出这句话，又很郑重地说："请你原谅我。"林绍光说这两句话时一直望着林英杰，眼睛里有一个父亲的慈爱，也有一个父亲的歉疚。

　　"我从来没有怪罪过您。"林英杰也望着自己的父亲，目光清澈。

　　林绍光犹疑地望着儿子，似乎不太确定林英杰刚才说了什么。

　　林英杰淡然一笑，平静地说："有些事情很难用对错去评判，特别是感情上的事情。而且，人这辈子很难不犯错，只要别重复同样的错误，别一犯再犯。您做了很多努力，弥补那个过错。被伤害到的另一方，也就不该用别人的错误一再惩罚自己。我一直希望我妈妈能走出来，走出来不容易，但你总要给自己机会，学着放下，努力走出来。我更愿意看到积极的一面，朝好的方向努力。"

林英杰长大以后才明白，妈妈不是在等爸爸回心转意，她始终就不认为他们已劳燕分飞，即使他们离了婚，离婚好多年了，她还是放不下。可可也是放不下那些已经过去了很久的事情，始终不肯原谅她妈妈，也就是不肯跟自己和解。可可不断重复那些伤害，让昨天的伤害继续伤害她的今天和明天。他曾想帮可可走出来，最终不得不放弃。只有她自己可以停止那种伤害，她不去做，谁都帮不了她。林英杰清楚地知道这一点，他选择了另外一种方式另外一条道路。

林英杰看着心存忧虑和愧疚的父亲，很肯定地说："我不会去背那个重担，我想活得更轻松一些，我为什么要跟自己过不去呢？"

林绍光深深地舒了口气，欣慰地说："你能这样想，我就放心了。"

儿子就在他不知不觉中完全长大了，可能不再需要他的帮助，可林绍光还是想帮儿子做些什么。儿子的事业还在起步阶段，他已干了几十年，怎么也能帮上些什么，这样他也心安了。

"你有些什么打算？"林绍光问林英杰。

"您是说具体要做的事情还是更长远的目标？"林英杰问道。

林绍光怔愣了下，他本来只是想问问儿子眼前的打算，没有想到林英杰还有长远的目标，他二十多岁的时候是不是也往更远的地方想过呢？

"那你的长远目标是什么？"林绍光问道。

"希望有一天，我可以很确定地说，我终于活成了我想要的样子。"林英杰说。

林绍光追问道："你想活成什么样子？"

"做我喜欢做的事情，做我能做好的事情，自己开心，也能造福于别人。从年轻的时候就开始这样做，并且一直坚持下去。不跟过去纠缠，不为明天担忧，不随波逐流，不好高骛远，心有定力，心无旁骛，就做我自己，就要上帝给我的样子，尽我最大的努力做好我自己，做完我该做的事情。如果几十年里我都能做到这些，我就会看到我想要的样子，这也是我的长远目标。"

林绍光又怔愣了下，儿子的长远目标不是挣多少钱、建立多大的产业，跟功名利禄没有直接的关系，可这何尝不是一个更高更远的目标？后生可畏，林绍光对自己的儿子肃然起敬，自己也幡然明白了什么。他喜不自胜地看着林英杰，赞赏道："你说得很对，我现在才明白，人生最大的成功，就是你可以做你自己，活出你本来就有的样子。"

林英杰轻耸了下肩膀，沉静地坐在那儿，没像父亲那样表现得那么激动，但他突然坐直了身体，心里有了一个他几年前没有给出的答案。那时候，可可跟他还在一起，可可问过他："你知道我原来是什么样子的？"

他当时跟可可说："不知道，你原来是什么样子的？"

可可说："我也不知道，我不记得我原来的样子，也忘了我想长成什么样子，我只知道我妈妈想让我长成什么样，我长成了我妈妈想看到的样子。"

林英杰好像看见了可可原来的样子，是个伶俐可爱的女孩，给人的第一印象并不是那么出众，还有些羞涩，却有着自己独一无二的味道。可可的目的性不是那么强，心思也不是那么缜密，她的粗心和淡然会让她误掉些事情和机会，但她有很多奇思妙想，只要她坚持做下去，也很有可能成就些事情，也可以给一些人好的影响。如果她自己能做到的话，她大概也愿意成为那种灯塔式的精英人物。

他们最终无法走到一起，是否是因为可可已无力做回她原来的样子？她最渴望得到的爱情，也无法帮她做回她自己了。

林绍光又说："我喜欢你现在的样子，你把两种文化很自然地融合到了一起，不像我，去了美国，有个融入的问题。我在美国待了几年，中间常回中国，最后还是决定完全搬回来。美国的生活我过不惯，你跟我不同，你在两边都能过得不错，回来还是不回来，你也没怎么纠结。我像你这么大的时候开始经商，可我没有你的眼界，你站得比我高，看到了更远的地方，也更知道自己想要什么。因为你能看得远，又知道自己真正想要什么，你更沉得住气。我本来以为你回上海后会接着做金融，来钱快，你做得也顺手，可你转到了经济领域，开始做实业。短期内可能见不到多少效益，但经济是长远的，脚踏实地地做些实事，对你自己，对别人，对国家，甚至对世界，都是件好事。"

林英杰感激地看着自己的父亲，并不是为那些溢美之词。"我是从您为我铺的路上走过来的，没有您，我今天不一定是这个样子，谢谢爸爸。"

林绍光呆呆地看着林英杰，心里百感交集。他跟黄媛生的那个儿子是他天天守着长大的，得到了很多，却总觉得那是天经地义理所应当的，不知道他以后能否像林英杰这样懂得宽容和感恩？很多父子间总是隔着层什么，不是鸿沟，却终其一生都无法逾越。他从来没敢奢望过，他跟林英杰能有这样的融洽，能这样敞开心扉。

林绍光唏嘘道:"今天跟你见面,是想让你原谅我的,你没有怪罪我,还想着我为你做的很有限的事情,我不知道该说些什么……我不是个好父亲,让我欣慰的是,你长成了我最想看到的样子,如果你觉得这跟我有关系,那我这一生最大的成功,就是我的儿子可以活成他想要的样子。"

林英杰半开玩笑半认真地说:"这么说,您对我有信心,相信我有一天会成为我想要的样子。"

"我相信你。"林绍光说,"你说的那种活法,做一两天容易,坚持一两年也还不是太难,那样活上几十年可不容易,但我相信你能做到,只是我可能看不到了,希望我能看到,哪怕是在另外的一个世界看着你。"

林绍光不会在这个世界等到那一天了。那次跟林英杰见面后不久,他突发心肌梗塞离开了这个世界。

有些人在跟这个世界道别前,会无意识地去做些事情,有些是很重要的事情。等他们走了,活着的人才想起那些冥冥之中的安排和最后的机会。林英杰庆幸他能在父亲活着的时候跟父亲和解,在他这里,父亲不该有什么遗憾了。而他还是有些遗憾的,他不知道那是父亲跟他最后的告别,是今生永远的别离。如果他知道,他那天会多陪陪父亲,陪父亲完整地听一场他喜欢的爵士乐。演出之前他就离开了,他原来对爵士乐没什么兴趣。父亲去世后他才开始听些爵士乐,越来越认可父亲对爵士乐的评价。爵士乐不是阳春白雪,听的时候没有高大上的感觉,但它可以让人完全放松下来,放空自己,从各种缠累中脱离出来,不用费心费力地去琢磨,爵士乐没有什么深奥的内涵,也不会让人在情感上难以自持。

对林英杰来说爵士乐是有情感色彩的。他的父亲喜欢爵士乐，他跟杰西卡一起听过爵士乐。他希望他能有机会，跟杰西卡再回到这里。若是杰西卡也喜欢，他们还可以一次次地回到这里。

想到杰西卡时，林英杰勾勒出一个让他有些激动的画面，他和他的父亲还有杰西卡一起坐在这儿，他们都来过这里，在林英杰的画面里他们凑到了一起，正在愉悦地交谈。他不会在父亲面前掩饰他对杰西卡的喜爱。她也是一个独一无二的女孩，并且保持住了自己的独一无二。她绽放着很多美国女孩身上的独立坚定，又不经意地流露出中国女孩的细腻温柔。不是所有的美国女孩都能做到心有定力，也有不少的中国女孩正在失去内心的柔软。杰西卡的独特在于她很自然地把这两种优秀的品质糅合到了一起，自然地长大，才能留下独特的韵味。这样的韵味还可以经久不变，不同的背景下，她也是一样的。他原来以为她跟纽约已融为一体，现在他知道她也是属于上海的。她是杰西卡，也是倪馨悦。

林英杰想跟倪馨悦一次次地回到这里。

第
十
章

　　田霄早晨醒来后，先给薛敏打了个电话。薛敏正半睡半醒着，还是接了田霄的电话。田霄不是那种喜欢打扰别人的人，她不会平白无故地这么早打来电话。

　　"怎么这么早给我打电话？你没事儿吧？"薛敏直接问道。

　　"悦悦回来了，给你带了些榴莲酥，我一会儿给你送去。"田霄说。

　　薛敏松了口气，嗔怪道："我是喜欢吃榴莲酥，你也不用这么早告诉我，才六点半。"

　　田霄在来美国的第二年遇上了薛敏，薛敏刚来不久，是来陪读的。她们租的房子在一条街上，有时能碰上。薛敏在餐馆打了两年工，她丈夫读完书后，在当地找到工作，又供薛敏回学校读书，正好跟田霄成了同学，两个人彻底熟悉起来，还成了很好的朋友。大部分中国人来了美国后，会交上几个很好的朋友，彼此知根知底，在异国他乡抱团取暖。不一定是从哪个省市来的，但一定同根，当他乡成了故乡时，这里交到的朋友，很多时候让他们觉得比万里之外的家人还要亲近。田霄和薛敏就是这样的朋友，薛敏知道田霄的所有故事，当然她也不会对田霄隐瞒什么，她们彼此间是没有秘密的。都从中国来，又留在了同一个地方，就更多了些理解和默契。

薛敏的老公还在睡觉，薛敏起了床，彻底醒了。她下了楼，往厅堂走去，边走边说："杰西卡是个懂事的孩子，比我的那两个秃头小子贴心多了，嗯，我还真想吃榴莲酥了，你什么时候送过来？要不你俩过来吃午饭吧。"

薛敏和田霄对榴莲都不感兴趣，也就没试过榴莲酥。有次她俩去纽约时跟悦悦在唐人街吃早茶，悦悦点了榴莲酥，她俩不情愿地尝了一口，立马爱上了榴莲酥，悦悦再回奥尔巴尼时就会给她们带些榴莲酥。悦悦跟薛敏很亲，不过薛敏一直叫悦悦"杰西卡"。

"算了，中午不去你那儿了，说好给悦悦做千层饼。"田霄说，"一会儿我去超市买东西，先去你那儿，把榴莲酥给你送过去。"

"又是千层饼。"薛敏嘟哝了一句。

"悦悦爱吃，就随她吧，下次还不知道她什么时候能回来吃千层饼呢。"田霄轻微地叹了口气，"她要去中国了。"

"去中国？又有那边的案子吗？"

"她辞掉了律所的工作，要去中国，应该是挺长的时间，不知道什么时候回来。"

到了厅里的薛敏刚躺靠在长沙发上，听到这话又坐了起来。"她为什么要去中国？"

"我也不清楚。"

"要不我试着问问她？"

"不用了，我想她已经做了决定，什么原因也就不那么重要了。"

"昨晚没睡好吧？"薛敏问道。

田霄没有吭声。

薛敏又说："还是跟她聊聊，没准儿她能改了主意。"薛敏并不认为悦悦去中国不好，她只是担心田霄。乔希去世后，田霄抑郁了很长一段时间，好在悦悦住在纽约，离家不远，可以常回来看看妈妈。薛敏知道悦悦现在是田霄唯一的精神寄托，悦悦去了万里之外的中国，这样的离别会不会刺激到田霄，田霄的抑郁症会不会复发呢？

田霄却说："当年我们不是离开了中国离开了父母家人吗？我有什么理由不让她回中国呢。"

薛敏叹了口气，说："杰西卡愿意去中国，也能够回去，还是件好事。像我现在吧，最多每年能回去一趟，还都很匆忙，这边有工作，两个孩子还没上大学，总得把他们送进大学吧。那边的父母越来越老迈，每次跟他们道别时，我都不知道那会不会是最后一面。当年离开时没想到，美国离中国这么远。"

薛敏没再说下去，不敢再让那些情绪蔓延下去，怕田霄伤心，也不想让自己伤感。她问道："你什么时候过来？我正好饿了，你来得早的话我就不吃早餐了。"

"我二十分钟后就可以出门。"田霄挂了电话后，简单地洗漱了一下。下楼时，经过悦悦的卧室，她在门口停了片刻。卧室里很安静，没有任何动静，悦悦应该还在睡觉。田霄轻手轻脚地下了楼，去厨房把榴莲酥装好，没吃早饭就出了门。她要去超市买些东西，几乎每个周六的早上她都会做这件事，她要让一切正常起来。

田霄在薛敏那儿停了下，没进门，在门口把榴莲酥给了薛敏。薛敏已经给田霄准备了一袋东西，刚从她的菜园里摘下的几个西红柿，田霄为千层饼做番茄酱时可以用上，还有几个她前两天包的加了咸蛋黄的肉粽子。她们两个常常像这样交换吃食，是一种很烟火气很贴心的关照。两个人都没提悦悦要去中国的事情，这一天跟往常没有什么不同，只是在田霄离开后，薛敏在门口愣了会儿神。

田霄去超市买了要买的东西。很多美国人去超市前会列个单子，把要买的东西写在上面。以前田霄都是把要买什么记在脑子里，在超市里转悠时，也会很随意地买些原来没打算买的东西。乔希很佩服田霄能记住所有要买的东西，他是一定要先写个购物单的。乔希去世后，田霄反倒开始用起了同样的办法。她发现她的记忆出了故障，每次去超市都会漏掉一样她急需要买的东西。如果乔希在的话，这样东西可能会写在单子上。田霄也用起了购物单，开始做乔希习惯做的事情。

田霄进家门时放轻了脚步。若是没有特别的事情，悦悦喜欢在周末睡懒觉。悦悦睡在楼上，楼下的动静吵不到她，田霄还是不自觉地蹑手蹑脚起来。

但悦悦已经起床了，正在厨房里煮咖啡。田霄走之前，没为悦悦煮上咖啡，咖啡机的动静太大。悦悦看见了田霄，赶紧过来帮妈妈把东西拎进厨房，又把买来的东西放到该放的地方。咖啡正好煮好了，悦悦给自己倒了杯咖啡，没问妈妈要不要。田霄还是喜欢喝茶，而且一般会在下午喝，她觉得早晨刚睡过一大觉，并不需要咖啡因提神。

悦悦端着咖啡杯在桌子边坐下后，看见妈妈也倒了杯咖啡。田霄向桌子边走来时，悦悦看到妈妈已经戴上了那条蒂凡尼的项链。

"很漂亮呀！"悦悦说。

"是呀，我很喜欢。"田霄知道悦悦指的是项链，她坐在了悦悦的对面，羞涩又幸福地笑了笑。

"可惜你没有耳洞，要不可以配上同样图案的耳坠。"悦悦说。

田霄说："这样已经很好了。"她一直很排斥打耳洞，买首饰时也就不会考虑耳朵上的饰物。

"是他让我给你买蒂凡尼的首饰，还嘱咐我要买项链，你不喜欢打耳洞，不要买耳环之类的东西。"悦悦说道，说得风轻云淡，并不突兀。

田霄明白悦悦提到的"他"是倪晖。这么说，她昨天的猜测是对的，她只是没想到倪晖还记得她没有耳洞。田霄想掩饰下自己的慌乱，低头去喝咖啡。咖啡太烫，田霄只能让自己的牙齿和嘴唇跟咖啡杯碰了一下。抬起头时，她问了句："你没接受他的钱吧？"

悦悦笑道："没有，我还是有能力为自己的妈妈在蒂凡尼买份礼物的。"

田霄舒了口气，又有些莫名的遗憾。

悦悦接着说道："当然我猜他想给你买个贵重的，我买不起贵的，只能给你买个便宜些的。"

田霄说："我看重的又不是价钱，我看重的是心意。"

悦悦望着妈妈，很肯定地说："他是真心想送你这份礼物的。"

田霄躲避掉女儿的目光，却终于开口问到了倪晖："他都好吧？"

"怎么说呢，在别人眼里他很风光。"

"那你怎么看他呢？"田霄问道，并不期望悦悦回答这个问题。

悦悦这次跟以前不一样，很认真地想了想，说道："我觉得他得到了几乎所有的东西，却没得到最重要的东西，他并不快乐，你可以说他过得很好，也可以说他过得不好。当然，我对他的感觉和评判可能有偏颇，我在看他时混杂了很特殊的情感，我恨了他很久。"

田霄心里咯噔一下，悦悦一口气说了这么多，还说到了那个心结。她一直认为悦悦的心里有个解不开的结，现在悦悦竟然亲口承认了，她倒不知该如何应对。田霄有些张皇地看了眼女儿："你还恨他吗？"

悦悦嘘了口气，说："现在不恨了，在我原谅他的时候，我自己也得到了解脱。"

田霄在心里深深地嘘了口气。她不知道悦悦去上海时具体遇到了哪些事情，让她跟她的父亲冰释前嫌。田霄并不想跟悦悦打探细节，既然那个心结打开了，她就不是那么关心这心结是怎样解开的。很可能是几件事凑到了一起，一起用力，就解开了那个心结。

悦悦看妈妈没有回应，脸上也没有表情，就问了句："你能理解吗？"

"我理解。"田霄用很轻的声音却很肯定地说。接着她补充道："我也一样。"

悦悦朝妈妈俏皮地挤了下眼睛，心领神会地笑了笑。

咖啡凉了些，田霄喝了几小口，起身做千层饼。一层层的千层饼，自然需要一层层地准备。

田霄总是先做肉酱。悦悦问妈妈她能帮着做些什么，她以前没打过下手，这次想跟妈妈一起做千层饼。田霄把一个洋葱、一根胡萝卜、两根西芹和一个大蒜头放到悦悦面前，让她先把洋葱胡萝卜西芹处理一下，把大蒜也剥出来。

田霄刚才到家时已把买好的一大块牛腱子肉和一小块五花猪肉泡在清水里，血水差不多都泡出来了。田霄把血水控干净，又清洗了两遍，把牛腱子肉和五花肉放在案板上切成块，丢进搅拌机，一起打成肉碎。一般人只用牛肉，田霄喜欢加几块五花猪肉，出来的肉酱会更香，口感也更好。也是为了出味和口感，牛肉和猪肉打成小块时，田霄停下绞肉机，又丢进去一小把切好的虾仁，倒进去一个打好的鸡蛋清。接着绞肉时，碎虾仁和鸡蛋清就跟牛肉和猪肉很好地混合到一起。

悦悦已把那几样东西洗好，大蒜也剥好了。田霄让悦悦帮着把胡萝卜的皮削掉，她开始切洋葱和西芹，都切成了丁。大蒜先用刀拍下，再剁成碎末。又从悦悦手上接过削好皮的胡萝卜，破成长片，竖着切成丝，横过来再切时，出来的就是很细碎均匀的小胡萝卜丁了。不出十分钟田霄就打理好了这些东西，她的动作轻柔流畅，手上的菜刀却走得飞快。悦悦看得眼花缭乱，又喜滋滋地看着从妈妈的飞刀下出来的几样东西堆成了小山，五颜六色，看着很喜庆。

肉碎也已绞好。田霄热上锅，倒上些橄榄油。油热后先用碎洋葱和蒜末炒锅，再把肉碎倒进去。炒肉碎时，田霄先不用锅铲，她喜欢用筷子快速地把肉碎打散，均匀地着油着热。生肉碎的红色都消失后，她把旁边堆着的另外两座小山推进锅里，油锅里很快也五颜六色起来，只不过这五颜六色混合到了一起。翻转了几轮后，田霄加入红酒、胡椒粉、盐、新鲜的罗勒（Basil），还加了酱油，老抽生抽都加了些，又放了些悦悦不认识的中国调料。

在旁边观战的悦悦迷惑起来，千层饼的肉酱是这样做的吗？妈妈没加上很多美国人会放的番茄酱，倒是用了些中国的调料。悦悦问道："你确定要放酱油之类的东西吗？"

田霄笑着回答："确定呀，千层饼的祖宗意大利人肯定不会放，我喜欢放点。具体的食材也可以不同，放西芹是为了口感，我不是每次都用西芹，我以前放过荸荠，还试过豆腐，好像是在做中国的那道名菜扬州狮子头。"

"我在上海吃过两次狮子头呢。"悦悦兴致勃勃地说。

田霄猜至少有一次是倪晖带悦悦去吃的。悦悦小时候很喜欢吃狮子头，她自己在家做的，总是不够香软。

田霄的心思还没走多远，听到悦悦在感叹："怪不得你每次做出来的千层饼总有点不同。"

"你不是说我做的千层饼是最好吃的吗？"

"确实是最好吃的。"

"现在知道是怎么做出来的了吧？"

"中西合璧，出来的是很特别的味道，没想到还能这样把中国的东西和西方的东西融合到一起。"悦悦接着又说："你的刀工真好，这个我怕是学不会了。你是什么时候开始做饭的？"

"读书时都是吃食堂，结婚以后才正儿八经地开始学着做饭。"田霄随口说道，她在忙着把炒好的肉酱盛出来，没注意这句话是说给谁听的。

悦悦心想妈妈说到的应该是跟倪晖结婚以后吧，就问道："你和他是怎么认识的？"

田霄意识到自己拐到了倪晖那儿，她没有回避。"第一次见面是在图书馆里，我们两个对同一个作家感兴趣，就聊上了。"

悦悦半开玩笑道："你不会因为这个选了个图书馆的工作吧？"

"还真不是，那会儿能找到个工作就很不错了，由不得我来挑拣。"田霄没有急着去做千层饼的下一道工序，难得悦悦能跟她聊起来，不如先把千层饼放一放。

田霄问悦悦："你跟那些男孩子是在哪儿遇上的？"田霄知道悦悦谈过几个男朋友，悦悦没跟她具体提过，经历过恋爱的田霄还是能感觉到的。

悦悦这次也没回避妈妈。"什么地方都有。"悦悦说，"如果非要跟图书馆之类的地方扯上的话，有个是在教室遇上的。"

田霄看了眼悦悦，从悦悦的表情和眼神上，田霄感觉出这个在教室里遇上的是悦悦动了心的一段感情。

果然，悦悦很认真地提起了赞恩——林英杰。好几年前她就想告诉妈妈，只是在很短的时间里发生了太多的事情，她和赞恩近在咫尺，却让咫尺变成了天涯。几年之后，他们竟然会在上海不期而遇，这是不是冥冥之中的天意？悦悦一股脑地把她跟赞恩是怎么遇上的，后来发生了什么，他们又在法庭上相见告诉了妈妈。

悦悦用尽可能平淡的语气简短地勾勒出一个大概，对田霄还是有很强的冲击力，她能感觉得到悦悦喜欢赞恩，确切地说，悦悦爱上了赞恩。

悦悦强调了一句："我以为赞恩会恨他的父亲，还有他的继母，他选择了原谅和放下。"

这么说，悦悦能解开那个心结，跟赞恩是有关系的，田霄对赞恩的好感更多了些，她问悦悦："法庭之外你也见过他吗？"

"见过，他还带我去了和平饭店，去听老年爵士乐队的演奏，我喜欢那里。"悦悦大大方方地说。

田霄又问："你决定去中国跟他有关系吗？"

"我想去四川，不是去上海，凯茜帮我在成都联系学校，或许我们又可以做室友了。"悦悦确实是这样安排的。

田霄觉得这样打算也没有什么不妥，不过悦悦刚刚讲完赞恩的故事，赞恩在上海，悦悦却要去四川。在悦悦这个年龄段，对她冲击和影响最大的应该是爱情。田霄还没见过赞恩，已经感受到了赞恩对悦悦的影响，而且是在好的方面。赞恩在不知不觉中改变了悦悦和悦悦的一些决定，虽然这样的改变是造成她们母女又一次别离的很重要的推力，田霄还是为女儿的成长和成熟欣慰。田霄愿意看到悦悦和赞恩继续走下去，她对悦悦说："没有必要刻意地回避。"

悦悦明白妈妈的意思，她解释道："我决定去中国，可能会跟一些人、具体的人有关系，但那不是最根本的原因。我从那里来，我想回去看看，在那里生活一段时间，这样我才能更清楚地知道我下面的路该往何处走、该怎么走。"

悦悦没等田霄说什么，就嚷嚷道："妈妈，我在等着吃千层饼呢，下一步该做什么了？"

"该做番茄酱了。"田霄说着去烧开水，又把西红柿洗干净，用烧好的开水稍微烫一下。悦悦不明白妈妈这是在干什么，看到田霄开始剥西红柿皮，她猜出个大概。她帮着妈妈剥西红柿皮，开水烫过后，西红柿皮很容易被剥下来。

薛敏给的几个西红柿，加上从自家菜园里摘的，西红柿多了些。悦悦马上吃掉了一个生西红柿。有足够的备料，田霄在把西红柿切小块时就挑剔了许多，只留下红的软的部分，沾上了白梗的地方统统扔掉，这样出来的西红柿酱滑嫩多汁。

还是用碎洋葱炒锅，还加了蒜蓉和胡椒粉。西红柿炒得差不多了，田霄又加了点酱油和一丁点朋友自己做的辣椒酱。已经见识了妈妈做菜时的中西合璧，悦悦看到也就不惊奇了。

田霄扫了眼悦悦，说："我的秘笈都被你偷去了。"

悦悦马上反驳道："你的本事别人很难学到。你没发现吗？美国人做饭得看菜谱，完全照着菜谱来，一丝不苟。中国人喜欢跟着感觉走，只要大方向没走歪，凭感觉这放点那放点，放多少还可以自己把握。乔希做饭少不了量杯量尺，你几乎不用。所以我很难偷着你的手艺，你自己都不一定能偷着呢。"

田霄听得频频点头，确实是这么回事。悦悦来了兴致，继续发挥下去："美国人办起事来跟做饭一样，一板一眼，生活中的方方面面都有明文规定，就跟菜谱似的，大部分人都照着菜谱办事，有法可依。中国人做起事来活泛了许多，人情的作用更大些，只要不出格，通融的可能性大了许多。"

田霄笑道："你还挺会观察，我原来以为你不了解中国呢。"

"怎么会呢？"悦悦撇了撇嘴。

田霄心里踏实了一些，悦悦去了中国，还是能应付得了一些变化，起码已经看到了两种文化的一些不同。

"你喜欢吃哪种方式做出来的菜呢？"田霄有些好奇。

"都有诱人之处吧，很难取舍。"悦悦紧接着又加了句，"我最喜欢吃妈妈做的千层饼，加了中国调料的千层饼。"

田霄知道悦悦说的是真心话，并不只是想让她听着高兴。

番茄基本炒好了，出锅前，田霄最后往番茄酱里加了点糖。在江浙一带出生长大的田霄，做菜时喜欢加点糖，这个口味和习惯从未改变过。

站在一边的悦悦恍然把妈妈看成了外婆。外婆做菜时也喜欢加糖，小时候喜欢吃糖的悦悦也就喜欢看外婆做菜，外婆往菜里加糖时，会先让悦悦用舌尖舔一小口勺子上的糖。

悦悦去上海时，在凯茜的帮助下，幸运地找到了一张她离开那年的上海地图，又买了张新版地图，悦悦和凯茜对比着两张地图，去找悦悦小时候住过的地方。上海的变化太大，悦悦关于上海的记忆又似是而非，两个人转了一大圈也没找到。悦悦很失望，不得不放弃时，她看到一家小超市，她清楚地记得外婆带她来这里买过东西。她之所以这么确定，是因为她在这儿"捉弄"过外婆。

外婆带着悦悦买好东西出了门，悦悦一时淘气，躲在了虚掩着的门板后。外婆一转眼不见了悦悦，以为她没跟着出来。她在门口张望了一番，急慌急忙地折回身去。悦悦没跟进去，从门缝那里望着外面，过了好长时间又看到了外婆，身材偏胖的外婆已是气喘吁吁，脸涨得通红，手里拎着的刚才买的东西不见了踪影，不知被她落在了哪里。外婆跺了下脚，心急火燎地一遍遍喊着"悦悦，悦悦……"悦悦趁外婆望向另外一个方向时，悄悄溜了出来。外婆扭头时，看到了身后的悦悦，一把把悦悦揽进怀里，死死地搂着她。悦悦以为外婆会很生气，外婆竟然都没问她刚才跑去了哪里，只是一遍遍地说着"悦悦，心肝宝贝，你吓死外婆了"。

悦悦在那家超市门口默默地转了圈，转到那个门板后。门缝好像比原来小了些，还是可以从这里望到外面，外面的人却很难注意到这个死角。陆陆续续有人从超市里出来，一直没有那个悦悦想见到的人。凯茜从悦悦的表情上，看出这个地方让悦悦想起了什么。悦悦从门板后走出来，又四处望了眼。那次是外婆在找她，这次是她在找外婆。外婆找到了她，她回到了这里，外婆已经不在这里，她再也不可能在这里找到外婆了。悦悦走到一个僻静处，坐在马路边，眼泪止不住地流了出来。凯茜跟过去，静静地坐在悦悦身边，什么也没说，由着悦悦哭了个够。

悦悦看着妈妈把做好了的番茄酱倒进碗里。悦悦用手指蘸了点，放进嘴里，她吃出了那一点点甜味。悦悦说："外婆做饭时也喜欢加点糖，看着你做饭，我想起了小时候看外婆做饭。"

悦悦很少提起外婆，田霄还未反应过来，悦悦接着说："上次去上海，我去找过我们以前的住处，凯茜陪我去的。"

"我该在你走之前跟你说下怎么去那里。"田霄说道，她并没有想到悦悦会去找那个地方。

"我自己可以找到的。"悦悦说，"我们找到了那里，我想就是在那一带。"

田霄默不作声，她的心思也回到了那个地方。那时候她的妈妈还在，祖孙三代一起度过的那几年，有很多的苦涩，更多的还是甘甜。田霄原以为悦悦并不想回忆那段生活，或者说她早就忘了在那里的日子。悦悦跟外婆似乎不是那么亲，外婆去世时，她没有跟着妈妈回去见外婆最后一面。

悦悦好像猜出了妈妈在想什么，她轻声说道："没见到外婆离去，我可以骗自己外婆还在那儿。这一次，我知道外婆真的不在了，可我们一起去过的地方还在。"

悦悦永远不会告诉妈妈外婆让她看过父母的离婚协议书，外婆这样做是有些残忍，悦悦后来还是理解了外婆的良苦用心。当她回忆那些陈年旧事时，她跟田霄一样，想起的是一些美好的往事。

悦悦走过去，轻柔地搂了下妈妈的肩膀，田霄在女儿温热的手臂上轻轻地靠了下。

田霄这次没有停下来，做好番茄酱后，开始做奶白酱。她把切成片的黄油放进烧热的锅里，黄油熔化后，加入面粉炒到变了颜色，还有不少泡泡出现，再加入牛奶、盐、胡椒、肉豆蔻和现擦出来的奶酪。田霄边搅拌边跟悦悦说："得搅得快一些，要不会结块。另外做白酱时，一定要用奶酪，这样更浓香。"

悦悦说："没看见你往白酱里加中国作料呀。"

"不是什么东西都能中西合璧，有些东西最好还是保持住原有的做法原来的味道。"田霄停了下，又说："你今天看到的是我往西餐里加中国作料，其实我做中国菜时也会加些美国作料，我现在做扬州狮子头，会加点奶酪和罗勒，出来的味道还挺不错呢。"

悦悦建议道："妈妈你可以出本菜谱了。"

田霄却说："你不是说我做饭喜欢跟着感觉走吗？让我写菜谱就难为我了。"

"这么说，菜谱看似简单，出个简单明了大家都愿意遵从的菜谱并不容易。"悦悦马上有了联想和引申。

母女俩都很享受这样的交流，她们从没在这么好的气氛和状态中聊过天。她们曾经亲密无间时，悦悦还太小，不可能跟妈妈有什么真正的交流。等到悦悦长大了，可以跟妈妈聊些什么时，她们之间总是隔着什么，那两年的别离留下了一道她们一直跨不过去的沟壑。她们从没像今天这样开诚布公过，更不可能感受到像这样想说什么就说什么的酣畅。她们此时都是愉悦欣喜的，终于放下了负担和顾忌，可以真正地聊些什么了。这时候的她们更像是朋友，又还是母女，是有着最亲密的血缘关系的朋友。

肉酱白酱番茄酱都做好了，下面就可以一层层地铺千层饼了。悦悦说让她来铺，妈妈只管动嘴指导，至少不用自己动手，可以坐着歇一歇。田霄放心地把这事交给了女儿。

悦悦先在烤盘内抹上黄油，放意大利千层面片前，田霄建议她再抹一层刚做好的奶白酱，悦悦觉得有道理，这样最下面一层也会有足够的味道。铺好奶白酱后，悦悦放上面片，铺上肉酱，浇上奶白汁，再铺上一层番茄酱，撒上一层奶酪丝。

田霄看着悦悦一层层地往上铺千层饼，随口问道："你还是会去上海，对吧？"

"对。"悦悦很肯定地说，"毕竟是自己的出生地，回到那里，我觉得很亲切。"

田霄又问："你还会去见你的父亲吗？"

"可能吧，其实在我心里，乔希才是我的父亲。他给了我一个家，抚养我长大成人，养恩比生恩更大。"悦悦说。

田霄怔怔地看着女儿，屏住了呼吸。

悦悦没看妈妈，继续铺千层饼，边铺边说："你还记得我十七岁那年的暑假在甜甜圈店打工吧？有一天下午，我卖甜甜圈时，看见了排在队尾的乔希。我朝他挥了下手，他走过来，说他想来买几个甜甜圈，可队太长，他得回去上班，改天再来。那家店做的甜甜圈太好吃，门口总是排着长队。我在那打工，不能先拿几个给乔希，得按美国的规矩办事，只好看着他离开了。后来我才猜出他为什么跑来我打工的地方。那天下午出了个严重的车祸，是个亚裔女孩，乔希大概怕是我，给我打过手机，我在上班没听见，他就跑来了。"

田霄也记得这件事。那天下午她负责的一个项目要做演示报告，手机打到了静音上。开始时她不知道车祸的事情，报告做完有一会儿了，从外面开车回来的同事说起有个亚裔女孩在车祸中丧生，车祸就发生在悦悦回家的必经之路上。田霄吓坏了，翻出手机要给悦悦打电话，看到乔希有个留言，他说他刚去过杰西卡上班的地方，杰西卡没事，让田霄放心。

"当然，乔希确实喜欢吃那家店的甜甜圈。"悦悦还在回忆中，"后来我不在那儿打工了，有好几次我想去那儿排队给他买几个甜甜圈，一直没去成，我以为我以后还有很多机会给他买甜甜圈……"

悦悦没再说下去，好像很专注地铺着千层饼。可田霄能感觉到她心里的难过，跟她一样的难过。每次想起乔希，田霄都会坠入无边的黑暗中，只是这次她在黑暗中看到了些许的亮色。田霄没想到悦悦把乔希看得这么重要，父女俩的关系比她原来想象的要好很多，田霄心里是欣慰的。

千层饼已经铺了出来，悦悦在最上面撒了层帕马森干酪碎，努力从刚才的悲伤中走出来，淡淡地一笑，对妈妈说："看，千层饼铺好了。"

一个人是一点点地长大的，像这千层饼，是一层层地铺出来的。田霄心里想，没有乔希的抚养和付出，悦悦还会是今天的悦悦吗？

田霄也努力地笑了笑，有意绕开乔希，她说她没想到自己的女儿在厨房里的表现也是上乘的。

田霄又提起了赞恩，她问悦悦："你去上海的话，会见赞恩吗？"

"我希望还能见到他。"悦悦说，又补充道，"他叫林英杰。"

"赞恩和林英杰是同一个人吧。"

"叫他林英杰跟叫他赞恩还是有些不同的，就跟别人叫我的中文名和英文名是不一样的。"

悦悦说了好像没说，又好像什么都说了。有些东西是说不明白说不清楚的，又清清楚楚地在那儿，什么都不说，听的人也会明白。

悦悦又说："在上海，在中国，我是倪馨悦。"

田霄和悦悦心有灵犀地对视了一下。

悦悦用锡纸包好烤盘，一切准备就绪，悦悦突然说："想到我要去中国，我还是有些担心。"

田霄故作轻松道："你不用怕什么，你是从那里来的，妈妈还有不少亲戚朋友在那边，可以帮你。"

悦悦却说："我是有些担心你。"

田霄看了眼女儿，眼神是温润的，心里更是温润的。这样的温润不是像雨珠那样滴落在心口上，是从心尖儿开始，迅速地浸满心扉，又从心里弥漫出来。田霄沉浸在从心里出来的幸福中。

田霄说："不用担心我，我想我的生活会更丰富呢。我常常想念中国，你去了那里，可以拍些照片和视频，把你喜欢的风景发给我，让我也可以看到。我们也可以微信，视频或语音，就像今天这样聊天。你把你的感受写下来，也发给我看看，你也可以试着用中文写点什么。"

田霄说到这里想起了一样东西，她说她有个礼物要送给悦悦。田霄去了楼上的卧室，回来时带了那本她从中国带来的日记本，布面素花的日记本，里面记录了悦悦来到这个世界的前前后后里的美好。田霄原来以为悦悦永远不会来读这本用中文记的日记了。

"这是我从知道怀上你的那天开始记的日记，一直记到你四岁前。里面有很多有趣的故事，有那个时候的上海，有你有我有外婆，有你童年时的玩伴，也有你的父亲倪晖。这是妈妈送给你的去中国的礼物。"

悦悦小心翼翼地接过那本日记，眼睛里也湿润起来，她把日记本抱在怀里，说："谢谢妈妈，我要早点学好中文，就可以好好地读这本日记了。"

悦悦回到了那里，那个她叫"倪馨悦"的地方。她遗忘了回去的路，还是回到了那里，不需要寻找，原来回去的路一直在她的脚下。那里的人们长着跟她相似的面孔，她在那里跟他们重逢，也在那里见到了她的妈妈。田霄还在那儿，离开中国二十年了，幸好她的身上还带着故土的气息。她和悦悦一经在那里遇见，就觉得无比亲切。

田霄没有想到，即将到来的别离，竟然弥合了那两年的别离造成的断裂，她和悦悦又完全靠在了一起，又可以亲密无间。

这一次的别离，是命中注定的回归。

悦悦看着妈妈把千层饼放进了烤箱，定好了温度和时间。这一层层铺出来的混合了各种作料的千层饼，经过一定的时间，会慢慢烤出独特的味道。

"妈妈，你会来中国看我吗？"悦悦问道。

"当然会。"田霄说，"我想我以后会常回中国了。"

图书在版编目（CIP）数据

三次别离 / 章珺著 . -- 北京：作家出版社，2019.4
ISBN 978-7-5212-0489-6

Ⅰ . ①三… Ⅱ . ①章… Ⅲ . ①长篇小说 – 中国 – 当代
Ⅳ . ①I247.5

中国版本图书馆 CIP 数据核字（2019）第 068598 号

三次别离

作　　者：章　珺
责任编辑：宋辰辰
装帧设计：意匠文化·丁奔亮
出版发行：作家出版社有限公司
社　　址：北京农展馆南里10号　　邮　　编：100125
电话传真：86-10-65067186（发行中心及邮购部）
　　　　　86-10-65004079（总编室）
E-mail:zuojia@zuojia.net.cn
http://www.zuojiachubanshe.com
印　　刷：三河市兴博印务有限公司
成品尺寸：142×210
字　　数：159千
印　　张：7.25
版　　次：2019年4月第1版
印　　次：2019年4月第1次印刷
ISBN　978-7-5212-0489-6
定　　价：32.00元